Colección
Documentos

AMORES MALDITOS

Susana Castellanos De Zubiría

AMORES MALDITOS

Pasiones mortales y divinas de la historia

Grupo Editorial Norma
www.librerianorma.com
Bogotá Barcelona Buenos Aires Caracas
Guatemala Lima México Panamá Quito San José
San Juan San Salvador Santiago de Chile

Castellanos De Zubiría, Susana
 Amores malditos: pasiones mortales y divinas en la historia /
Susana Castellanos De Zubiría. -- Bogotá: Grupo Editorial Norma, 2010.
312 p.; 23 cm. -- (Colección documentos)
ISBN 978-958-45-3039-4
Mitología antigua 2. Mujeres en la mitología 3. Mujeres en la literatura
4. Mujeres en la historia I. Tít. II. Serie.
398.2 cd 21 ed.
A1265659

 CEP-Banco de la República-Biblioteca Luis Ángel Arango

Imagen de la cubierta: *Amor* de Gustav Klimt, 1895, cortesía del Museo de Viena.
Diseño de cubierta y fotografía de la autora: Stalin López.
Diagramación: Nohora Betancourt Vargas

cc. 26001230
ISBN 978-958-45-3039-4

Impreso por Editora Géminis Ltda.
Impreso en Colombia – *Printed in Colombia*

Este libro se compuso en caracteres Adobe Garamond

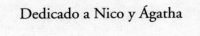
Dedicado a Nico y Ágatha

Un agradecimiento muy especial a mi editor, Gabriel Iriarte Núñez, cuyo entusiasmo, apoyo y orientación fueron definitivos para la realización de este proyecto. Asimismo, quiero expresar mi gratitud a Stalin López y al equipo de Editorial Norma por su colaboración en este trabajo.

¿Tierno el amor? Es harto duro, harto áspero y violento,
y se clava como espina.

William Shakespeare, *Romeo y Julieta*
[Acto I, Escena 4]

Tan solo vengo aquí a importunar un instante a la muerte,
para que aguarde hasta que, de tantos besos como he posado en tus labios,
te dé el mísero último.

William Shakespeare, *Antonio y Cleopatra*
[Acto IV, Escena 13]

Contenido

*El hombre es el único ser vivo capaz de desarrollar
una historia de amor frente a cualquier abismo.*

Javier Bauluz

*El amor es un castigo.
Somos castigados por no haber podido quedarnos solos.*

Marguerite Yourcenar, *Fuegos*

Introducción

Amores inconfesables, prohibidos, secretos, trágicos han marcado la historia de hombres y dioses. Impulsan, a unos y a otros, a seguir ciegamente sus deseos, hasta llegar a la desmesura y a desafiar las inescrutables leyes del destino que tejen las moiras; así ocasionan la desgracia, el castigo implacable: la locura o la muerte.

Estos amores desgraciados llevan consigo el estigma de una maldición; se han atrevido a desafiar inconmensurables fuerzas poderosas y han pagado un alto precio por su pasión. Cuando el hombre permite que su objeto de deseo sea una obsesión, la fuerza incontrolable que se apodera de él lo impulsa a transgredir las normas que hasta ese momento consideraba sagradas, absolutas y fundamentales para su existencia.

El espíritu de los humanos se debate entre la razón y el deseo, la mente y el corazón; este último hace que el hombre esté en una constante lucha consigo mismo. Sofía Souli, en su obra *Vida erótica de los griegos antiguos*, sostiene que lo que el *eros* antiguo, el griego, significaba es el anhelo de inmortalidad. Pero ese es un anhelo con el que los hombres quieren alcanzar algo que no les está concedido: la eternidad. Ese precioso don, si acaso, lo conceden ciertos dioses a algunos humanos después de su muerte; no obstante, necios de todos los tiempos y épocas han buscado alcanzarla por sus propios medios con la desgarradora fuerza de su pasión. En consecuencia, fueron arrastrados por una fuerza superior a un infernal abismo de dolor, locura y muerte.

La pasión erótica, ese deseo siempre insatisfecho de poseer totalmente al otro, de fusionarse completamente con él durante toda la eternidad, de no perderlo, carga siempre un halo siniestro. Las promesas de felicidad que la acompañan toman la fuerza de un conjuro maldito que envuelve el espíritu de los enamorados en una constante perturbación y trastorno que los impregna como una sombra.

El trastorno del alma siempre los acompaña. La intensidad de placer que produce un amor maldito es tan solo equivalente al sufrimiento que destila. Los amantes malditos padecen el constante temblor de angustia ante su impotencia frente al destino, a la separación. Saben de sobra que las posibilidades de estar juntos son muy pocas y que la posibilidad de sufrir es mucho mayor que la de encontrar felicidad. Sin embargo, no pueden evitar su propia desgracia. El impulso que impele a un amante maldito es un castigo de los dioses, es una condena que arrastrará inevitablemente durante toda su existencia... Incluso a algunos, en el más allá, como un tormento eterno.

Estas son historias, en algunos casos convertidas en leyendas, sobre seres transgresores que se atrevieron a desafiar las leyes supremas: las que los dioses impusieron a la sociedad y a la sangre. Estos condenados por el amor atravesaron los límites buscando extinguir su soledad en brazos de un ser amado.

Las pasiones malditas lo desafían todo, incluso la muerte. El ser que se ha dejado llevar por la pasión, a pesar de todos sus intentos y anhelos por cruzar los límites que su condición le impone, es perecedero, morirá; pero no quiere admitirlo, no reconoce los límites, desea franquearlos a cualquier precio.

En el momento culmen de su existencia el ser arrebatado por una pasión se arroja completamente fuera de sí. El objeto de deseo lo arrastra con una fuerza incalculable y lo conduce a la fatalidad. La muerte del enamorado o del ser amado está siempre al acecho... Es una opción siempre presente. Cuando el amante no puede poseer por completo al ser amado, piensa constantemente en matarlo o suicidarse, o ambas cosas. Es curioso que prefiera matarlo a perderlo...

El amante cree que en el amado está la razón de vivir, su propia verdad, la solución y el sentido mismo de su existencia y que en su fusión con ese ser al que idealiza será capaz de hacerse más fuerte, feliz y poderoso, incluso que los propios inmortales. En la fusión con el ser amado, el amante cree que se encuentra la felicidad, y que ésta toma cuerpo en su piel. Por eso no puede perderla. Al intentar huir de la soledad, el amante desesperado encuentra la locura, el sufrimiento o la muerte.

El común de los mortales ha sentido el deseo de dejarse llevar por una pasión; pero su instinto de conservación le ha advertido del peligro que conlleva. Casi todos los humanos permanecen en el espacio del deseo sin ir hasta el extremo... Sin dar el paso. Muchos, incluso, han permanecido mucho tiempo observando el objeto de deseo, manteniéndolo vivo, pero sin dejarse arrastrar por él. Sin ceder a la violencia del llamado.

El corazón es vencido, el sentido común prima. Se intuye que la posesión de ese ser cuyo deseo quema es imposible, que ese deseo lo destruiría en sus llamaradas ardientes o que el ser amado dejará algún día de inspirar esa pasión y todo aquello que se arriesgó y se perdió en su búsqueda será tan solo el resultado de un intento fallido.

Los relatos que aparecen a continuación no son sobre seres del común. Son de los que en aras de un amor cruzaron todos los umbrales y llegaron a desafiar, más allá del sentido común, aquello que no tiene sentido. Son las historias de víctimas de un deseo de amar más fuerte que todas las normas impuestas. Y sus altivos actos, si bien no les trajeron la inmortalidad, los consagraron como inolvidables y despertaron un envidioso estremecimiento en todos aquellos que conocen sus hazañas y que, por supuesto, difícilmente serían capaces de arriesgar su vida por amor y, mucho menos, de encontrar a alguien que fuera capaz de darla por ellos.

Los protagonistas de estas historias malditas hicieron honor a sus promesas de amor eterno y estuvieron dispuestos a llevar a cabo cualquier osado acto necesario para mantener un don tan precioso. Su sentimiento lleva el sentido profundo de la magia. Cada frase de amor pronunciada tenía la fuerza de un conjuro para el ser amado y, a pesar de todas las dificultades, construyeron con sus promesas de amor un mundo de ilusiones, en el que valía la pena vivir aunque fuera por un instante, porque para los amantes malditos la ilusión de amor es su única verdad.

El deseo humano es el infierno

Ardiendo con más fuegos… Animal cansado, un látigo de llamas me azota con fuerza las espaldas. He hallado el verdadero sentido de las metáforas de los poetas. Me despierto cada noche envuelta en el incendio de mi propia sangre.

Marguerite Yourcenar, *Fuegos*

Pasión y locura

Enamorado y loco, lo uno es lo otro.

Refrán popular

En su artículo *La locura en la historia*, el doctor Leonardo Strejilevich define la locura como "una perturbación cerebral duradera que se manifiesta aislada o comprometiendo conjuntamente la inteligencia, la emotividad, el juicio o la voluntad en grado suficiente para que la persona desconozca o rechace las leyes y normas fundamentales de su medio social".

Las emociones tienen una influencia más profunda que las ideas en las personas y en la sociedad misma. En los extremos de un amor apasionado se pueden llegar a apreciar expresiones y actitudes que parecerían el resultado del influjo de un veneno de alta toxicidad, que opera violenta y continuamente en el corazón de un individuo y que lo impulsa a cometer actos insanos y absurdos a los ojos de los demás mortales.

Desde la antigüedad se encuentran relatos de "locuras de amor" que llegan hasta el delirio. Historias de pasiones malditas que se manifiestan como una forma de locura ambulatoria, movediza, agitada y violenta. Cuando el amante siente que los dioses, el destino o la sociedad se presentan ante él como una barrera para acceder al ser amado, su pasión adquiere nuevo ímpetu que avasalla, irrumpe y destruye todas las convenciones y formalismos existentes, a riesgo incluso de la propia vida.

Las pasiones extremas de amor tienen un resorte íntimo que gira y dispara las cabezas en una escalada de fervor incontenible. El individuo cede ante su empuje como si algo ajeno a él lo arrastrara. La pasión en sí misma pareciera tener alma y vida propia. Es la fuerza de los *daimones*. Estos son una especie de demonios que personifican los impulsos creativos o destructivos. Dice Aristóteles: "La cólera, las pasiones sexuales y otros estados similares alteran el cuerpo y, en algunos hombres, incluso, producen locura" (*Ética a Nicómaco*).

Los personajes arrastrados por una pasión de amor tienen un vacío moral, carecen de la conciencia del bien y del mal, el ímpetu que los arrastra es el del que tiene el monopolio de la verdad. Son seres que no retroceden ni se arrepienten de sus actos y asumen sus dolorosas consecuencias; siguen irreflexivamente los dictados de sus ardores enfermizos.

Los amantes malditos se embriagan con la notoriedad y el desafío que su pasión representa y que los hace únicos y diferentes. Suelen protagonizar actos impulsivos y altisonantes con los que pretenden justificar y demostrar la convicción por la tenacidad inquebrantable del poder de su amor. Las parejas unidas por estos lazos se alimentan entre sí; las anomalías de expresión mental producen un efecto casi delirante, que en la antigua medicina se llamaba la *folie à deux*, la locura entre dos.

El culmen de las agitaciones y de la zozobra pasional suele mostrarse en actos de violencia y locura, producidos por la alteración emocional causada por el "amor" que se eligió. En ese instante de cataclismo se rompe la alianza entre los amantes, se da su separación definitiva. Entonces, la vida deja de tener razón de ser, se arruina, se pierden la gloria y la honra, y todo aquello que da sentido a la existencia cae en un infernal vacío. La locura de un amor maldito vive encerrada en su ilusión y ninguna lógica logra traspasar sus barreras para que la razón se imponga.

Y no hay vacuna. Seres que durante años han estado dispuestos a controlar y censurar sus propias pasiones y han tomado conciencia de los riesgos que el amor presenta; que han razonado constantemente sobre sus propios actos y han restringido el poder de la pasión apenas sus primeros visos se presentan, y que han marchado satisfactoriamente por el camino de una vida ecuánime y tranquila de sentimientos mesurados, de pronto, sucumben.

Individuos mucho tiempo bajo control, de repente son conscientes de la llama interna de la pasión que se agita en ellos, del fuego agazapado que estaba a la espera de la chispa y que lo convirtió en un incendio abrasador, capaz de chamuscar todos los principios y el sentido moral.

Así se transforman en protagonistas de una historia más de amantes malditos, capaces de jugarse todo por una ilusión, y con ello lograr sorprender y estremecer una sociedad y plasmar de ese modo su recuerdo en la historia.

Eros, el placer de la desmesura y los extremos

Oh, Eros, nunca vencido en la lucha,
que se lanza sobre su presa,
y en las suaves mejillas de la tierna muchacha
sueñas tranquilo a lo largo de la silenciosa noche.
Tan pronto te echas a la mar
como te abres camino tierra adentro,
por donde se abren los solitarios,
ningún dios puede eximirse de ti,
y ningún humano sobre la tierra,
quien quiera que sea no puede escaparse de ti.
Tú arrebatas a todos la conciencia.
Incluso al hombre de espíritu justo,
le apartas de la senda de la justicia,
para arrojarle a los brazos de la terrible culpa.
Tú separas al padre del hijo…
Incluso sin lucha y sin guerra.
La belleza sabe vencer siempre con alegría.

Sófocles, *Antígona*

Eros, según los griegos, era una de las fuerzas primigenias que surgió del caos antes de inicio de los tiempos, mucho antes de ser representado como un Cupido, angelito regordete y burlón que vive al acecho de los incautos para atacarlos con sus venenosas saetas cargadas de un amor letal. Era incluso, antes de la creación, una fuerza amorfa, convulsiva y anárquica que atraía entre sí a diferentes seres cósmicos, divinos y humanos, incluso contra su voluntad. Eros es, entonces, una fuerza poderosa de deseo, seducción y placer: pero lo es, al mismo tiempo, de ruptura y destrucción, ya que su poder es capaz de trascender los dominios del derecho, el orden y la ley.

Por otra parte, para los griegos existe Afrodita, conocida como Venus por los romanos, diosa de la atracción sexual, que en tradiciones tardías es considerada la madre de Eros en su versión de Cupido, el pequeño arquero alado. Afrodita o Venus es una diosa que surge de la espuma del mar, formada esta en la caída en el océano de los genitales de Urano, el dios primordial del universo, cuando fueron mutilados por su hijo Cronos, quien le usurpó el poder. La seducción que genera Afrodita en dioses y mortales es más poderosa que los vínculos de la ley, el orden y la cultura, al ser la sucesora de antiguas diosas mesopotámicas de la fertilidad, como Ishtar o Astarté, divinidades también de exaltaciones amorosas arrebatadas y letales.

Desde la antigüedad, las diosas antecesoras de Afrodita han sido peligrosas, caprichosas y volubles, capaces, como en el caso de Ishtar cuando fue rechazada sexualmente por el héroe Gilgamesh, de poner en riesgo el universo mismo por una frustrada pasión de amor. La de Afrodita es una fuerza generadora, tanto de vida como de muerte; encierra en sí misma la atracción y la destrucción. Ese ímpetu generador de vida lleva en sí mismo el anuncio de la muerte.

Tanto la fuerza poderosa de Afrodita como la de Eros son anteriores a las del orden civilizador. Están ancladas en lo más profundo del ser humano, son impulsos convulsivos que obnubilan la razón y destruyen la voluntad, arrancan al individuo de su propia conciencia. Son las fuerzas opuestas al concepto posterior de *sofrosine* –que para los antiguos griegos significaba el dominio en general del espíritu sobre el cuerpo– y *ecrateia*, al caso concreto de frenar las pasiones.

Se consideraba que la pasión erótica impulsada por Afrodita y Eros podía atentar contra la grandeza de la civilización. Uno de los grandes ejemplos de dicho mal fueron los desviados impulsos amorosos que causaron la tragedia de Troya. Cabe anotar que ambos dioses obraban por lo general asociados, y lo hacían desde fuera de la persona, inoculando el deseo como un veneno incluso cuando este se diera como un regalo o don, tal y como fue el caso de Paris y Helena. Los regalos o dones de los dioses llevan consigo, casi siempre, un aspecto peligroso y oscuro.

Según Sófocles, la fuerza de la pasión amorosa arrastra al hombre más virtuoso fuera de sí y lo saca del orden moral y social; su despotismo es causa de la terrible culpa que ha de arrastrar el hombre después de haber infringido los preceptos básicos de su existencia. Los lazos de sangre, los lazos maritales, es capaz de destruirlos la fuerza de Eros y de Afrodita, y lo hace con las armas de la seducción, la belleza, la ternura, los secretos de la germinación de la vida y el placer.

Si bien los dominios de estos dioses son los del encanto, este lleva en sí el germen de un destino trágico, por el ensueño de felicidad que produce o hace a través de lo que se ha llamado *l'amour fou*, la locura de amor, una forma de alucinación en la que se bordea constantemente los territorios oscuros del sin sentido, de la vergüenza, la culpa y el deshonor; por lo que en ocasiones, cuando las víctimas de la alucinación del amor han llegado al punto en que no es posible dar marcha atrás, suelen pagar con sangre el sueño de amor en el que han vivido y hacen del suyo un destino maldito.

"Eros me ha sacudido los sentidos como un viento de los montes que cae entre los robles. Y otra vez paralizante, Eros me retuerce y me dobla, el inexorable monstruo agridulce" (*Baladas*, Safo).

En algunos poemas se denomina como la pequeña muerte (*la petite morte*) al éxtasis del orgasmo en el que los amantes pierden la conciencia de sí y se funden con el otro. Muchos amantes han exclamado: *quisiera morir en tus brazos o haz de mí lo que quieras...* Así sea por un instante, estos seres parecerían víctimas capaces de abandonarse placenteramente a la perdición, al abismo infernal, a ese misterioso placer por el cual se es capaz de arriesgarlo todo. Por el simple hecho de creerse dueño por un instante del objeto amoroso. Vida y muerte confluyen en un solo instante de placer, como lo simbolizaron las antiguas diosas del placer: Kali, Astarté, Ishtar, donde la muerte y el amor se fundían bajo el poder una misma deidad femenina.

Eros y tánatos

El sentido último del erotismo es la muerte.

George Bataille

El psicoanálisis retomó muchos de los antiguos mitos y demostró que la condición humana se encuentra más cerca de estos de lo que usualmente creemos. Los psicoanalistas Sigmund Freud y Jacques-Marie Lacan, a través de los mitos y de las obras trágicas, sustentaron que en ellos se ve reflejada la esencia de la vida humana.

Sintetizando el pensamiento de Freud al respecto, podemos decir que el hombre se ve atenazado por dos grandes fuerzas instintivas y opuestas, a las que identificó con las de fuerzas de la mitología griega *eros* y *tánatos*. La primera simbolizaba la fuerza de vida, el deseo, la atracción y la creación. Por oposición, y frente a la anterior, se encontraba irremediablemente *tánatos*, el instinto de muerte, de autodestrucción, de repulsión. Y así, a la deriva entre uno y otro, el hombre deambula entre la vida y la muerte. No obstante, dos milenios y medio antes de los psicoanalistas del siglo xx, los filósofos griegos elaboraron unas agudas reflexiones sobre *eros* y algunas de ellas quedaron expresadas por Platón en los diálogos *Simposio* y *Fedro*.

En estos se plantea que *eros* es una fuerza mediadora que ayuda al hombre a elevarse desde lo sensible para alcanzar lo inteligible. Esta fuerza nace de una "necesidad" de buscar y poseer la belleza (y el bien), de los que el hombre carece y, por este motivo, desea. En estas reflexiones filosóficas, que son varios siglos posteriores a los relatos originales de los mitos, se plantea, además, que *eros* no puede ser un dios, porque al dios, por su condición divina, no le falta nada ni desea algo que ya debe poseer por toda la eternidad.

Así, no es un dios; no obstante, es una fuerza superior que altera el orden de las cosas. En *Fedro*, Diotima, una mujer experta en el arte del amor, plantea que *eros* es un gran *daimon*. Eros es entonces un demonio, un ser que nunca llega a poseer a plenitud aquello que anhela, un ser eternamente insatisfecho. De ahí su violencia. Es la furia de un demonio en el interior de un cuerpo que busca desesperadamente complementarse en el ser deseado.

Los filósofos griegos exaltaron la razón y se inclinaron por temerle a *eros* o, por lo menos, por tratar de refrenar su influencia enfocándolo en diversas formas de afectos menos arrebatados que la pura pasión erótico-amorosa. Platón sugería que *eros* tenía diferente naturaleza si era hijo de Afrodita Pandemos, la diosa del deseo carnal, o de Afrodita Urania, que despertaba sentimientos más etéreos. Para las formas más etéreas de afecto se utilizaban los términos *ágape*, amor a la divinidad, *fileo*, amor de compañeros y *storge*, cariño incondicional, pero desapasionado.

Desde siempre, dejarse arrastrar por la tentación y el deseo ha sido peligroso y arriesgado. Estos otros enfoques del amor permitieron a los filósofos antiguos y a la tradición judeocristiana buscar la templanza y plantear que el autodominio y la moderación recibirán recompensa; pero que si prevalece el deseo físico, si permitimos que la pasión nos arrastre al exceso (*hybris*) y si actuamos en contra del buen juicio, se desencadenará una tragedia.

Sócrates, al referirse al placer que proporcionan los cuerpos hermosos, consideraba que ese era el peligroso *eros*. El exceso es el *eros*; sus pasiones son físicas, desenfrenadas, algo brutales y, por consiguiente, contrarias a la razón. El pensador consideraba esta forma de amor nociva para el alma del enamorado y del amado, porque el amante, al buscar su placer propio, perjudica el alma del amado al mantener a este en un estado de dependencia. Se trata de un *eros* que tiene por objetivo el placer antes que el bien, el cual no solo es malo para el alma del amado, sino también para su cuerpo en la medida en que el amante, poseído por el eros egoísta —los celos— priva al amado de muchas cosas.

Posteriores tragedias hicieron eco a esta advertencia de Sócrates. Según esto, el pensador consideraba que sería más sensato que el amado favoreciera al no poseído por el *eros*; de lo contrario, se exponía a un afecto que es como el del lobo por la oveja. El amor es primordialmente una especie de locura divina, ya que si bien, como se ha dicho, no es un dios, sí es un ente sobrehumano superior a los mortales.

"La acción donde todo mi cuerpo se hace todo signos y todo fuerza [...]. Comprendo lo que el amor podría ser al extremo: exceso de lo real. Las caricias son conocimientos, los actos del amante serían los modelos de las obras". Estas palabras de Paul Valéry, citadas por Joseph Lo Duca, en su *Historia del erotismo*, evocan lo que la fuerza erótica busca: el cuerpo, la piel del ser amado, ya que es en ese el único lugar donde el enamorado cree poder encontrar su felicidad. De ahí que todos los intentos para conseguir el objeto deseado sean válidos.

El destino impone sus límites
a dioses y humanos

El castigo

Aquel a quien los dioses quieren destruir, primero lo vuelven loco.

Eurípides

Desde la antigüedad se ha creído que las pasiones desmedidas traen consigo la locura, una forma de castigo de los dioses. Los griegos consideraban que las emociones no pertenecían a los individuos, sino que eran fuerzas exteriores, que provenían de los dioses. La palabra *locura* viene de diferentes sustantivos griegos, entre ellos *ánoia*, que significa ausencia de *nous* (mente, intelecto). *Paranoia*, por ejemplo, es un desvío de *nous*, un estado en que la mente está desviada.

Al dar rienda suelta a sus pasiones, el hombre se cree —aunque sea por un momento efímero— inmortal y libre. En los arrebatos de desmedida pasión erótica, el hombre olvida su existencia mortal y miserable, y por un instante se iguala con los dioses; pero en ese mismo momento su satisfacción y placer colinda con la *hybris*, la desmesura, la soberbia; esta es la falta más grave, según las divinidades. El éxtasis lo hace sentir orgulloso, altanero, soberbio, impetuoso, supremo. Su deseo lo impulsa al desenfreno, al empecinamiento e, incluso, al daño. Hesíodo menciona "como causa de la creciente desventura de los hombres, el progreso de la *hybris* y la irreflexión, la desaparición del temor de los dioses, la guerra y la violencia". La *hybris* es una maldición, ya que la peor ofensa para los dioses es que un hombre no "piense humanamente" y aspire más allá de los límites humanos. Dice Píndaro, en *Nemeas* (6,1-7):

Una es la raza de los dioses, una la de los hombres. De una sola madre recibimos nuestro aliento. Sin embargo, nos separa una diferencia de poder, pues una de las dos no es nada, mientras que para la otra el cielo de bronce es su morada de toda eternidad. Sin embargo, nosotros los mortales nos parecemos, sea por el poder de nuestro espíritu, sea de otra manera, a los inmortales, aunque desconozcamos la vía que el destino nos ordena seguir, sea en el día, sea en la noche.

Esta idea va paralela con el concepto siempre latente de la envidia o molestia de los dioses hacia los seres humanos embebidos en una felicidad altanera que les produce suficiencia. Y no hay nada que al humano dé más dicha que el clímax de la pasión amorosa. Esta tensión entre felicidad arrogante y sumisión a los dioses ha determinado durante largo tiempo la fortuna de los hombres… El exceso de felicidad suele terminar en desgracia, la suerte cambia todos los días; por lo tanto, los mortales deben ser mesurados y no deben aspirar a lo más alto: "No se enorgullezcan demasiado los que han de morir. De la flor de la soberbia sale luego la espiga del crimen; la cosecha que se recoge es cosecha de lágrimas" (Esquilo).

Heródoto plantea que los dioses resienten a aquel mortal que se siente demasiado seguro de sí mismo. Es una idea constante en la cultura clásica, ya que vuelve a aparecer con la idea solónica sobre la *insaciabilidad del espíritu humano*. Solón considera más prudente a quien reflexiona acerca de las acciones que serán mejores, una vez llevadas a cabo. También es muy meritorio quien consiente que se le aconseje bien; pero quien no escucha ni a sí mismo, ni a los demás, es considerado un hombre inútil.

Según Werner Jaeger, en su *Paideia,* "El peligro demoniaco se halla en la insaciabilidad del apetito que siempre desea el doble de lo que tiene por mucho que esto sea […]. La convicción solónica de un orden divino del mundo halla en esta dolorosa verdad su más fuerte fundamento". Otra particularidad de los dioses reside en que su comportamiento caprichoso favorece a algunos, pero nunca es claro quiénes son sus elegidos ni a quiénes está castigando con sus dones.

De cualquier modo, la intervención divina bajo la forma del destino, de la moral o de la ley civil o religiosa imperante es uno de los desencadenantes importantes en estas historias, en las que se pone en evidencia cómo los oráculos divinos logran su propósito pese a que los hombres quieran eludirlos con pasiones desenfrenadas e ilusiones de amor, como si con un ánimo cínico y burlón exhortara a no perder de vista los límites humanos y les recordara a los mortales que sus sueños e ilusiones son siempre más grandes que su posibilidad de lograrlos.

Seducción y maldiciones

Eros, que es el más hermoso entre los dioses inmortales, es quien desata
los miembros de todos los dioses y hombres y domina en el corazón, la
mente y la prudente voluntad.

Hesíodo, *Teogonía*

En el ilusorio espacio de las pasiones amorosas, aquello que prima es el deseo, pero también están las palabras con las que se le comunica al ser amado toda la intención amorosa. Esas palabras van a estar cargadas con la fuerza de un conjuro. Desde la antigüedad se ha tenido conciencia del poder del lenguaje y de su carácter mágico. En diversas culturas los dioses crean lo que no existe mediante el uso del lenguaje. Del mismo modo, el amor se hace "visible" al ser amado por medio de las palabras del enamorado.

El puente entre la locura, la magia y la poesía ha estado también presente desde tiempos antiguos. El poseedor de la magia o iniciado por los dioses cae en un estado de trance o locura mediante el cual puede cruzar el puente que lleva al mundo de lo sobrenatural. Los embrujos y encantamientos tenían inicialmente forma de verso, ya que la poesía era más fácilmente memorizada que la prosa.

Al poeta, por su parte, se le consideraba un "iniciado", un conocedor de las historias de los dioses; pero también podía ser considerado un portador de magia, un traficante de embrujos que podía corromper a las gentes con el influjo de sus versos, que eran llamados hechizos.

Para dar mayor fuerza al conjuro, en ocasiones este era escrito. En la antigüedad clásica eran muy temidas las llamadas *tablillas de maldición* (en latín, *tabellae deifixio*, y en griego, καταδεσμος, *katádesmos*). En estos curiosos objetos, hechos casi siempre de plomo, se escribía con un punzón una maldición para que los dioses del inframundo la escucharan y la ejecutaran. Con frecuencia, lo que se escribía en dichas tablillas eran *defixio amatoria* o conjuros amorosos propiamente dichos, mediante los cuales se pretendía retener eternamente al ser amado o augurarle los peores males si se alejaba.

Algunas tablillas eróticas no buscan el daño como fin en sí, sino como medio de atraer al ser amado. Lo que las incluye en el terreno de la maldición es el pretender hacerlo en contra de su voluntad y por medio de la tortura (insomnio, impedimentos para comer y beber, fiebres, pérdida de fuerza y vigor), además de apartarlo, por supuesto, de otros posibles amantes. Ese es el propósito de las conocidas ligaduras o amarres amorosos.

Son múltiples las tablillas de este tipo (eróticas) encontradas, pero especialmente significativo es un grupo de textos procedentes de Egipto. Algunos son muy curiosos, como este, en que una mujer pugna por el amor de otra: "[...] Atraedme a Gorgonia, a la que parió Nilogenia, atraédmela, torturad su cuerpo noche y día, sometedla hasta que abandone todo lugar y toda casa por el amor de Sofía, a quien parió Isara, que se entregue a ella como esclava [...]". Un ejemplo modelo puede ser este:

> Antinoópolis, haz una atadura mágica a Ptolemaide, a la que parió Ayade, la hija de Orígenes, para que no pueda tener relaciones sexuales, ni por delante ni por detrás, que no pueda obtener placer con otro hombre sino solo conmigo, Sarapamón, a quien parió Area; no le permitas comer ni beber, ni obtener placer, ni salir, ni conciliar el sueño apartada de mí, Sarapamón, a quien parió Area [...]. Arrástrala por los cabellos, por las entrañas, hasta que no se separe de mí, Sarapamón, a quien parió Area, y yo posea a Ptolemaide, a quien parió Ayade, la hija de Orígenes, sometida a mí para todo el tiempo de mi vida, amándome, enamorada de mí y revelándome lo que tiene en mente.

Otros son aún más explícitos. Está claro que se trata de algo maléfico: habitualmente se solicita el concurso de un *daimon* de muerto y se le insta a que cause daño, enfermedad o insomnio a la persona que se desea poseer, hasta que se cumpla la voluntad del suplicante. Las divinidades a quienes se dirige la plegaria son las mismas de la magia maléfica: Hermes, Perséfone, Tifón y Hécate, aunque lógicamente no falten Afrodita y Eros.

La pasión amorosa, la magia y la poesía están vinculadas no solo por su sentimiento, por el poder de las palabras, sino porque dependen de una fuerza erótica o mágica atribuida en muchos casos a seres sobrenaturales, lo que hace que su estructura sea muy distinta de la lógica racional. El mago, el poeta y el loco enamorado miran el mundo con ojos capaces de establecer toda suerte de vínculos y conexiones entre cosas que racionalmente no están conectadas de forma alguna. Ven lo que nadie más es capaz de ver.

El juego de la pasión erótica, la poesía y la magia descansan sobre similitudes, analogías y símbolos. Ejemplo de ello es el particular significado que adquieren objetos comunes como los ojos, el cuerpo, las flores, las estrellas, las puestas de sol, las fechas o los lugares. Todo el panorama mágico y amoroso se basa en analogías poéticas entre los seres, en la creencia en unos vínculos que, aunque invisibles para muchos, son de una profunda fuerza. Del mismo modo, la fuerza erótica, la magia y la poesía comparten un sentido de la profunda importancia de la inspiración, del destello de iluminación, de la chispa repentina de algo percibido en fragmento o no percibido en absoluto y que para el iniciado o el amante tiene el valor de la verdad absoluta.

Por medio de su inspiración, amantes, poetas y magos tienen acceso a una verdad no accesible para los menos dotados y menos afortunados, a niveles de realidad más profundos y mucho más significativos que el mundo superficial de las apariencias puede revelar. No obstante, por dicho conocimiento se paga un alto precio, en ocasiones trágico.

Escudriñando en el tiempo para buscar diversos relatos de amores malditos, se inicia este recorrido con relatos de la mitología clásica, ya que esta, junto con las narraciones del Antiguo Testamento, ha sido la principal fuente de inspiración para el espíritu de Occidente, lo cual puede verse reflejado en su arte y literatura. Estas historias, con todo su carácter simbólico y sagrado, vislumbran la respuesta a inquietudes esenciales sobre la condición íntima del ser humano, incluso cuando sus protagonistas sean divinidades.

Tras la disolución de la civilización grecorromana y el advenimiento de la tradición judeocristiana, los mitos clásicos no desaparecieron de los sueños de artistas y poetas. Durante el Renacimiento volvieron a germinar y durante el siglo XVIII la ópera y la literatura les dieron un nuevo aire. Historias que lograron llegar a emocionar a la gente más allá de su época y después de siglos, hoy en día nos siguen resultando profundamente conmovedoras. Tal es el caso de Romeo y Julieta o Tristán e Isolda, relatos tan vívidos que se encuentran inextricablemente ligados a lo más profundo de nuestra cultura occidental, con la misma fuerza que un relato histórico.

Por este motivo algunos personajes literarios aparecerán aquí junto a historias reales que adquirieron posteriormente un carácter legendario, como Abelardo y Eloísa o Juana la Loca. Relatos míticos, literarios e históricos se funden para mostrarnos los sueños, los anhelos y los miedos que produce el amor. El sueño de pasión y deseo permanece imperturbable en el corazón humano desde el inicio de los tiempos. Amores imposibles que contrarían a las socarronas tejedoras del destino; pero el destino, burlón, no perdonará su altivez ni permitirá su insolencia de amar más allá de los límites establecidos y los castigará con el letal estigma de un amor maldito.

Lágrimas de amor divino: tragedias de amor en tiempos mitológicos

> *¿Y desea y ama lo que posee y ama cuando lo posee,*
> *o cuando no lo posee?*
>
> Platón, *Banquete*

Escudriñando en el tiempo rastros de amores malditos que permitan ver la permanencia de este mal en el corazón humano desde los inicios de la civilización, nos remontamos a antiguos mitos y leyendas para descubrir que pese a los cambios y desarrollos tecnológicos y culturales, en lo más profundo del espíritu humano los miedos y las pasiones siguen inmutables. Este capítulo corresponde a la mitología clásica y sus relatos tienen la particularidad de llevar encerrados en sí mismos secretos velados, fragmentos de profundas realidades humanas. Los mitos están hechos de la misma materia de los sueños y son los generadores de la magia, la poesía, las creencias religiosas y el arte. De ahí que resulten tan inquietantes, familiares y extraños a la vez.

Pasión y deseo: una maldición desde el inicio de los tiempos

Oirás, viniendo de ti mismo, una voz que lleva a tu destino.
Es la voz del deseo y no la de los seres deseables.

George Bataille, *Las lágrimas de Eros*

Antes del principio de los tiempos existía el caos. La creación del universo solo fue posible gracias a la aparición de Eros, símbolo del deseo de unirse a otro, quien surgió de lo profundo de la oscuridad para atraer entre sí los diferentes vástagos del abismo inicial que se fueron formando. En esa noche primigenia, fue el vigor de Eros, con sus sacudidas revolucionarias, el que creó uno de los sentimientos más profundos de los seres, puso en movimiento la vida, activó los sentidos y provocó el despertar de las emociones. Fue él el primero en perturbar el orden y quien en forma de maldición alada se dedicó a juguetear con sus flechas doradas, con las que incendia de pasión a sus víctimas, sin importar su rango, sexo o edad.

En algunas versiones, Eros es el fruto de la unión de Afrodita (quien a su vez es símbolo de la pasión sexual) y Zeus (el rey de los dioses olímpicos); incluso se ha dicho que es hijo de la diosa Arco Iris y el Viento del Oeste, lo que acentúa su carácter simbólico al relacionarlo con lo tempestuoso y fugaz del viento y lo ensoñador e ilusorio del arco iris.

A pesar de las divergencias en cuanto a su origen, todas las versiones coinciden en su carácter libre e indómito, similar a las criaturas nocturnas que no respetan a nada ni a nadie. Eros disfruta alterando lo apacible y con su engañoso aspecto de inocencia enmascara lo inesperado. Es la perversidad con rostro de inocencia, capaz de remover las capas más duras de un corazón que reposa en la conveniencia o la tranquilidad.

Por su parte, eternamente infiel, hermosa, desleal y caprichosa, Afrodita es la diosa más deseada y temida. Fue incorporada en la asamblea de los dioses olímpicos, a pesar de no compartir su origen con ellos, quienes son hermanos o descendientes de Zeus. Ella fue aceptada en el Olimpo por el secreto de su poderoso ceñidor, que resaltaba sus voluptuosas formas y que hacía que aquel que la viera quedara prendado de ella hasta el delirio. A pesar de su aparente fragilidad y rostro inocente, manipula a su antojo a mortales y dioses al distribuir la pasión por el mundo. Su principal arma es la exacerbación de los sentidos mediante aromas, texturas, roces, brebajes, semillas, invocaciones, conjuros y encantamientos. Todos los recursos son válidos para atrofiar la voluntad del ser amado y adueñarse hasta de su último aliento. Su magia entraña el misterio de enceguecer al más lúcido, iluminar al más simple y colmar con satisfacciones que no se sustituyen con otros deleites.

Diosas y lujuria

Si bien Zeus, rey de los dioses del Olimpo, se destacó por sus múltiples encuentros amorosos con mortales, al igual que sus hermanos, hijos y sobrinos, quienes seducían o en ocasiones forzaban sexualmente a las mujeres humanas mortales con toda libertad, el gran dios no admitía que las diosas hicieran el amor con hombres mortales. Esto era considerado un terrible crimen de presunción o soberbia por parte del impertinente mortal que pretendía igualarse a los dioses, al dormir con una diosa.

Así, esta forma de *hybris* siempre estuvo acompañada de un tormentoso castigo que, en ocasiones, era el resultado de una maldición o castigo divino contra un mortal irrespetuoso. Las historias de amor entre diosas y hombres casi siempre tienen un desenlace fatal. Ellas, víctimas de sus sentimientos, igual que las mortales, sufren intensamente la pérdida de un amor.

Afrodita y Anquises: el temor a la belleza extrema

Fue Afrodita quien incitó a los dioses y diosas a aparearse con los humanos. Por este motivo, Zeus, con sus poderes supremos, la hizo enamorarse de Anquises, para que ella no pudiera envanecerse de no haberse ido al lecho con un ser de condición inferior como un mortal.

Afrodita sintió una arrebatada pasión por Anquises, un pastor, que aunque mortal tenía la belleza de los dioses del Olimpo. Consciente del temor que podía inspirar su presencia como diosa, Afrodita se transformó en la princesa Otreia y de ese modo lo persuadió a hacerle el amor. El pastor, asombrado con su belleza, le dijo que temía amar a una inmortal, pues esto solía traer desgracias; pero ella le afirmó que no era más que una mujer común, una simple mortal. Anquises, deslumbrado y para no parecer cobarde, le aseguró que estaba dispuesto a morir tan solo por el placer de poseer a una mujer con la hermosura de una divinidad.

De este modo, perturbado por la irresistible tentación, Anquises cayó en brazos de Afrodita. Compartieron un lecho cálido y blando, forrado de pieles de animales que él había cazado en las altas montañas; pero al amanecer del día siguiente la diosa le reveló su verdadera identidad y, pasado el furor de la pasión, enorme fue la tristeza de Anquises, al confrontar la realidad. Él sabía que ser amado por una diosa era fuente de duros sufrimientos y castigos por parte de Zeus. El pastor le reprochó a la diosa el engaño, a pesar de intuirlo, y le imploró no ser castigado y, sobre todo, que no lo dejara *impotente, pues ha oído rumores sobre mortales* que quedaron disminuidos tras encuentros amorosos con una diosa.

Afrodita trató de tranquilizarlo, asegurándole que nada le pasaría si sabía guardar el secreto de lo sucedido aquella noche. Anquises debía callar, bajo pena de ser fulminado por Zeus. No obstante, a pesar del interés de la diosa por proteger a su amante, en diferentes tradiciones el desenlace de Anquises es triste: al parecer, finalmente, quedó impotente, cojo o ciego y fue arrastrado con dificultad por su hijo Eneas, su hijo con la diosa, por entre las ruinas de Troya. Si bien el heredero, Eneas, pasó a la historia como padre de los romanos, como digno hijo de su madre, protagonizó con Dido, la reina de Cartago, otra de las más lúgubres historias de amor.

Yasión y Deméter: lágrimas de pasión

Deméter, diosa de las cosechas, cuyo cabello recuerda los trigales, se ha enamorado perdidamente de un pastor, Yasión. El apuesto hombre, tres veces pasó el arado por el campo, en una tarde clara y perfumada, con la tierra húmeda y surcos abiertos a la espera de simientes.

La presencia de Deméter se siente en el aire. La diosa, altiva y noble, se acerca emocionada con los brazos abiertos al joven pastor. La pareja se abraza profundamente enamorada. Este fue el único amor verdadero de la diosa. La noche se hizo densa y ellos seguían juntos. La tierra que había sido tres veces arada y que seguía a la espera de la simiente se estremeció bajo las caricias.

Pensaron que serían felices durante mucho tiempo, pero Zeus se indignó al descubrir los encuentros de la diosa con el mortal. El señor del Olimpo, indignado, preparó uno de sus rayos más violentos y lo arrojó con certeza sobre Yasión. La diosa de doradas trenzas, protectora de la tierra y las cosechas, impotente ante la ira de Zeus, lloró desconsolada la pérdida de su amor.

La suficiencia impía de Ixión

Atado con serpientes a una rueda alada y llameante, Ixión es castigado eternamente en el tártaro por haber ultrajado a Zeus. El gran dios lo había recibido en su morada celestial para purificarlo por el asesinato de su suegro y allí lo alimentó de ambrosía, el bocado exclusivo de los dioses, y lo hizo inmortal. En el Olimpo, Ixión se apasionó por Hera, la esposa de Zeus, y la persiguió con sus requerimientos amorosos.

La reina del Olimpo, indignada, rechazó al impertinente y dio quejas a su marido; pero debido a los constantes escándalos de su mujer por nimiedades, Zeus dudó de la queja y decidió comprobar la insolencia del huésped; por ese motivo, dio a una nube la forma de Hera y esperó a que el enamorado apareciera en escena.

Ixión, al ver la nube, creyó que era realmente Hera sin compañía, por lo que agarró el doble de la diosa y se unió desesperadamente a ella. De ese abrazo nació un horrible monstruo. Indignado al corroborar la veracidad de las palabras de su esposa, el rey de los dioses arrojó al arrogante impío al tártaro, a su espantoso castigo eterno. Y mientras estuviera atado a la rueda incandescente que vuela por los aires, el condenado debe repetir sin cesar: *Se debe respeto a los benefactores*. De ese modo, la inmortalidad que Zeus le había concedido no le sirvió, sino para padecer durante la eternidad.

El deseo, un castigo divino

La execrable pasión de Pasífae

Una pasión maligna invadió el corazón y la piel de Pasífae, esposa de Minos, rey de Creta. El desdichado hombre jamás pensó en las consecuencias que su propia soberbia traería y que lo aproximarían al lado más oscuro de los deseos del ser humano. El resultado de ese deseo siniestro de la reina es un bebé monstruo que se le reveló al rey, ante sus ojos, como una pesadilla insondable, en la que a pesar de todo podía ver brillar en los ojos de animal unos tenues visos de luz humana. El adefesio recién nacido del vientre de la reina era un recuerdo ultrajante, execrable, que le representaba la ruptura del tenue velo que separa las tinieblas y la luz y enfrenta a los seres a lo extraño como destino.

Esa criatura que lo observaba con ojos de animal tenía cabeza de toro; por eso en sus ojos no se ve la luminosidad de la inteligencia humana, pero su cuerpo era de hombre. De ahí que se pudieran percibir sus sentimientos humanos y su profunda soledad, aun desde su más tierna infancia. Por el resto de la vida de los reyes de Creta ese vástago, llamado Minotauro, fue su tortura a cuentagotas.

Por su parte, la madre del monstruo, hermosa y pálida, observaba en silencio. Nada en su rostro ni en su actitud reflejaba la temible lujuria que la había envuelto. Impávida, no tenía nada que decir ni que explicar; el monstruo que tenía ante sus ojos había salido de sus entrañas, era el fruto de su pasión maldita.

Los ojos de su esposo, cargados de rencor, la acusaban de infidelidad, y era cierto. Minos no era el padre de la bestia con cabeza de toro y cuerpo de hombre; pero los sacerdotes la defendían: insistían en que no había sido culpa de la reina. Una y otra vez sentenciaron que la pasión desenfrenada que despertó en ella el toro sagrado que Poseidón hizo salir de entre las aguas era un castigo del dios contra ese rey, por no haber sacrificado al animal en su nombre, para agradecer la deferencia que había tenido con él. Insistieron también los sacerdotes en que no eran solo Eros y Afrodita los únicos capaces de infundir en los humanos la locura del deseo.

Ante la actitud inquieta de Minos, de un rey que sabía que había perdido el control, el favor de los dioses y el respeto de su pueblo, y que buscaba en Pasífae la culpa de sus desgracias, ella, mustia, parecía decirle con la mirada: pero ¿acaso no fuiste tú quien con soberbia y perfidia se alzó contra Poseidón, el dios del mar, y en un acto de altanería impidió que fuera sacrificado el hermoso toro blanco que esa divinidad había hecho salir del mar en señal del apoyo?

No obstante, cuando la reina recordaba al toro blanco, un estremecimiento le corría por el cuerpo. Al mirar la horrible criatura que tenía cerca a ella, se aterraba de todo lo vivido; pero, a solas, cuando no tenía frente a sí el vástago maldito, evocaba esa pasión antes jamás sentida por una mujer que había vivido siempre prisionera de su prestigio. Como un destello, la textura de una suave piel de animal sobre la que se recostaba, le revivía el desenfreno que la hizo cruzar todos los límites y la llevó a unirse a ese suave e imponente toro blanco.

Lleno de temores, el rey sospechaba, además, que Pasífae no sentía jamás placer alguno con él como el que sintió con la bestia. Aun cuando esa bestia salió del agua en señal de que él era el predilecto de los dioses, paradójicamente el monstruo engendrado representaba el testimonio vivo de su inferioridad frente a todos los hombres. Su mujer no solo le fue infiel, sino que su rival fue un animal.

Minos anhelaba desentrañar el enigma que lo atormentaba. Llamó a su presencia a Dédalo, el genio entre los genios de los arquitectos e ingenieros griegos, el prófugo por el asesinato de su sobrino en Atenas, a quien fulminó en un ataque de celos cuando sintió que su obra podía ser mejor que la suya. Dédalo, sin duda, podía explicarle qué lo impulsó a hacer la vaca de madera en la que se introdujo la reina Pasífae para copular con el toro.

"Si la reina no es culpable de la pasión que la arrastraba, entonces tú fuiste quien permitió que se consumara. Por lo tanto, debes hacer un laberinto inexpugnable para que habite la bestia a la que se le ha de arrojar carne humana cada cierto tiempo para alimentarla", sentenció Minos sin decirle a Dédalo que pensaba, además, encerrarlo en un rincón de ese mismo laberinto como castigo a su deslealtad.

Sin nada que perder, y con la suficiencia y agudeza que lo caracterizaba, Dédalo le relató al rey de Creta lo que él mismo debía saber o no quiso ver: la evidente afición de la reina por el gran toro blanco. Durante los primeros días de la llegada del animal sagrado, Pasífae salía largas horas a mirarlo y le acariciaba su pelaje blanco. El animal se dejaba, a pesar de ser considerado por todos una bestia indomable. La reina, absorta en su brillo, luego lo montaba sin temor, como si fuera un caballo y daba largos paseos. Finalmente lo buscó a él, a Dédalo, y con cierta timidez, aunque sin vergüenza, le expuso su necesidad: necesitaba encontrar la manera de unirse con el toro.

Dédalo, confundido, le aseguró al rey que estuvo a punto de confesarle lo que estaba sucediendo, pero las súplicas lacrimosas de la reina se lo habían impedido: "La reina aseguraba —recuerda el ingeniero— que desde que vio el toro no vive, que solo ansía estar con él y que le era preferible morir si no podía unirse a él". Era evidente que un impulso superior a ella la arrastraba; no reflexionaba sobre sus palabras ni sobre los actos de los que hablaba. Era como un guerrero en pleno combate, enceguecido por un furor que no se puede consumar.

"Su pasión era tan intensa que hacía ver la aberración como algo normal y no pude más que compadecerla", dijo al fin el genio de los ingenieros al rey de Creta. Así, deambulando entre la agonía y el deseo, Pasífae parecía no ser ella misma durante los días en que se estaba construyendo el animal de madera. Fue la época en la que con ojos brillantes y sonrisa de poseso engalanaba al toro con guirnaldas y flores, ante la mirada atónita de los sirvientes, a quienes ella justificaba que era la forma de honrar el regalo de un dios, un ser que por consiguiente era divino. La ansiedad de la reina estremecía a toda la corte. No comía y no le interesaba ver a nadie. Suspiraba con frecuencia y solo encontraba tranquilidad al lado del toro.

Finalmente, la vaca de madera estuvo terminada. Estaba cubierta con piel auténtica e impregnada de ungüentos con olores que atraerían al animal. Perfumada con los mismos aromas, solitaria y desnuda entró la reina a la cavidad que se había diseñado especialmente para ella, no sin antes besar los belfos del sagrado animal que se encontraba cerca. Algo turbio, maligno e impuro brillaba en sus ojos. De su enajenación brotaba una respiración irregular. Su obsesión obnubilaba su mente, no había marcha atrás.

Dos ayudantes de Dédalo cerraron la compuerta. La reina había quedado encerrada dentro del animal. Pasífae cayó al abismo de lo execrable: iba a unirse a un toro sagrado, pero la suya era una unión maldita. Iba a hacer realidad sus deseos salvajes, fuera de toda norma. El toro, atraído por el ingenioso diseño de Dédalo, cumplió los deseos de la ansiosa Pasífae, que en sus gritos y gemidos placenteros develó los signos del horror, el miedo y la seducción. De la embriaguez del erotismo, de la abominación y el éxtasis, de la libertad y la condena.

Las venganzas de Afrodita

Mirra, la princesa incestuosa

Como todos los dioses del Olimpo, Afrodita exigió siempre que se le adorara. Aquellos que despreciaban su culto eran castigados ferozmente. Se dice que la joven Mirra, hija del rey Chipre, Cíniras, no adoraba a la diosa ni respetaba sus ofrendas. Por este motivo la diosa se indignó y castigó a la muchacha, inspirándole una desenfrenada pasión lujuriosa por su propio padre. Envenenada con un amor loco y desgraciado, Mirra luchó contra sus sentimientos; incluso, al sentirse incapaz de controlarlos, la joven intentó ahorcarse, pero su vieja ama se lo impidió y, compadecida, decidió ayudarla a seducir al rey.

En una ocasión, aprovechando que Cencrias, la esposa del rey, Cíniras, madre de Mirra, se encontraba ausente celebrando las fiestas en honor a Deméter (la diosa de las cosechas), en las que durante nueve noches las esposas no podían compartir el lecho conyugal, ayudada por su ama, Mirra se introdujo a oscuras en el cuarto de su padre, quien la confundió con una esclava y correspondió intensamente a los ardores lujuriosos de la joven. Mirra continuó visitando a su padre varias noches hasta que él sintió curiosidad por ver el rostro de su visitante. Mientras la joven dormía, el rey acercó una lámpara y con horror descubrió que la mujer que descansaba desnuda a su lado era su propia hija.

Fue tal la repugnancia de Cíniras por el acto cometido que desenvainó su espada dispuesto a atravesar a su propia hija. Mirra consiguió huir en la oscuridad y siguió vagando como fugitiva, porque a todo lugar adonde iba era perseguida por su enfurecido padre. La joven se escondió durante nueve meses, mientras su vientre crecía. Cuando llegó la hora de dar a luz, Mirra imploró el favor de los dioses: "Si alguno de ustedes, ¡oh, inmortales!, se ocupa de los verdaderamente arrepentidos, le suplico que me escuche. Yo sé que mi presencia en la tierra corrompe el mundo de los mortales con mi mera existencia, y si voy al Hades, corromperé el sagrado territorio de los muertos. Sé también que debo pagar mi castigo por la pasión que me ha enloquecido. Os suplico que me convirtáis en algo ni vivo ni muerto, de tal modo que no corrompa nada más; pero os pido también protección para el hijo que llevo en mi vientre".

Apiadados por sus tormentos, los dioses convirtieron a la joven en un árbol. Sus dedos de los pies se anclaron en el suelo, transformados en largas raíces, y su suave piel se endureció hasta transformarse en corteza de la que nació el hijo del incesto, Adonis. Sentidas lágrimas de la madre alcanzaron a brotar, pero al instante se transformaron en aromática savia. De este modo, apareció el árbol de la mirra en el mundo.

Desde pequeño, el niño fue protegido por la propia Afrodita, que al verlo quedó abrumada por su belleza. Adonis era todavía un adolescente cuando la diosa del deseo lo instruyó en las artes del amor. Convertido en el más atractivo de los hombres, Adonis despertaba un intenso y constante deseo en la diosa, que anhelaba con desespero su compañía.

Ella decía no haber sentido nunca un afecto tan intenso y le prodigaba a Adonis los mayores cuidados posibles.

Pero Ares, el dios de la guerra, anterior amante de Afrodita, sintió profundos celos y decidió urdir una mortal venganza, para la cual inspiró en Adonis una profunda afición por la caza del jabalí. Desde ese momento, el apuesto muchacho pasó mucho tiempo enfrentado peligros entre los bosques y las montañas, donde las fieras acechaban. Desesperada por los riesgos innecesarios que corría su amado, la diosa replicaba: "No es necesario ser valiente con aquellos a quien la naturaleza ha dotado de armas. No pretendas ser audaz con las fieras porque no es seguro. Limita tu valentía a los tímidos. No te expongas a peligros que pongan en riesgo mi felicidad, que es tu vida, tu juventud y tu belleza. Esos dones no conmueven a las bestias, no te expongas a ellas".

Una tarde el romance acabó. Mientras Afrodita descansaba bajo un árbol, su adorado amante salió de caza. En un instante, uno de los perros de Adonis siguió el rastro de un enorme jabalí. El cazador siente hervir su sangre y alista sus armas y corre tras lo que él cree que es otra de sus persecuciones contra una fiera; pero se engaña, la bestia no huye, quien habita el animal es Ares, el dios de la guerra, que en la soledad del bosque ataca al joven y lo hiere mortalmente.

Al oír el agonizante llamado de Adonis, la diosa corre a su lado desesperada; pero lo encuentra ya sin vida. Profundamente consternada, Afrodita pretendió recoger con sus manos la sangre de su amado que, al escurrirse entre sus dedos, cayó al suelo y se transformó en una flor. Así, la anémona que surge en la primavera y tras una vida efímera resurge cada año es un recuerdo de la tristeza de Afrodita, quien padeció el luto de un amor condenado por un dios.

Psique, más hermosa que Afrodita

Debido a la fama de beldad que le daban sus padres a la princesa Psique (Alma), muchas personas dejaron de acudir al templo de Afrodita para rendir culto a la belleza divina; los peregrinos, en cambio, comenzaron a ofrecer honores a la hermosura de una simple mortal: Psique.

Con su santuario en ruinas y menospreciada por los hombres, la diosa desdeñada montó en cólera y para vengarse ordenó a su hijo Eros que usara sus flechas encantadas contra Psique, para que se enamorara de la criatura más horrible y despreciable del mundo. Si bien la imagen más común que tenemos hoy en día de Eros es la de un niño alado y rechoncho, no era así como lo imaginaban los antiguos griegos, de tradiciones mitológicas tardías, para quienes era un joven atlético, dependiente de Afrodita. Obediente a su madre, Eros partió a cumplir su tarea; pero al encontrar a la princesa se sintió incapaz de agredirla con la maldición que su madre había ordenado. La joven era realmente muy hermosa y el joven dios de la pasión amorosa sintió el veneno de sus propias saetas recorrer el interior de su cuerpo. Él fue una víctima más del encantamiento que intoxica a dioses y mortales.

El enamorado, inquieto y pesaroso, volvió a presentarse ante su madre sin haber cumplido su cometido; pero trató de convencerla de que su rival ya no era competencia para ella, sin confesarle lo que realmente le había sucedido: Eros, apasionado, hizo a Psique inalcanzable para los mortales. En adelante, todos se asombraron con su hermosura, pero ninguno se enamoró realmente de ella. Los hombres contemplaron extasiados su belleza, pero no se consideraron dignos de ella, por lo que prefirieron pedir por esposas a las hermanas de la beldad.

Angustiados, los padres de Psique creyeron que la soledad de su hija era producto de una maldición y por este motivo consultaron el oráculo para pedirle al dios Apolo orientación y ayuda. Ellos no sabían que el verdadero motivo era el ser amada por Eros.

Antes que los propios padres de la joven, Eros había acudido a Apolo para solicitarle ayuda y hacerlo su cómplice en su trance amoroso. Necesitaba un aliado fuerte, ya que su madre jamás debía enterarse de que sus órdenes no habían sido cumplidas. El dios del amor no desobedecía a su madre con frecuencia, pero se estaba consumiendo en la misma enfermedad que él propagaba.

Apolo, para ayudar a Eros, ordenó por medio del oráculo que la joven debía ser vestida con traje nupcial y conducida a lo alto de una montaña donde un espantoso monstruo con forma de serpiente alada la convertiría en su mujer.

La revelación del oráculo era aterradora e inevitable, y a pesar de la tristeza de sus padres, frente a los que parecía un destino horroroso para la más hermosa de sus hijas, no se atrevieron a contrariar al dios. Entre lamentos y sollozos Psique fue ataviada como una novia y abandonada en la montaña indicada, donde aguardó su destino. Pasaron varias horas y ningún monstruo apareció. Exhausta y tensa por la larga espera, la princesa se quedó dormida. Enviado por Eros, llegó hasta ella Céfiro, el viento del oeste, quien con un suave soplo la transportó somnolienta a un hermoso valle cubierto de flores y surcado por riachuelos de agua transparente y sonora. Psique fue despertada en ese hermoso lugar por una voz que la invitó a entrar a un grandioso palacio que se encontraba frente a ella.

La princesa atravesó corredores suntuosos, aposentos y no vio a nadie; no obstante, tenía la sensación de ser observada y esa compañía invisible que percibió le agradó muchísimo. Durante la cena, la envolvió una música acogedora. Aunque aparentemente Psique se encontraba sola, la princesa estaba feliz. Podía percibir en el aire la presencia de un ser suave, tierno y apasionado.

Al anochecer, protegido por la oscuridad más profunda, Eros se acercó a su amada, la tomó en sus brazos y la cubrió de palabras apasionadas y caricias. La princesa se sintió profundamente enamorada, por lo que durante algún tiempo no le importó que su amado fuera prácticamente invisible; pero después de varios encuentros amorosos la princesa comenzó a sentir nostalgia: no podía ver el rostro de su amado y no había vuelto a tener contacto con su familia. En una de sus visitas nocturnas, Eros percibió la melancolía de su amada. Preocupado, le advirtió que sus hermanas, aunque ahora la lloraban pensándola muerta, si se enteraban de la realidad, podían hacerla profundamente desgraciada. Y que si volvía a verlas, no debía dejarse convencer por sus peticiones ni sus ruegos. Por otra parte, advirtió el dios a la joven, jamás debía pretender verlo a él.

Tanto lloró Psique por estas advertencias que el dios del amor accedió a que las hermanas de su amada la visitaran; pero le repitió que esos lazos que ella pretendía restablecer con su familia les traerían sufrimiento y desgracia. Antes de partir, con rostro preocupado, el dios le pidió de nuevo a Psique que nunca debía pretender verlo.

Al día siguiente, el viento del oeste trajo a las hermanas de la amada de Eros al hermoso palacio. En un principio, el reencuentro fue emocionante y conmovedor, pero después de un rato las hermanas se sintieron envidiosas de la felicidad de Psique. Al darse cuenta de que la joven no hablaba mucho de su marido, la agobiaron con preguntas que ella no sabía contestar. Ante la insistencia de sus hermanas, la princesa confesó que no había visto nunca a su amado.

Asombradas, las hermanas le preguntaron si no sería acaso el temible monstruo profetizado por Apolo el que yacía con ella cada noche, ya que, según ellas, si fuera un hombre apuesto, ¿por qué se ocultaría en las sombras? De ese modo, las hermanas de Psique sembraron desconfianza e inquietud en el corazón de la princesa.

Un escalofrío de terror recorrió la espalda de Psique. ¿Sería ella realmente la amante de un monstruo? Al verla consternada, sus hermanas se apresuraron a sugerirle que debía preparar una lámpara y un cuchillo. Con la primera debía en medio de la noche intentar ver el rostro del amado cuando este durmiera y con el segundo matarlo en caso de que fuera un monstruo.

Al regresar sus hermanas a sus respectivos hogares, Psique se debatía entre el temor y la incertidumbre. Amaba a su amante y hasta ahora había sido feliz, pero ¿sería realmente el monstruo presagiado por Apolo? Al anochecer el amante apasionado llegó en busca de su amada. Mientras duran los abrazos y las caricias Psique olvidó sus inquietudes; no obstante, apenas se durmió Eros las dudas volvieron a acecharla y su corazón se afligió de nuevo.

Con cautela Psique se levantó del lecho, buscó una lámpara, regresó e iluminó el rostro de su amado. La luz le permitió descubrir que en su cama reposaba el hombre más hermoso del mundo. Arrepentida, la joven trató de apagar la lámpara y ocultarla; pero por los nervios derramó una gota de aceite del candil sobre un hombro de Eros, quien despertó de un salto por el dolor y se dio cuenta de lo sucedido. El hermoso rostro del dios se cubrió de tristeza y salió del lugar pronunciando una sentencia: "El amor no vive sin confianza".

Desesperada, Psique intentó alcanzarlo en medio de la noche; pero fue inútil. Eros había desaparecido. La princesa, enloquecida de dolor, se dedicó a recorrer el mundo en busca de su amor perdido. Desilusionado, Eros regresó al lado de su madre y le pidió que lo curara mientras le contaba todo lo sucedido. Afrodita se enfureció. Psique, la misma joven por la que los mortales habían abandonado su culto, resultaba ser el motivo por el que su hijo la había engañado y por el que ahora él sufría. La diosa, indignada, decidió castigarla por todas las afrentas cometidas contra ella.

Mientras tanto, la princesa había viajado por el mundo pidiendo ayuda a los dioses para recuperar su amor; pero ninguno se atrevió por temor a las represalias de Afrodita. Desesperada, Psique imploró a la propia Afrodita, mas de la diosa solo recibió burlas y la imposición de unas pruebas casi imposibles: la primera de ellas consistía en separar antes del anochecer una enorme cantidad de diminutos granos de diferentes especies. Era un ejercicio imposible de cumplir; pero era tan angustioso el llanto de Psique que las hormigas del lugar se conmovieron y la joven logró terminar la tarea a tiempo.

Al ver finalizada la tarea, Afrodita se indignó aún más e impuso a la joven dormir en el suelo sin más cena que un mendrugo de pan. Esperaba que la belleza de la princesa se viera desmejorada por las vicisitudes. Además, la diosa se encargó de que su hijo permaneciera encerrado curándose las heridas del alma y del hombro. Afrodita temía que el joven dios volviera a verla y de nuevo quedara prendado de ella.

Entre tanto, la diosa le preparó una nueva tarea a Psique: ir a un valle atravesado por un río a esquilar unos carneros cuya lana era de oro, pues la diosa quería un puñado de ese oro; sin embargo, esos carneros eran salvajes y tenían cuernos venenosos. El camino de llegada era largo y difícil. La joven, desesperada, pensó en ahogarse en el río. No se sentía con ánimos para enfrentar a los animales y estaba decidida a acabar de una vez por todas con sus sufrimientos.

En el instante en que estaba a punto de arrojarse, oyó una voz que le trajo consuelo y le advirtió que no necesitaba desafiar a los carneros; era suficiente con esperar a la noche cuando los animales fueran a beber antes de dormir y dejaran enredado algo de su lana en los arbustos. De ahí ella podría recoger las hebras deseadas. Nunca fue claro de quién era la voz —al parecer fue de Siringa, una ninfa que había sido transformada en junco—, pero esta prefería permanecer en el anonimato por temor a las represalias de la diosa del amor.

Al recibir la lana dorada, Afrodita no se dio por satisfecha. Quiso entonces que la joven le trajera un frasco de agua oscura del río Estigia, aquella que cruzan las almas de los muertos con ayuda del barquero Caronte. Esta petición de Afrodita parecía imposible. No había forma de llegar hasta el agua, pues las piedras de alrededor eran escarpadas y resbaladizas y la caída de agua era demasiado fuerte. Evidentemente, la diosa insistía en acabar con la vida de la joven haciéndola sufrir. Dispuesta a desistir y a quedarse en el mundo de los muertos, Psique arrojó el frasco que llevaba. En ese momento pasó el águila de Zeus, que estaba en deuda con Eros, y agarró la vasija en su pico y recogió el preciado líquido negro.

Tampoco esto fue suficiente para la vengativa diosa, que pidió ahora a la joven ir hasta lo más profundo del inframundo a visitar a Perséfone, la reina del Hades. La norma era que cualquier mortal podía, por su propia voluntad aunque no sin cierta dificultad, viajar al mundo de los muertos, pero le sería imposible regresar de él.

Afrodita exigió a Psique pedirle a Perséfone dejar en una caja un poco de su belleza. El pretexto de la princesa debía ser que Afrodita, acongojada por las curaciones que había tenido que hacer a su hijo, temía haber desmejorado un poco su propia inmortal belleza. El viaje al mundo de los muertos fue largo, extenuante y en un momento de desespero la joven subió por una interminable torre y decidió arrojarse desde uno de sus balcones, ya que no veía la menor posibilidad de salir de allí con vida y quería quedarse definitivamente en el mundo de los muertos. No obstante, cuando estaba a punto de saltar al vacío, la torre le habló:

No te desesperes. Si haces lo que te digo, podrás salir del inframundo con vida. Debes recorrer un largo camino hasta llegar al río de la muerte, llamado Estigia. Para poder atravesarlo le entregarás al barquero llamado Caronte una monedas que yo te indicaré dónde conseguir y él te conducirá hasta la orilla opuesta. Debes seguir el camino que conduce directamente al palacio de Perséfone. Ante el portón encontrarás un temible perro de tres cabezas llamado Cerbero. No te asustes, aunque la bestia puede despedazarte en un instante, le darás un pastel que hallarás junto a las monedas, y se hará inofensivo. No debes escuchar ni atender a nadie que te pida ayuda, y solamente te sentarás en el suelo, aunque te ofrezcan un trono. No comerás nada distinto a pan ni beberás algo que no sea agua. Si sigues cuidadosamente mis instrucciones —continuó la torre—, llegarás a la reina Perséfone y ella te entregará la belleza en una caja que no debes abrir. Recuerda, no pretendas descubrir los secretos de la diosa del inframundo.

Psique siguió con cuidado las instrucciones. Aun así, el viaje fue penoso y lo hizo con mucha dificultad. Vio a un anciano pidiéndole auxilio para no ahogarse, pero ella, recordando las palabras de la torre, siguió su camino; luego tropezó con unos niños agonizantes que le imploraban socorro pero, de nuevo, haciendo un esfuerzo, continuó. Todas esas eran apariciones espectrales que le enviaba Afrodita con el fin de retenerla en el Hades.

Finalmente, agotada, logró llegar a la presencia de Perséfone, quien aceptó cumplir con la petición. A su regreso, la joven entregó un segundo pastel a Cerbero y dio otra moneda al barquero para que la cruzara nuevamente, pero esta vez en sentido inverso. Al llegar a la tierra, Psique estaba tan abatida y exhausta que temió que si Eros la veía nuevamente no la reconocería por lo quebrantada que estaba. Por ello decidió tomar un poco de la belleza que se encontraba en la caja a pesar de la advertencia de la torre. La fuerza de la vanidad fue superior a la cautela. Psique abrió la caja y para su sorpresa descubrió que no había nada visible, la caja contenía aire del inframundo. Al respirarlo la princesa cayó víctima de un sueño mortal cubierta por la belleza de la muerte.

La maldición de la Aurora

Por su parte, Afrodita, a pesar de las libertades que ella se permitía —ya que estando casada con Hefestos era la amante del fuerte y robusto Ares, dios de la guerra—, no dudó en vengarse de la hermosa Eos, la Aurora, cuando se enteró de que la hermosa diosa era amante de Ares. Celosa, Afrodita la condenó a no volver a amar nunca a un dios y la convirtió en una criatura inquieta y enamoradiza que buscaba el amor en los mortales. No obstante, la diosa de la Aurora, siempre joven, permanecía con el elegido solo mientras a este le duraba la juventud. Cuando al amado le llegaba la fatigosa vejez, Eos lo abandonaba fríamente, sin preocuparse por la soledad o la nostalgia que consumiría a su amante. Por este motivo, la Aurora coleccionó una serie de romances intensos y efímeros…

Ser amado por la hermosa Eos, la Aurora de dedos rosados, era una maldición, una constante inquietud para el hombre atrapado en sus brazos. Cuando conoció a Titón, el apuesto hermano del rey Príamo, de Troya, la diosa de la Aurora se enamoró perdidamente de él. Lo sedujo con su piel suave, sus besos dulces y palabras lisonjeras y se lo llevó a Etiopía para consumar su amor en ese lugar remoto y misterioso. Por este motivo, a pesar de sus habilidades, su valentía y su fuerza física, Titón no participó heroicamente en la guerra de Troya.

Arrebatada de amor, Eos suplicó a Zeus que hiciera inmortal a su amado, pero en su impaciencia olvidó pedirle al dios supremo que también le diera la eterna juventud. La tragedia fue inevitable. Después de unos años Titón comenzó a envejecer. Así, el amante impetuoso se convirtió en un viejo exhausto que solo buscaba el descanso en el sueño y el olvido. Aurora, con apatía, observó las huellas del tiempo en el rostro y la piel del hombre que hacía un tiempo la había deslumbrado por su valentía y su fuerza. Ahora era un ser arrugado, apático y sombrío; sus ojos habían perdido brillo y parecían no mirar un punto fijo. El cuerpo del anciano casi no se movía; lo único que exhalaba era un profundo cansancio.

Desesperado por no morir y encogiéndose cada vez un poco más, Titón se enfrentó a las terribles consecuencias de su pasión. Su amor no fue más que un espejismo, una ilusión pasajera en el corazón de su amada. Él, que cambió su rumbo de héroe por ella y dejó de lado la posibilidad de una vida de fama y una muerte gloriosa por seguir el rastro de unos besos efímeros, terminó como un ser decrépito, olvidado por todos, encerrado entre un canasto, como muerto en vida, implorando la muerte a Zeus, el mismo que lo hizo inmortal.

El dios, cansado de la impertinencia de los mortales, que se ilusionan con el voluble amor de las diosas, lo convirtió en cigarra, y su constante chillido es un recuerdo de su lamento eterno. A pesar de lo tortuoso de ese amor, Eos se enamoró tiempo después de muchos otros mortales, tal como lo sentenció la maldición de Afrodita, y así transcurrió la vida de la Aurora, hombre tras hombre, amor tras amor.

Amores desesperados

> *Soledad... Yo no creo como ellos creen, no vivo como ellos viven, no amo como ellos aman... Moriré como ellos mueren.*
>
> Marguerite Yourcenar, *Fuegos*

Ariadna, Antíope, Fedra: las amantes de Teseo

Otra de las terribles inolvidables maldiciones de amor que lanzó Afrodita fue la que recayó sobre Hipólito, a través de una princesa cretense, Fedra, quien pertenecía a una saga de amores extraños y tortuosos.

La princesa Fedra era la hija del rey Minos de Creta y la reina Pasífae, aquella víctima de una pasión aberrante por un hermoso toro blanco, cuya historia se relató anteriormente; por este motivo, Fedra era medio hermana del Minotauro y hermana de Ariadna, la primera esposa de Teseo, héroe de Atenas, hijo secreto de Poseidón y públicamente identificado como descendiente de Egeo, quien lo reconoció como propio. Fue tal el amor que le prodigó Egeo como padre a Teseo que se suicidó arrojándose al mar desde el balcón de su palacio en Atenas, cuando pensó que el muchacho había muerto en su intento por aniquilar al Minotauro. En realidad, Teseo regresó victorioso de su enfrentamiento con la afamada bestia, pero obnubilado de amor y deseo por la princesa Ariadna olvidó cambiar las velas del barco de negras a blancas, tal y como se lo había prometido a su padre en caso de salir triunfante. De nuevo, el apasionamiento ciego jugó una mala pasada en la vida de los mortales.

Teseo fue quien dio fin al Minotauro, la bestia engendrada por una pasión maldita. Minos, el rey de Creta, esposo de Pasífae, utilizaba a la monstruosa bestia como señal de poder ante sus adversarios y sometidos y les exigía el envío de siete jóvenes y siete doncellas cada cierto tiempo para alimentar al Minotauro. Teseo decidió enfrentar a la bestia, ya que uno de los que debía pagar tributo a Minos era su propio padre Egeo.

Con este fin se ofreció como alimento para el Minotauro y se alistó en el barco que partía a Creta; pero a su llegada, la hija del rey, Ariadna, se enamoró perdidamente del encanto del príncipe de Atenas y se decidió a protegerlo. La princesa, loca de amor, traicionó a su propio padre, el rey Minos, y ayudó al atractivo Teseo a enfrentar al Minotauro, su medio hermano. La joven le entregó, en secreto, un ovillo de hilo de oro y una daga al héroe; el primero para amarrárselo al tobillo y no perderse en el confuso laberinto que había construido Dédalo y el cuchillo para asesinar al Minotauro apenas lo viera. Gracias a la ayuda de la princesa, Teseo pudo salir bien librado de semejante combate. No obstante, algún tiempo después del suicidio de su padre Egeo, el joven ya estaba aburrido de la belleza de Ariadna y, sobre todo, de sus constantes lamentos y recriminaciones por preferir pasar el tiempo con sus amigos, dedicado a la caza y la lucha y no a interminables tardes de amor con ella.

Agobiado por las quejas de la hermosa Ariadna, que le reprochaba además el haber traicionado a su familia y a su pueblo por él, en uno de sus viajes por las islas del Egeo, Teseo, tras una tarde de amor en una playa, decide abandonarla dormida en la isla de Naxos. Tiempo después en Atenas, Teseo, rey de esa ciudad, es el protagonista de otra difícil historia de amor. Ávido de aventuras, el héroe nacional de Atenas, como fue conocido posteriormente, salió a recorrer el mundo.

Viajó hasta encontrarse con el temido pueblo de las amazonas, mujeres guerreras que viven con pasión la aridez de la vida de lucha constante y enfrentamientos peligrosos. Antíope, la más soberbia y altiva entre todas estas mujeres, era su reina. Había jurado no amar a ningún hombre y dedicar su vida a honrar a Artemisa, la diosa virgen protectora de las guerreras. Cuando Antíope vio llegar al guerrero, se quedó contemplándolo y sintió su cuerpo estremecer. En un instante se enamoró del apuesto héroe. Desde el comienzo este sentimiento la torturó en secreto y siempre procuró que nadie comprendiera sus suspiros.

Sin embargo, Teseo pudo percibir lo que sucedía en el corazón de Antíope y, no sin cierto esfuerzo, logró seducirla y convencerla de que abandonara su pueblo y su juramento a la diosa para ser su esposa. Indignadas, las amazonas no aceptaron la pérdida de su reina, a la que creyeron raptada contra su voluntad, por lo que decidieron atacar Atenas para rescatarla. No obstante, desordenadas e inseguras, sin la dirección de Antíope, las temidas mujeres guerreras fueron por primera vez vencidas en combate. Por su parte, la antigua reina se dedicó al hogar y a su hijo, el pequeño Hipólito, fruto de su relación con Teseo. La otrora guerrera parecía haber olvidado sus antiguas aventuras y andanzas salvajes por los bosques y se convirtió en una mujer enamorada que había renunciado a su vida de reina de las amazonas, consagrada a Artemisa, por el calor de un lecho conyugal y el placer de un hijo en sus brazos.

Hipólito nació bajo el signo de la renuncia. Su madre abandonó a su diosa y su vida al engendrarlo a él. Ese niño fue la última alegría de Antíope. Quizás fue una venganza de Artemisa o tal vez el incierto corazón de Teseo no justificaba tantas renuncias. Pronto, la antigua reina de las amazonas se encontró en las cimas de la desesperación al descubrir que su esposo, el héroe de los atenienses, había encontrado un nuevo amor casi veinte años menor que él: la princesa Fedra de Creta, quien era una pequeña de brazos cuando su hermana mayor ayudó a Teseo con el hilo de oro y la daga a matar al Minotauro.

Al sentirse repudiada y sola en una tierra que ahora le parecía más extraña que nunca, la sangre salvaje de Antíope ardió nuevamente y su corazón enceguecíó de odio. Durante días la antigua reina de las amazonas se mantuvo encerrada mientras Teseo se presentaba en sociedad con su nueva amada: hermosa, joven y encantadora. Fedra era el centro de todas las conversaciones. Todos los hombres, jóvenes y maduros, antiguos compañeros de andanzas del rey de Atenas, se referían a ella y dejaban entrever el deseo que les inspiraba.

En un festín, que anticipaba las nupcias de Teseo con Fedra, todos los invitados alegres esperaban ansiosos la presencia de la nueva amada del rey; pero fue Antíope quien apareció ataviada con su atuendo de guerrera salvaje. Tenía el porte de antes y en la mirada el odio de una fiera herida. La guerrera, a la que el dolor había despertado su ímpetu, quiso la muerte de la nueva pareja. En su furia, la amazona no se percató de que tras entrar en el recinto, las puertas se cerraron y quedaron presa de su propia violencia. Los invitados al banquete eran guerreros que no dudaron en dar respuesta a sus avances. La rodearon mientras Antíope, arrastrada por la ira de su corazón herido, se enfrentó a ellos con coraje, valor y furia, así como con el espíritu suicida de aquel que ha perdido el sentido de su vida. Al final cayó mortalmente herida. Su corazón ya estaba desgarrado, ahora su cuerpo destrozado no respondía más.

Durante unos momentos nadie se atrevió a acercarse a su cadáver. El odio que reflejaba en su mirada, aun después de muerta, seguía inspirando profundo temor, como si sus ojos destilaran una oscura maldición.

Fedra, víctima de un amor miserable

(Hipólito) no habló. Pero volvió los ojos hacia Fedra. Fue una mirada larga y oscura. Ella se cubrió el rostro y estalló en llanto.

Mary Renault, *El toro del mar*

Tras una temporada de dicha conyugal con su nueva esposa, Teseo salió de nuevo en busca de aventuras. Fedra se encontraba sola y pasaba las tardes en el silencio del bosque. Sin embargo, en la noche llegó al palacio nerviosa y aturdida por pensamientos que invadían su corazón y atormentaban su alma. Afrodita había decidido castigar a Hipólito, quien la consideraba una diosa insignificante y prefería a la diosa Artemisa. Para castigarlo, la diosa de la atracción sexual despertó en Fedra, su madrastra, que tiene casi su misma edad, una adúltera y casi incestuosa pasión por él. La diosa estaba segura de que el joven rechazaría las insinuaciones y que estas serían su tormento.

Incapaz de controlar un deseo que invadía todas las fibras de su cuerpo, Fedra escribió una carta apasionada en la que le declaraba su amor a Hipólito y lo invitaba a pasear con ella aprovechando la ausencia de Teseo. Los labios de Fedra esbozaron una sonrisa cuando volvió a ver a Hipólito en un corredor del palacio. La muchacha sabía que ya debía haber leído su carta y estaba ilusionada con un encuentro amoroso. Pero Hipólito tenía una expresión de horror y repugnancia en su rostro. No le interesaba el amor de su madrastra. Fedra, desesperada, lo abrazó, le ofreció su cuerpo y le pidió su amor al mismo tiempo; pero el hijastro la rechazó brutalmente.

En un último acto de amor desesperado, Fedra entró en medio de la noche en la habitación de Hipólito mientras él dormía. Sigilosamente se desató el cinturón que sostenía su túnica, y desnuda se escurrió entre las sábanas del amado. Unos labios húmedos y ansiosos despertaron a Hipólito, quien aterrado dio un salto, buscó con rapidez algo con qué cubrirse y se alejó envuelto en un manto de espanto e ira.

Fedra lloró desconsolada en la cama que había invadido. El rechazo que había recibido fue un golpe letal para su dignidad y su honra. Teseo no tardó en llegar e Hipólito le hizo saber lo sucedido. La amante rechazada no tuvo escapatoria. Enceguecida por la desesperación, Fedra escribió una carta a Teseo en la que le explicó que su único camino fue la muerte, porque aprovechando su ausencia, Hipólito intentó violarla y para ella no existía nada más valioso que la virtud y la castidad de una esposa. Luego, conservando entre sus vestidos la carta, se ahorcó con su ceñidor desde lo alto de una puerta.

Según lo esperado, Teseo regresó al poco tiempo con la ilusión de ver a Fedra. Su voz recorrió todo el palacio. La llamó, pero no recibió respuesta. Finalmente encontró a la joven muerta. El rey sintió enloquecer de dolor. Acarició y besó el rostro de niña de su esposa y sintió en sus mejillas la sal de sus propias lágrimas. Tomó sus manos y abrazó con fuerza su cuerpo. Allí encontró la carta de Fedra, y las mortales calumnias que ahí aparecen se convirtieron en la única verdad. En ese instante todo instinto paternal o filial murió en el corazón del rey, que ahora clamaba por la muerte de aquel que causó el deceso de su esposa. Su furor no le permitía comprender el engaño, ni la mentira que se escondía en las palabras de una mujer despechada.

Hipólito, quien se había alejado del palacio tras la incursión de Fedra en su alcoba, regresó cuando creyó que su padre ya se encontraba allí y fue emocionado en busca de su abrazo; pero lo recibieron con gritos y acusaciones. El odio de Teseo no tuvo límites. Atónito y descorazonado, el joven no atinó a rebatir las palabras de su padre. Hipólito fue expulsado de la casa paterna y huyó como un criminal.

Teseo, el héroe, continuaba abatido. No descansaría hasta saber que el causante de la muerte de su esposa hubiera muerto. Por este motivo, el rey de Atenas invocó a su verdadero padre, el dios del mar Poseidón, y le recordó el juramento que alguna vez le hizo de apoyarlo en lo que él quisiera o necesitara. "Ahora", le dijo Teseo, "quiero que castigues con la muerte a mi infame hijo".

Las acciones de los dioses son siempre inescrutables y misteriosas. Poseidón, cumpliendo la promesa, envió a un enorme monstruo de las profundidades del mar para que persiguiera a Hipólito y ante el cual se espantaron los caballos que guiaban el carro del joven. El hijo repudiado perdió el control de su carro y su propio equilibrio en un instante y cayó. Sus piernas quedaron enredadas en las riendas mientras su cuerpo se arrastraba entre las rocas a la velocidad de los caballos desbocados. Hipólito murió por el golpe de su cabeza contra las piedras.

El monstruo desapareció. Tarde se enteró Teseo de la inocencia de su hijo, cuando Artemisa le reveló la verdad. Desde ese momento el lamento de Hipólito resonó en su corazón hasta el final de sus días.

> ¿Ves esto? Y [¿]soy yo el hombre casto?
> ¿Soy yo el gran adorador de los dioses?
> ¿El que a todos vencía en continencia?
> Y así rápidamente me revuelvo
> En sombra oscura. ¿Y niégame la vida?
> ¡Oh, cómo pasé en vano otros trabajos
> También por piedad de los hermanos!
> ¡Ay¡, cómo crece el dolor, cómo crece,
> Abandonad a este desdichado,
> Y sólo la muerte venga en mi ayuda.
> Matadme, sí, matadme,
> ¡Oh¡ Quién me diera un hierro de dos filos
> para despedazarme,
> y adormecer tan dolorosa vida!

(Eurípides, *Hipólito*)

La simiente de la guerra de Troya

Una de las más famosas e inolvidables historias de amor es la que, según la leyenda, desató la guerra de Troya. La hermosura sobrenatural de Helena y el espíritu apasionado de Paris causaron una sangrienta guerra de diez años, la muerte de valiosos héroes y la destrucción de una gran ciudad.

No obstante, a pesar de ser los protagonistas, quizás no fueron los únicos responsables de la desolación y las muertes que acompañaron su amor. Ambos pertenecían a estirpes a las que los dioses habían vaticinado el infortunio. Quizás ellos fueron impulsados por un germen maldito que latía en su sangre y las moiras, eternas tejedoras del destino, unieron los hilos de sus vidas mientras reventaban mortalmente los de muchos de sus allegados.

La historia comenzó mucho antes de que Helena, la hija de Zeus casada con Menelao, rey de Esparta, conociera a Paris, el encantador príncipe troyano. Cada uno de estos tres personajes traía una maldición en su sangre, por lo que al encontrarse, el estallido de la desgracia fue inevitable.

Los ancestros de Menelao

Varias generaciones antes del nacimiento de ellos, vivió un rey, Tántalo, hijo de Zeus con una ninfa, quien se jactaba de poseer grandes riquezas, de gobernar el próspero territorio de Lidia y de gozar del favor de los dioses. Envanecido por su poder y su buena fortuna, Tántalo se convirtió en un ser arrogante, hasta el punto que en cierta ocasión el gobernante tuvo la desgraciada idea de invitar a los dioses a un banquete en el que en un arrebato de soberbia, sintiéndose a la altura de los inmortales, quiso jugarles una broma macabra para poner a prueba su sabiduría.

El rey preparó una cena en la que sirvió la carne de su propio hijo, Pelops. La diosa Deméter fue la primera en probar un bocado y descubrir que lo servido era carne humana. Esta fue la gota que rebosó la copa en la paciencia de los olímpicos, que ya le habían perdonado a Tántalo varias insolencias. En esta ocasión, al darse cuenta del engaño al que fueron sometidos, rechazaron el terrible manjar y arrojaron al insolente rey al tártaro, donde fue condenado a padecer hambre y sed eternas.

Los dioses, entonces, hirvieron en un caldero los trozos del cuerpo de Pelops, del que surgió vivo el príncipe, más hermoso que antes, aunque tuvieron que hacerle un omoplato de marfil para rellenar el trozo mordisqueado por Deméter. Pelops, a pesar de la protección divina, lleva la sangre corrompida de su padre, y a pesar de su aparente fortuna, no tuvo la capacidad de mantenerse en el poder y fue expulsado de su propio reino por invasores extranjeros.

Pelops huyó en busca de otro reino y llegó a Elida, donde se enamoró de la princesa Hipodamia, hija del rey Enomao. Sin embargo, el rey no deseaba casar a su hija porque un oráculo le había advertido que moriría a manos de su yerno. Por ese motivo, Enomao retó a Pelops a una carrera de carros, como lo había hecho con los anteriores pretendientes de su hija, y le advirtió que si perdía moriría decapitado y que su cabeza sería colgada en la puerta de su palacio.

De este modo, Enomao pretendía espantar a los posibles yernos y evitar así el cumplimiento del oráculo. Pelops, por su parte, a pesar de la terrible advertencia, aceptó la contienda y le pidió a Poseidón, de quien fue amante, que le regalara un carro capaz de competir con el de Enomao, quien obtuvo el suyo como un presente de Ares, el dios de la guerra.

Poseidón le entregó generosamente un carro con alas doradas invisibles a los mortales, pero aun así Pelops se sentía inseguro de su triunfo, por lo que decidió negociar con Mirtilo, el hombre de mayor confianza de Enomao. Sabedor de que Mirtilo estaba perdidamente enamorado de Hipodamia, el hijo de Tántalo le ofreció la primera noche con la princesa y la mitad del reino que obtendría si le ayudaba a ganarle la competencia a su señor. Para Mirtilo esto era una situación muy difícil, porque hasta el momento había tenido en gran valía la confianza que Enomao tenía en él y se había sentido muy orgulloso de serle leal durante años. No obstante, el ofrecimiento de Pelops fue superior a las fuerzas de Mirtilo, quien se estremeció tan sólo de imaginar el cuerpo desnudo de Hipodamia, y con esta imagen en su mente aceptó el trato.

De este modo, Mirtilo desajustó las clavijas que sujetaban las ruedas del carro del rey, y cuando este atravesó con gran velocidad los campos, las ruedas se desprendieron, Enomao cayó al suelo y murió al instante. Pasado el tiempo prudente del luto, se celebraron las bodas de Pelops e Hipodamia. Mirtilo asistió a la fiesta para reclamar su parte del trato, pero Pelops, con disimulada sorna, dijo no recordar tal acuerdo y ejerciendo como rey condenó a Mirtilo a ser arrojado al mar por asesinar a su suegro y antecesor.

Mientras caía en las aguas, el condenado maldijo con furia la dinastía de Pelops, imploró a los dioses del averno para que en adelante los pelópidas fueran una raza maldita y nada pudiera aliviar su infame existencia marcada por la muerte, el deshonor y la sangre.

La felicidad que obtuvo Pelops tras la muerte de Mirtilo fue efímera y aparente, un espejismo, ya que estaba cimentada sobre una injusticia. A pesar de tener un palacio grandioso, una bella esposa que le dio dos hijos, Atreo y Tiestes, y el respeto de su pueblo, Pelops llevó la sangre maldita de su padre y sus propios crímenes reforzaron el trágico destino de su estirpe.

Instigados por su madre, Atreo y Tiestes causaron la muerte de su medio hermano mayor, Crisipo, un hijo de Pelops con una ninfa. Aterrada con la idea de que ese hermoso joven primogénito, muy cercano al corazón de Pelops, fuera su heredero, Hipodamia indujo a sus hijos a odiar al muchacho. El rey se enfureció con el crimen y expulsó a sus propios hijos del reino. La rueda del destino comenzaba a cobrar venganza. Pelops envejeció solo, sin herederos, e Hipodamia, inundada de rencor contra su marido por el destierro de sus muchachos, lo atormentó incansablemente el resto de su vida.

Por su parte, los nietos de Tántalo, manchados con la sangre de su hermano, llevaban en sus venas su cuota de maldición: nietos de un condenado que paga su pena en el tártaro e hijos de un ser maldito portan, sin saberlo, el estigma de la desgracia. Atreo y Tiestes erraron durante un tiempo hasta que encontraron refugio en Micenas. El rey de allí los recibió como príncipes y les asignó una guardia personal; pero ellos, en lugar de agradecer y respetar la ley de la hospitalidad, utilizaron los escoltas que les dieron para atentar contra su anfitrión y usurparle el trono. Durante una década los hermanos gobernaron Micenas sin contratiempos. Los dioses esperaron el momento de mayor prosperidad y tranquilidad para enviarles un castigo.

Hermes, el mensajero de los dioses, abandonó en el límite, entre los rebaños de Atreo y de Tiestes, un carnero con lana de oro, que representaba el poder y la riqueza con la que los dioses favorecían a un mortal. La armonía entre los hermanos finalizó con una terrible disputa que duró años por la posesión del preciado trofeo.

Finalmente, Tiestes, quien había enviudado, sedujo a la esposa de Atreo y la convenció de robar el carnero de oro a su esposo. Indignado, Atreo esperó para cobrar venganza. Cuando la mujer que salió de brazos de Atreo para yacer en la cama de Tiestes murió, Atreo decidió hacer un banquete de reconciliación. Invitó a su hermano, mostrando una actitud amable y comprensiva. Al final de la cena, el anfitrión preguntó a su huésped si la había disfrutado, a lo que Tiestes respondió afirmativamente con mucho agrado. Entonces Atreo le reveló a su hermano que la carne que acababa de comer era la de sus propios hijos que, por orden suya, los cocineros habían guisado. Ahora –sentenció Atreo– estaban saldadas las deudas.

Conmocionado por haberse comido a sus hijos, Tiestes juró venganza, pero nada podía hacer porque Atreo detentaba el poder. Lo único que le quedaba era huir llevando consigo a Egisto, el único hijo que le había quedado vivo. Atreo desconocía su existencia, ya que era fruto de la unión incestuosa de Tiestes con su propia hija, Pelopia. Por ser el producto de una unión ignominiosa y vil, el vástago nacido de ese acto, Egisto, no pudo ser otra cosa que un ser cobarde, miedoso y pusilánime.

Egisto y Tiestes huyeron en medio de la perplejidad y de un futuro sin esperanzas, como miserables fugitivos. Por su parte, Atreo sintió el alivio de la ausencia de su hermano, quien representaba una constante amenaza para su poder. No obstante, su paz y felicidad duraron poco: una terrible sequía azotó al reino. La vegetación, los animales y los hombres parecían desahuciados. Atreo consultó el oráculo para saber la causa y encontrar una solución. La voz de Apolo sentenció que era necesario hacer volver a Tiestes y a Egisto, so pena de que no quedara nada vivo en el reino. Aunque molesto con la advertencia, Atreo hizo volver a su hermano y sobrino al reino, aun cuando no fue fácil encontrarlos, ya que vivían como mendigos.

Al llegar, los hombres fueron hechos prisioneros, y en el calabozo, Egisto, el cobarde, ideó un ardid. Convenció mediante lamentos a su tío de la fidelidad que le tenía y le suplicó que le permitiera demostrarle su lealtad. Ya en libertad, y habiéndose ganado la confianza de Atreo, Egisto propuso que la única manera de estabilizar a Micenas era dando muerte a su propio padre, Tiestes. El rey no estaba seguro. Sabía el terrible riesgo que corría ordenando la muerte de su hermano. Las erinias, las furias vengadoras de los crímenes cometidos contra la propia sangre, volverían para castigarlo.

Egisto convenció a Atreo de que él se haría cargo de todo. El rey aceptó que su hermano fuera asesinado. Unas horas más tarde Egisto regresó ante Atreo con una espada ensangrentada y le notificó que Tiestes no existía más. Conmovido por sus emociones encontradas, Atreo se debatió entre el temor a las erinias y la alegría de no tener que soportar la amenaza que representaba su hermano. En actitud suplicante con las divinidades, el rey se arrodilló y puso el rostro contra la tierra. En ese momento Egisto lo atravesó con su espada por la espalda. Todo había sido un engaño de Egisto, el cobarde. Tiestes estaba vivo y fue liberado para gobernar con su hijo el reino de Micenas.

Los hijos de Atreo, Agamenón y Menelao, debieron huir antes de encontrar la muerte a manos de su primo y su tío. Eran dos jóvenes que llevaban, como todos sus parientes, el estigma de la maldición en su sangre. Su bisabuelo, en el tártaro; su abuelo, maldito por Mirtilo; su padre, asesino de sus sobrinos, dados a comer a su hermano, y muerto en condiciones deshonrosas.

Agamenón y Menelao llegaron como príncipes fugitivos a Esparta. Allí, el rey Tíndaro y su esposa, la reina Leda, los recibieron con honores y les ofrecieron la mano de sus propias hijas, Helena y Clitemnestra. Menelao que en la tragedia de Troya funge como marido deshonrado, el cornudo que debe batallar para recuperar su buen nombre, es quizás en el triángulo amoroso quien lleva la sangre más corrupta de los tres.

El temperamento de Helena

Helena, considerada la mujer más hermosa del mundo, contrajo matrimonio con un hombre de estirpe maldita. Es a ese hombre al que ella le fue infiel por ir en busca del abrazo de Paris, el seductor príncipe troyano.

La legendaria belleza de Helena tiene una razón divina. Ella y su hermano Pólux son el fruto de un arrebato de pasión que Zeus, el rey de los dioses, transformado en cisne, tuvo con la reina Leda. De ahí la belleza sobrenatural de Helena y las extraordinarias dotes de cazador de Pólux. Por otra parte, Leda tuvo dos hijos con su esposo el rey Tíndaro, Castor y Clitemnestra.

No obstante, ambas jóvenes, Helena y Clitemnestra, tenían en común el arrastrar con un castigo de Afrodita por culpa de su padre Tíndaro. Al parecer, en una ceremonia religiosa de sacrificio a los dioses, el rey de Esparta olvidó mencionar a la diosa, y ella, en venganza, despertó la pasión de Zeus por su esposa Leda; además, les dio a sus hijas una personalidad enamoradiza. Ambas fueron propensas a enloquecer de amor y a dejarse arrastrar por sus pasiones: la débil fidelidad de Helena a su esposo causó la dramática guerra de Troya; Clitemnestra, con ayuda de su amante Egisto, dio una muerte deshonrosa a su esposo Agamenón, héroe de la guerra de Troya.

Malos presagios enlutan el porvenir de Paris

El tercer protagonista del triángulo amoroso que desencadena la legendaria guerra es Paris, hijo de los reyes de Troya, Príamo y Hécuba. Pocas noches antes de nacer Paris, su madre tuvo un terrible sueño: una antorcha viva recorría la ciudad e incendiaba todo. Cuerpos y murallas ardieron en el sueño de la reina hasta que todo el reino y sus gentes quedaron reducidos a cenizas. Aterrados, los reyes consultaron a un profeta la pesadilla de Hécuba, quien les reveló que el niño que estaba por nacer sería un ser apasionado y su ardor de amor traería la ruina a Troya. Entonces, si querían evitar tal desgracia, advirtió el vidente, debían deshacerse del muchacho.

En nombre de Troya, aunque con profundo dolor, el rey Príamo aceptó sacrificar a su propio hijo. El rey abandonó a Paris en unos arbustos en medio de un monte alejado de la ciudad, pero unos pastores lo recogieron y lo llevaron a su aldea. Allí creció Paris criando toros hasta que años después llegaron los servidores de Príamo y se llevaron su toro predilecto, porque querían entregarlo como trofeo en unos juegos fúnebres realizados en honor del hijo del rey muerto hace tiempo. Paris decidió participar en esos juegos, sin saber que eran en su honor. De ese certamen salió triunfador y se enfrentó a sus hermanos, que desconocía. Finalmente, su hermana, la vidente Casandra, lo reconoció y lo identificó de nuevo como el hombre que arruinaría Troya. No obstante, a pesar de las terribles profecías contra él, Paris fue recibido en el palacio entre su familia y Troya quedó expuesta a la ruina que advirtieron los vaticinios.

Por otra parte, en el Monte Olimpo, el hogar de las divinidades, se celebraba la boda de Poseidón y Anfítrite. Todos los dioses fueron invitados menos Eris, la diosa de la discordia. Indignada por la afrenta, la vengativa diosa llegó al banquete con un presente, una manzana de oro que lleva la inscripción *para la más hermosa*. Todas las diosas desearon poseer esa manzana, por lo que Zeus decidió poner fin a la disputa que había empañado la fiesta y llamó a Hermes, el mensajero divino, para que buscara entre los mortales a uno capaz de efectuar tal selección.

Hermes escogió al seductor y apuesto Paris, experto en lides de amores y asuntos de encantos femeninos. El príncipe troyano estuvo dispuesto a ayudar a los inmortales. Las diosas finalistas fueron las más poderosas: Hera, la esposa de Zeus; Atenea, hija de Zeus y diosa de la sabiduría y la estrategia militar, y Afrodita, quienes se desnudaron ante el pastor para que contemplara su belleza. De igual modo, cada una de ellas le ofreció un don si era escogida como ganadora: Hera, le garantizó ser el rey más poderoso de la tierra; Atenea, la fuerza de un guerrero invencible; y Afrodita, el amor de la mujer más hermosa de la tierra.

Extasiado por la perfección de la diosa del amor y obnubilado por el ofrecimiento que le había hecho, Paris escogió a Afrodita, sin percatarse de que la mujer ofrecida ya estaba casada con Menelao.

Troya, encuentro de destinos

En esta tragedia confluyeron las maldiciones de diversas familias. Quizás los dioses hicieron a Helena excesivamente bella para castigar así a unos humanos soberbios. Ella fue realmente la mujer más hermosa del mundo, por lo que aun después de varios años de matrimonio, su esposo todavía la observaba atónito, como si fuera el día en que su suegro se la había prometido como esposa. No se cansaba de disfrutar su piel suave, su boca perfecta y su cuerpo esbelto.

Ella fue la mujer que desearon todos los príncipes de Grecia. La fascinación que irradiaba Helena enloquecía los corazones y atormentaba el espíritu. Antes de casarse, Helena tuvo noventa y nueve pretendientes y todos ellos debieron jurarle lealtad al que fuese escogido como esposo y prometer que lo ayudarían a conservar a Helena a su lado en caso de que por su belleza se presentara algún problema.

La boda de Helena finalmente se efectuó, pero a pesar de los juramentos de lealtad y fidelidad que Helena y Menelao se hicieron, Tíndaro percibía en el ambiente el castigo que Afrodita había hecho caer sobre sus hijas. Algún tiempo después llegó a Esparta una comitiva de Troya. En ella llegó el príncipe Paris. Menelao, quien sucedió en el trono a su suegro, lo recibió con todos los honores de un huésped ilustre. En un principio nada reveló la pasión súbita que sintieron Helena y Paris al encontrarse. Los primeros días transcurrieron tranquilos, pero luego llegó una misiva que exigió la partida de Menelao durante unos días para resolver unos asuntos urgentes.

Entonces, Paris comenzó a mostrarse más cariñoso con Helena, la abrazó con ternura y admiró en silencio su hermosura. A ella le recorrió un escalofrío por su espalda al sentir la mirada de Paris sobre su piel. Helena sonreía inquieta, las palabras se le perdían de la boca. Poco a poco la pasión inundó su alma. Durante un tiempo fue un enamoramiento mudo. Ella continuó diciendo que extrañaba a su esposo y ni siquiera sus propios hermanos, Castor y Pólux, le reprocharon que paseara durante horas con el huésped.

Paris, extasiado de amor, derrochó actitudes galantes. Colmó a Helena de ricos presentes, collares, vestidos y objetos curiosos y de gran valor. Luego, en una de sus tardes de paseos, la pareja no pudo contener más la pasión que los inundaba. Helena se enfrentó a la terrible realidad de que aunque sus palabras decían no querer traicionar a Menelao, en su corazón ya lo había hecho, y su cuerpo fue tan solo un instrumento del deseo.

Tras pasar una noche juntos, la pareja decidió huir a Troya. Sin comprender lo que sucedía, Hermione, la pequeña hija de Helena y Menelao, vio desde una ventana partir a su madre hacia el puerto, de la mano de Paris. En su locura de amor, la pareja creía que el mar era suficiente distancia para vivir sin remordimientos ni amarguras el amor que sentían. Creían que Afrodita los protegería para siempre.

Menelao regresó de su viaje y con espanto y angustia descubrió la ausencia de su esposa. No había rastro de ella. Despertó a su hija y preguntó a los criados; pero nadie dijo nada, nadie tuvo el coraje de decirle la verdad. Sin embargo, tras muchos interrogatorios, finalmente alguien le reveló lo sucedido.

Un grito ensordecedor de odio resonó en el palacio. El espíritu de Menelao dejó de ser el de un hombre y se transformó en el de una fiera. Apartó de su camino a su hija y a todos a su paso, se retiró a su habitación gritando como enloquecido y furioso lloró de dolor, como si le estuvieran arrancando el corazón con un puñal de fuego. Tras días enteros de llanto, el rey de Esparta decidió que debía recuperar a su esposa, a cualquier costo. Su honor, el de su palacio y su reino habían sido ultrajados. Menelao llamó a su hermano Agamenón y a todos los antiguos pretendientes de Helena para que lo ayudaran en su campaña. En total, fueron dos años de preparativos para una guerra que, según el profeta Calcante, duró una década y tan solo trajo sangre, muerte, agonía, esclavitud y lágrimas.

Cuando Menelao, Agamenón y todos los demás lograron llegar a Troya, la ciudad amurallada por los dioses Apolo y Poseidón, se dieron cuenta de que los esperaba una tarea ardua e incierta. Tras una serie de avatares, el marido ultrajado y el amante maldito se enfrentaron en un duelo individual. Al saber cercana la presencia de Helena, Menelao se consumió de deseo y dolor; él seguía adorando a la mujer que tanto daño le había causado, pero también la odiaba, y es ese odio el que le daba fuerza en el combate. Sabía muy bien que lo único peor que morir era no haber cobrado venganza. El rey de Esparta llevaba en sí la fuerza de aquel que no tiene nada que perder. Por otra parte, en la actitud de Paris se percibía el miedo. Él era un hombre hecho para los juegos del amor, no para el combate. Helena observaba atenta cada movimiento de sus hombres desde el balcón del palacio. Afrodita vino al rescate de Paris y lo cubrió con una nube de polvo que lo alejó de su enemigo.

Cansado, Paris regresó al palacio de Troya para refugiarse en el regazo de Helena; pero ella se alejó en silencio. Había visto el temor en sus ojos, que antes le parecieran serenos y altivos. Nada desencanta más a una mujer que sentir el miedo en un hombre. Helena ya no estaba segura de amarlo tanto; ella, al igual que otras mujeres, sabía que en el campo de batalla los hombres dejan de lado su máscara y revelan su verdadera personalidad. Ella vio retroceder a Paris e intuyó la ayuda de Afrodita; además, vio el valor de Agamenón y de su esposo Menelao.

Voluble, por naturaleza o por la maldición que arrojó sobre ella la diosa del deseo, la mujer más hermosa del mundo ya no estuvo segura de saber quién deseaba que fuera el ganador; pero extrañaba a su hija, que ahora debía ser una adolescente. En medio del furor bélico, Filoctetes, uno de los héroes griegos, mató a Paris y, de nuevo, se presentaron múltiples candidatos para desposar a Helena. Con cansancio por las desgracias que ella y su belleza arrastraron, la hermosa escogió como marido a Deífobo, hermano de Paris.

Finalmente, Menelao y sus compañeros entraron a Troya con ayuda del caballo ideado por Odiseo y de los dioses. Se aproximaba la hora final de la guerra. Impresionados por el caballo de madera al que creyeron un presente divino y exhaustos por años de combate, los troyanos se dejaron engañar. La ciudad se inundó con la sangre de sus habitantes.

Menelao entró triunfante en el palacio de Troya en busca de su esposa, con la intención de darle muerte con su propia mano. Ella se había refugiado en una de sus habitaciones; pero él la encontró, la golpeó y estaba dispuesto a atravesarla con su espada y con la sangre de esa mujer recuperar su honor. En ese instante, y como último recurso, la hermosa mujer desabotonó su túnica para que el marido engañado y agotado por la guerra contemplara su cuerpo desnudo, eternamente joven. Menelao quedó de nuevo absorto con su belleza. Incapaz de agredirla, solo pensó en poseerla nuevamente y mantenerla a su lado. Él amaba demasiado su hermosura, incluso más que su propio honor, y su única opción era perdonarla. Helena, a pesar de no amarlo, lo acompañó impasible. Sabía que la belleza que recubría su piel es el manto de la desgracia.

No obstante, los compañeros de Menelao y todos los habitantes de Esparta no consideraban su decisión digna de un héroe. A ellos no los arrastraba la pasión que obnubilaba su mente. A pesar de ser un rey, todos sintieron lástima y desprecio por él; no podían olvidar las vidas perdidas, la sangre derramada ni las riquezas destruidas. Tampoco perdonaban la belleza maldita que causó miserias, desgracias y que cobró la vida de tantos valientes y que convirtió a la esplendorosa Troya amurallada por los dioses en un cúmulo de despojos que nunca más renació de sus cenizas.

Celos divinos

Apolo y Jacinto

Extraña suerte acompaña al mortal que es amado por una divinidad. Otras deidades suelen sentir celos y la fugaz ilusión de ser escogido por un poderoso inmortal pronto se trueca por desdicha.

Jacinto, el hijo de Amiclas, rey de Esparta, era un joven hermoso. Era casi un niño, dulce y ágil, cuando fue el objeto de deseo de dos divinidades que le susurraban al oído tiernos juramentos amorosos: Céfiro, el viento del Oeste, y Apolo, el dios del sol. También un músico, Tamiris, fue hechizado por la belleza de Jacinto. El joven, despreocupado, no reparaba en el efecto que su belleza tenía en los dioses y los mortales, pues estaba dedicado a recorrer y disfrutar del campo y de los bosques.

Para sacar a Tamiris del camino como posible rival amoroso, Apolo lo desprestigió ante los demás dioses. Llegó hasta la calumnia, al decir que el músico se consideraba mejor que las propias musas. Estas diosas de la inspiración de las artes y las ciencias, indignadas por la supuesta impertinencia y soberbia, lo castigaron despojando al talentoso músico del habla, la vista y la memoria. De este modo, en la competencia por el amor de Jacinto quedaron tan solo los dioses del sol y el viento. De ellos, fue Apolo quien logró acaparar la atención del muchacho, hablándole de su sufrido corazón y de la felicidad que sentiría si el joven le regalara unos instantes de compañía. En adelante, todos los días, juntos corrían detrás de los ciervos veloces y los cazaban con sus flechas, tocaban la lira y se ejercitaban en el lanzamiento de la jabalina.

Una tarde, cuando se preparaban para el ejercicio, despojándose de la ropa y untándose con aceite el cuerpo, felices en su mutua compañía, no repararon en los furiosos celos que hervían en el corazón de Céfiro. El viento del Oeste, enceguecido por el despecho, esperó a que Apolo lanzara el disco y en ese instante sopló con toda su fuerza y desvió el objeto, que con la fuerte violencia de la que es capaz el viento enfurecido, fue a dar contra la cabeza del joven. Céfiro había decidido que prefería matar al joven antes que verlo en brazos de otro.

En vano lloró Apolo sobre el cuerpo del amado. Horrorizado, trató de contener la sangre que manaba de la sien del joven, mientras lo sostenía en sus rodillas; pero todo fue inútil en el intento de reanimar al hermoso niño. A pesar de su talento médico, el hilo de sangre que corría por la frente del muchacho sentenciaba que la inexorable parca se lo había llevado al Hades.

En un intento por conservar un recuerdo del amado, la sangre que quedó en las manos del dios se transformó en una flor, el jacinto, que desde entonces renace en los inicios de la primavera cuando recibe la caricia del sol y muere cuando llegan los temidos vientos, que anuncian la presencia del invierno.

La tortuosa pasión de Hefestos

A pesar de estar casada con Hefestos, dios de la forja y el fuego, la diosa del deseo tuvo varios amantes. Especial predilección sintió por Ares, el dios del fragor de la guerra y la violencia, quien fue uno de sus amores preferidos. Ello representa lo cerca que está el amor de la batalla. Incontrolables los dos, son manifestaciones del impulso y la acción. Ambas deidades han recorrido juntas el camino de la historia y en sus avatares han arrastrado a hombres y mujeres.

El feo, cojo y laborioso Hefestos amaba a su esposa; pero a pesar de su fuerza física y su dominio de los metales y las armas, no pudo superar la debilidad a la que fue expuesto por culpa de Afrodita. Él era un dios cornudo. Su mujer se paseaba impunemente por los lechos de dioses y mortales y llegó incluso a alardearse de sus amantes.

Los celos atormentaban el corazón de Hefestos. El suyo era un amor maldito. Él amaba a la más deseable de las diosas, pero ella lo despreciaba, a pesar de ser su esposa. Y ante los ojos de todos, él era un pobre dios por el que, pese a su fuerza física, nadie sentía respeto, porque desde el inicio de los tiempos el cornudo ha sido el ser más miserable y despreciable de todos y la lástima que inspira está más cerca de la burla que de la compasión.

En una ocasión de aquellas en las que la patrona del deseo y el engaño había escapado de la mirada de su esposo para ir a encontrarse con Ares, la pareja de amantes había permanecido jugueteando en el lecho. Así, los rayos de Helios, el dios del sol, los descubrieron y el astro fue a contarle al dios del fuego la escena que había visto. Consumido por los celos, Hefestos tejió una red de oro muy fina, imperceptible y resistente, como la tela de una araña. En el siguiente encuentro amoroso de Afrodita y Ares, Hefestos arrojó la red sobre la pareja desnuda, de tal modo que cuando quisieron levantarse descubrieron con sorpresa que habían quedado atrapados.

El dios cojo e incauto creyó que los iba a hacer sufrir, pero en vez de eso la pareja continuó acariciándose. Encolerizado, el herrero, no satisfecho con haber constatado con sus propios ojos el adulterio de su mujer, llamó a voces a todos los dioses para que fueran testigos de su deshonor; pero la respuesta de los dioses no fue la esperada por el marido mancillado. Por una parte, las diosas, revestidas de su acostumbrado pudor artificial que usan a discreción, se negaron a presenciar el incidente y se dedicaron a murmurar entre ellas por lo bajo en sus respectivos aposentos. Por la otra, los dioses no se compadecieron de Hefestos; más bien envidiaban la suerte del sonriente Ares y comentaban entre risas que ellos estarían sin duda dispuestos a ser atrapados en la red e incluso a padecer castigos peores a cambio de unas horas con la bella diosa.

Asfixiado por la ira, el marido insultado continuaba vociferando. Indignado por la falta de comprensión, pidió a todos que le regresaran los valiosos regalos que él les había hecho: escudos, armas y joyas. Incluso pidió al propio Zeus la devolución de sus presentes. El dios del cielo, con su entrenada solemnidad, se pronunció: no correspondía a él, rey de los dioses, ni a ningún otro dios olímpico, intervenir en los asuntos privados de un matrimonio; pero si alguien debería sentir vergüenza por lo sucedido era el propio Hefestos, por exhibir desnuda a su esposa en brazos de un amante con fama de pendenciero y a todas luces mucho mejor dotado y más apto que él. Ares, mientras tanto, sonreía divertido con todo el asunto que le parecía ridículo. Zeus continuó exhortando a Hefestos a no comportarse vulgarmente pregonando su desgracia y, peor aún, pidiendo la devolución de sus regalos.

Ante todos, la dramática situación de Hefestos quedó como el más grande ridículo sucedido en el Olimpo. Poseidón, el dios del mar, y Hermes, el mensajero divino, contemplaron absortos el cuerpo de la diosa y no desaprovecharon oportunidades posteriores para tener un romance con ella. Por su parte, Hefestos, el dios feo, solitario y deshonrado, pero perdidamente enamorado de su esposa, fue incapaz de abandonarla o de confrontarla cuando la liberó, junto a su amante, de la red. Acobardado por el amor que lo invadía y el temor a perderla, a pesar de que no la poseía, pasó la mayor parte de su tiempo trabajando preciosos metales en una caverna en las profundidades de un volcán, lejos del Monte Olimpo, donde estaría expuesto a la sonrisa burlona y lastimera de los dioses.

En ocasiones, una de sus lágrimas chisporrotea contra la forja y se funde con el metal que trabaja y le da un particular brillo que luego será profundamente admirado y codiciado por dioses y mortales. De este modo, pese a su condición de inmortales poderosos, los dioses también sufren por amor y sus lágrimas entristecen el cielo e inundan la tierra.

Te encontraré en el infierno

*Entre la muerte y nosotros no hay, en ocasiones, sino la necesidad
de un único ser. Una vez desaparecido ese ser, ya no queda más
que la muerte.*

Marguerite Yourcenar, *Fuegos*

La muerte acecha la felicidad: Orfeo y Eurídice

Orfeo ha sido el músico más excepcional que ha existido. Cuando nació
el hijo de la musa Calíope, en los campos de Tracia, todos los dioses se
llenaron de alegría porque finalmente había un mortal capaz de desarrollar el arte de la melodía. Todo en él era armonía, equilibrio, pasión y
temple. Su canto era capaz de despertar emociones olvidadas, apaciguar
a las fieras del monte y cambiar el clima.

Orfeo se casó con la hermosa princesa Eurídice, pero su felicidad
fue empañada el mismo día de la boda. Al finalizar el banquete, ya en
la noche, mientras su amado descansaba de la fiesta nupcial, Eurídice
decidió salir a caminar y bañarse en un lago cercano de aguas transpa-
rentes sin percatarse de que había gente cerca. La princesa se desnudó y
se sumergió en el agua. Aristeo, un cazador que se había acercado al lago
para beber, quedó impresionado con la belleza de la joven. Dentro del
cuerpo del cazador estalló un deseo convulso y violento. Aunque sabía
que la muchacha era la esposa del músico, se lanzó con salvaje ferocidad
sobre la joven virgen. Ella se escurrió aterrorizada de los brazos del cazador y salió huyendo despavorida en busca de Orfeo, pero en su carrera
nocturna no se dio cuenta de la presencia de una serpiente mortal, a la
que pisó. Ésta le devolvió la agresión con una mordedura letal. Eurídice
gritó desesperada, pero nadie la oyó. La joven no pudo continuar su

camino. El veneno inundó su cuerpo, y aunque no paró de pronunciar el nombre de su amado Orfeo, finalmente cayó muerta.

Preocupado por la ausencia de su esposa, el poeta músico inició su búsqueda. Finalmente encontró su cadáver. Orfeo quedó paralizado de dolor ante el cuerpo inerte. No podía creer que los dioses, que decían amarlo, permitieran que le sucediera semejante desgracia el día de su boda. Se arrodilló, besó los labios del hermoso cadáver, y con los ojos anegados en lágrimas miró al cielo como buscando una respuesta, pero las estrellas titilantes no le dijeron nada.

Eurídice había iniciado su camino al Hades. Su espíritu recorría los oscuros laberintos de los muertos. La luz del sol que ilumina el mundo de los vivos no llega hasta esos recónditos lugares. Orfeo no se resignó a la pérdida de su amada. La necesitaba para que su música y su canto tuvieran sentido. Si no volvía a verla, ya nada en su vida tendría razón de ser.

Durante largos días y noches, el músico vagó por los campos, y embargado de nostalgia, llevó el luto en el alma. Decidió entonces viajar al Hades a rescatar a su amada. Con mucha dificultad, viajó por caminos escarpados y atravesó abismos peligrosos hasta llegar a la entrada del inframundo. Allí se detuvo un instante. El macabro túnel que tiene ante sí parece infinito. Orfeo apretó su lira entre sus manos; esa es su única arma. Miró por última vez el cálido sol y teniendo en mente el rostro de su amada, comenzó el descenso por la aterradora gruta.

Un fétido olor a humedad putrefacta lo impregnaba todo. El músico caminó con cuidado y procuró no resbalar en las rocas cubiertas de moho, pues el camino bordeaba un profundo abismo. Tras un largo y penoso recorrido, a pesar de la oscuridad, Orfeo divisó una corriente de lodo que exhala un olor repugnante. Es el río Estigia, uno de los caudales de la región de los muertos. Al llegar a la orilla, el músico debía convencer a Caronte, el barquero, de cruzarlo al otro lado; sin embargo, Caronte tenía prohibido llevar a los vivos en su barca. Con sorna triste, el lúgubre barquero le dijo que solo podían cruzar con él aquellos que habían perdido toda esperanza. Orfeo, entonces, sacó su lira de sus vestiduras, ya andrajosas y sucias por el recorrido que había hecho, y comenzó a tocar una triste melodía que reflejaba todo su dolor. El adusto barquero se estremeció, y sin una palabra, dejó subir en su barca al lastimoso hombre que recorría el Hades en busca de la sombra de su amada.

Del otro lado del río el panorama era más desolador: fantasmas lastimosos vagaban sin rumbo dejando un halo frío a su paso. Orfeo creyo que lo miraban con envidia y desprecio, como recordándole que esa sería también su oscura morada.

Exhausto, casi desfallecido, el poeta llegó ante el trono de Hades y Perséfone. Al verlos, tomó la lira nuevamente y entonó una canción que narraba su triste historia, su amor por Eurídice y la forma repentina y trágica en que la perdió. Las almas que lo escucharon parecían sollozar, como si con el canto recordaran emociones perdidas en el tiempo. Incluso Perséfone, la altiva reina del inframundo, imperturbable ante las emociones humanas, dejó escapar una lágrima.

Al ver llorar a su esposa por la dolorosa historia, Hades decidió dar una oportunidad a la pareja: Eurídice podría salir del Hades siguiendo los pasos de su amado; pero el rey del inframundo impuso una condición: Orfeo no podría verla, tocarla, ni hablarle mientras estén en el reino de las sombras; podría volver a abrazarla cuando a ambos los cubriera la luz del sol. Si el músico no cumplía esa norma, perdería a su amada para siempre.

Tras esa sentencia, Hades mandó llamar a Eurídice, cuyo espíritu se emocionó al reconocer la espalda de su amor. Extendió los brazos buscando un abrazo, pero él tan solo pudo seguir caminando buscando la salida del reino de los muertos. Desconcertada, Eurídice lo siguió. No comprendía la actitud de Orfeo, pero siguió sus pasos y escuchó su música. Cruzaron los tétricos senderos, pero a cada paso Eurídice se inquietaba más por la aparente indiferencia del poeta. ¿Por qué no me miras? ¿Ya no me amas?, pregunta la joven cuyo espíritu parece encorvado y desfalleciente de cansancio. Y el lamento continúa: quizás porque extraviada entre las sombras he perdido a tus ojos mi belleza y lozanía. Orfeo no podía contestarle, la ama como nunca, pero no podía controvertir la sentencia de Hades. Con dolor escuchaba las penas de Eurídice y tocaba tonadas alegres para ilusionarla. Cruzaron el río Estigia juntos, sin mirarse. Orfeo cantaba tonadas alegres. No obstante, Caronte observaba la pareja con recelo.

Tras mucho esfuerzo, se acercaba el final del recorrido, un camino empinado, oscuro y resbaladizo. Se necesitaba nervio y tesón para llegar a la salida. El corazón de Orfeo latía con fuerza. Pronto podría estrechar de nuevo en sus brazos a su amada.

El poeta atravesó el umbral del inframundo. La luz del sol cubría de nuevo su rostro. Emocionado, el poeta se volteó para abrazar por fin a su amada, seguro de que ella estaría a su lado. Por un instante alcanzó a ver su rostro muy cerca, a la salida de la oscura gruta. Ella no había salido todavía. Mientras la miraba, en ese instante pudo ver cómo con un gesto de desesperación en el rostro se desvanecía para siempre; jamás volvería a verla. Un grito desgarrador de angustia y dolor salió de la garganta del poeta. Desesperado, desanda el último trecho del camino y le imploró a Caronte que trajera de nuevo a su amada; pero el barquero ni siquiera lo miró y sus lamentos parecían no importarle. El músico cantó nuevamente terribles letanías, pero a nadie conmueve su voz.

Desolado, Orfeo regresó a la superficie de la tierra. En el Hades había dejado la mitad de sí mismo. Nunca más volvió a sonreír, su canto se transformó en un lamento eterno. En cada acorde de su lira se siente el lamento de un hombre que solo esperó la muerte para volver a encontrarse con su amada; pero la muerte no llegó. Una tarde en la que sentado bajo un árbol el poeta componía sus tristes canciones, despertó la pasión de unas ménades, sacerdotisas de Dionisos. Ellas querían seducirlo y arrastrarlo consigo a sus fiestas orgiásticas; pero el poeta no se dignó a mirarlas. La única imagen de mujer que quería preservar en su mente era la de su adorada Eurídice. Furiosas, al sentirse despreciadas, las ménades atacaron al músico. Frenéticas, le despedazaron la ropa, y con las uñas le rasgaron la carne. En el clímax de su excitación iracunda, las ménades lo descuartizaron y arrojaron su cabeza al río Hebrus. Antes de morir, el músico pronunció el nombre de Eurídice para advertirle que pronto la visitaría de nuevo en el Hades.

El lamento de Dido

La reina Dido salió huyendo de Tiro, un reino en la costa oriental del Mediterráneo, y llegó al norte de África, donde fundó la ciudad de Cartago. Las circunstancias no habían sido fáciles para ella. Pigmalión, su hermano, había asesinado al marido de la reina para usurparle el trono, y entre sus planes también estaba acabar con la vida de la hermosa mujer. Dido, temblorosa, había empacado algunos tesoros suyos y escapado acompañada de súbditos leales. Pigmalión había salido en su búsqueda, pero para escapar de él, Dido arrojó al mar algunas bolsas de arena de aspecto semejante a los sacos que contenían sus joyas. El ambicioso hermano, por recuperar las bolsas, dejó escapar a la fugitiva.

En África, los habitantes del lugar le ofrecieron la tierra que pudiera contener el cuero de un buey. Dido pasó una noche entera pensando y a la mañana siguiente decidió cortar el cuero en finas tiritas que extendió en el piso del campo, una tras otra y delimitó un territorio capaz de contener una pequeña ciudad. Los lugareños se sorprendieron con el ingenio de Dido y cumplieron su promesa. La reina por fin encontró paz; su vida comenzó de nuevo. La diosa Hera, esposa de Zeus, que admiraba a las mujeres valientes, la protegió.

Cuando la ciudad era ya un incipiente estado floreciente, llegó a sus costas Eneas, héroe vencido de Troya, hijo de Afrodita con el mortal Anquises. Temerosa por la suerte de su hijo, la diosa del deseo envió a Cupido a envenenar el corazón de la reina con una arrebatadora pasión de amor, lo que le garantizaría el bienestar y la protección de Eneas.

Apenas la reina vio al héroe, su corazón solitario se consumió de amor. La reina, emocionada, lo condujo por sus murallas y le mostró los tesoros de su reino. Quería compartir muchas horas con él y le pedía que le relatara una y otra vez sus aventuras.

Durante una cacería, una terrible tempestad obligó a Dido y Eneas a buscar refugio en una gruta. Allí, solos, en medio de caricias, se revelaron sus profundos sentimientos. La lluvia continuó durante toda la noche. Al día siguiente Dido reflejaba en su rostro la felicidad de una mujer enamorada y cuya pasión había sido correspondida.

Pronto todos los habitantes de Cartago se enteraron del romance de la reina. Al poco tiempo de iniciado este, la gobernante dejó de ocuparse de su reino por dedicarse a complacer a su amado y, así, las murmuraciones empezaron a flotar en el aire. Dido prefería pasear por la playa y contemplar atardeceres con Eneas que dedicarse a los asuntos administrativos de su ciudad. La enamorada colmaba de favores y presentes a su amado y exigía, además, que sus súbditos trataran a Eneas como a su soberano. Por su parte, ella solo pedía amor. Malignas palabras contra ambos se murmuraban en las conversaciones.

Ajeno a los rumores, el hijo de Afrodita vivía feliz; sus años de lucha parecían haber terminado. Gobernaba sobre el corazón de la reina y no le hacía falta nada. Antes de pronunciarlos, Dido se encargaba de que sus deseos fueran satisfechos. No obstante, los dioses enviaron a su mensajero divino para notificarle a Eneas que no podía permanecer ahí, ocioso. Tenía un destino que cumplir, grandiosas tierras lo esperaban para ser conquistadas. Su nombre caería en el olvido si seguía arrullado en los brazos de una reina.

El mensaje divino angustió a Eneas. Él tenía una gran misión que cumplir. Roma necesitaba ser fundada y él sería su padre; pero no sabía cómo abandonar ese amor que lo hacía tan feliz. ¿Cómo explicarle a esa mujer que lo amaba con locura que él debe irse? Con el corazón estrujado por el dolor, Eneas decidió partir; pero no sabía cómo anunciar su decisión a Dido. Angustiado y adolorido, finalmente, le dijo la verdad. Desesperada, la reina trató por todos los medios posibles de retenerlo. Le suplicó, le imploró, lo colmó de caricias y de besos; lloró hasta inundarle el rostro con sus lágrimas. Eneas estaba destrozado, la amaba profundamente, pero su amor no bastó para hacerlo desistir de su deber ante los dioses y su destino.

Por su parte, Dido sintió que había perdido el sentido de su vida. Todo por lo que había luchado, su ciudad, su reino; todo aquello que creyó importante se desvaneció con el temor inspirado por la partida de Eneas. El hombre que ella amaba, el amor de su vida, se marcharía en un barco para siempre y ella no podría soportar su ausencia. Casi sin palabras, Eneas se despidió de la reina. No tuvo mucho que decir o no supo expresar su dolor. No pudo esperar a que ella comprendiera lo que lo impulsaba a abandonarla. Con los ojos vidriosos de dolor, ella, como frase de despedida, le dijo que haría un sacrificio propiciatorio a los dioses para que lo protegieran durante su viaje.

Eneas se alejó. Desde la playa, Dido vio empequeñecerse el barco en la distancia y un estremecimiento de soledad removió cada fibra de su piel. Con el cuerpo tembloroso y la respiración entrecortada, la reina mandó a preparar la hoguera ritual. En sus ojos la tristeza y la desesperación se confundieron con el desvarío. Su rostro estaba pálido. Dido subió a la pira. Llevaba en sus manos una daga que le regaló Eneas cuando llegó a la ciudad. Miró por última vez el navío que se perdía en el horizonte y exclamó: "hubiera sido muy feliz si tu barco hubiera llegado a las costas de mi reino". Tras estas palabras, la reina se atravesó el corazón con la daga y su cuerpo cayó entre el fuego de la hoguera sagrada.

Distante, Eneas ignoraba qué había sucedido. Solo alcanzó a ver el humo que se desprendía de la pira de los sacrificios en honor suyo. No sabía que los restos de su amada flotaban en el aire convertidos en cenizas y que sus lágrimas lo perseguirán hasta los infiernos.

Con el recuerdo de su amada en el corazón, Eneas llegó a Italia nostálgico y con muchas inquietudes. Extrañaba los consejos de su padre, quien había muerto poco antes de su arribo a Cartago. Confundido sobre su futuro, Eneas buscaba la gruta donde vivía la sacerdotisa de Apolo, conocida como la sibila de Cumas. La mujer le indicó el secreto para viajar a los infiernos y consultar la sombra de su padre Anquises acerca de su porvenir. Eneas, con una rama dorada, necesaria para poder entrar en el mundo de los muertos, recorrió el infierno y allí, con sorpresa, encuentra a Dido, en el valle de los lamentos. El héroe troyano se acercó a hablarle a su amada, pero con una mirada inolvidable, profunda y lacrimosa se alejó sin contestarle. El dolor y la desolación que le causó su abandono se sienten en los recónditos corredores del infierno.

Pasiones condenadas
por el Dios de Israel

Tu Dios no quiere que me ames

No hagas pacto con morador de la tierra, pues se prostituyen tras sus dioses y sacrifican a sus dioses, y te llamará a ti y comerás de su sacrificio. Y tomarás de sus hijas para tus hijos, y se prostituirán las hijas de él tras sus dioses y harán prostituirse a tus hijos tras los dioses de ellas.

Éxodo, 34, 15-16

Y no contraerás matrimonio con ellos; no darás tus hijas a sus hijos, ni tomarás sus hijas para tus hijos. Porque ellos apartarán a tus hijos de Mí para servir a otros dioses; entonces la ira del Señor se encenderá contra ti, y Él pronto te destruirá.

Deuteronomio 7, 3-4

Ha sido una constante en la historia del pueblo de Israel la sentencia divina que prohíbe a sus hijos emparentar con personas de otros pueblos. La Biblia contiene numerosas exhortaciones para evitar las uniones exogámicas. En el libro bíblico del Deuteronomio[1] aparece claramente estipulado el rechazo a los habitantes de ciertos pueblos vecinos, y en particular a sus mujeres. Evitarlas fue una de las normas con mayor resonancia en el pueblo de Israel y su incumplimiento acarreó numerosos problemas.

---

[1]   El Deuteronomio es el quinto de los cinco primeros libros de la Biblia, conocidos también como el Pentateuco, o la Tora (enseñanza), que según la tradición lo dictó Dios a Moisés durante la travesía de los israelitas por el desierto a la tierra prometida, tras la salida de Egipto, hacia el siglo XIII antes de Cristo.

En el Pentateuco se recogen más de seiscientas leyes sobre diferentes aspectos de su vida cotidiana, religiosa, social y familiar. La prohibición de no emparentar con alguien ajeno al pueblo de Israel se basa en la idea de que ese extranjero desviaría al israelita de la adoración exclusiva que exige su Dios y los hijos de esas uniones. Entonces, debido a la influencia externa, estarían alejados del "camino divino".

Con el tiempo, los estudiosos judíos de la Biblia concluyeron que en el caso de que un hombre se case con una mujer extranjera, los hijos que nazcan de esa unión son considerados de "ella" y, por lo tanto, no son judíos. Esto da a entender la magnitud y gravedad del problema cuando un israelita se siente atraído por mujeres de otros pueblos.

Según cuenta el relato bíblico en el libro de Números, durante esa difícil temporada de cuarenta años en la que el pueblo de Israel estuvo atravesando el desierto y sorteando dificultades a la espera de llegar a la tierra prometida, instaló uno de sus campamentos, durante un tiempo, en Sitim, unos doce kilómetros al noroeste de la costa norte del mar Muerto, territorio de la actual Jordania.

Ahí fue donde Zimri, uno de los hombres principales de la tribu de Simeón, quedó atrapado por el encanto de una hermosa mujer madianita[2], llamada Cozbi. Quizás por ese motivo Zimri no era consciente del riesgo que corría al darle rienda suelta a la pasión que le despertaba Cozbi. Siendo descendientes de Abraham, es muy factible que tuvieran una lengua similar.

Cozbi, por su parte, era hija de Zur, un importante hombre madianita. La hermosa joven resultaba irresistible a los ojos de un hombre como Zimri, abatido por las dificultades del desierto y que se alimentaba tan solo del maná que Dios enviaba. Ella conocía tanto las costumbres nómadas como las de las ciudades, ya que los madianitas fueron un pueblo comerciante muy próspero, que poseía ganado, asnos y rebaños por millares. Y si bien parte de su tiempo sus gentes viajaban por el desier-

---

[2]   Los madianitas eran una tribu emparentada con los israelitas, ya que ambas descendían de Abraham, pero mientras los israelitas provenían de la estirpe de Isaac, el hijo del patriarca con Sara, los madianitas provenían del linaje de Madián, el hijo que tuvo Abraham con su concubina Queturá. Incluso Moisés vivió muchos años en la tierra de Madián y se casó allí con Zípora, una de las hijas de Jetró, el sacerdote de Madián.

to, también edificaron ciudades. A diferencia de las mujeres israelitas, Cozbi, como la mayoría de las mujeres de su pueblo, dedicaba mucho tiempo a su belleza personal, utilizaba narigueras de oro, perfumes y prendas de vestir de lana teñida con púrpura; incluso sus camellos llevaban hermosos collares con adornos en forma de luna. A los ojos de Zimri, agotados por la arena del desierto, la imagen de Cozbi resultaba resplandeciente, un bálsamo en la infinita aridez de su cansancio.

No obstante, Cozbi le hacía ofrendas a su propio dios, Baal de Peor. Baal significa "Señor" y Peor es el nombre del monte donde se le adoraba. A diferencia del Dios de Israel, tan estricto en sus costumbres, el culto a Baal de Peor era alegre, y a los ojos bíblicos absolutamente inmoral. Durante ese tiempo fueron muchos los hombres que, al igual que Zimri, seducidos por las mujeres extranjeras, del territorio de Moab y de Madián, consintieron en adorar a Baal de Peor. Enardecido en ira y celos divinos, el Dios de Israel ordenó a Moisés llamar a los jefes del pueblo, y a estos, el profeta les ordenó matar a todo aquel que adorara a Baal de Peor.

En medio de semejantes circunstancias, mientras los israelitas lloraban por el castigo de Dios contra su pueblo, Zimri, enardecido de pasión, llevó a la hermosa Cozbi a su propia tienda para estar con ella. Finehás, nieto de Aarón el sacerdote, al percatarse de esto, invadido de celo divino, tomó una lanza en su mano y, con profunda indignación, llegó a la tienda donde se encontraban los amantes y los atravesó por sus genitales.

Con la fulminante acción de Finehás, el celoso Dios de Israel se sintió satisfecho y puso fin al azote que ya había causado la muerte de miles de israelitas, y así reanudó un pacto de paz con su pueblo. No obstante, al final del capítulo 25 de Números, la Biblia aclara que el Dios de Israel indujo a Moisés a atacar a los madianitas como castigo "por el asunto de Cozbi":

> Más tarde Dios habló a Moisés y dijo: que haya un hostigar de
> los madianitas y ustedes tienen que herirlos porque ellos los están
> hostigando a ustedes con sus actos de astucia que han cometido

astutamente contra ustedes en el asunto de Peor y en el asunto de Cozbi, hija de un principal de Madián, la hermana de ellos que fue mortalmente herida en el día del azote por el asunto de Peor (Números, 25,18).

No desearás la mujer de tu prójimo

*No codiciarás la mujer de tu prójimo, y no desearás
la casa de tu prójimo, ni su campo, ni su siervo, ni su sierva,
ni su buey, ni su asno, ni nada que sea de tu prójimo.*

Deuteronomio, 5,21

En los tiempos del antiguo pueblo de Israel se entendía como adulterio el abuso de un hombre en la propiedad de otro, su mujer. Ella, por su parte, la mujer casada o comprometida, debía evitar por todos los medios posibles inspirar deseos pecaminosos en los demás hombres. El castigo por el delito de adulterio era la muerte: "si adultera un hombre con la mujer de su prójimo, hombre y mujer adúlteros serán castigados con la muerte", sentencia el libro de Levítico, que es corroborado en el de Deuteronomio: "Si se sorprende a un hombre acostado con una mujer casada, morirán los dos: el hombre que se acostó con la mujer y la mujer misma. Así harás desaparecer de Israel el mal". De este modo lo explica Marco Schwartz en su obra *El sexo en la Biblia:*

> El delito propiamente dicho lo cometía el varón –casado o soltero– que se acostara con la mujer o la desposada aún virgen del prójimo. La esposa infiel era condenada a muerte junto a su amante, pero en calidad de propiedad violada. Casi como el buey que era sacrificado cuando un hombre mantenía relación sexual con él.

El asunto del adulterio era tomado tan en serio por el pueblo de Israel que existía una particular tradición para disipar los celos de un marido, que era mediante unas "aguas de maldición para la mujer adúltera": cuando un hombre tenía dudas sobre la fidelidad de su mujer, pero no tenía las pruebas para hacer una acusación formal, tenía la opción de

97

presentarla ante el sacerdote para que se le practicara el llamado *rito de los celos*. Descrito en el libro de Números 5, 11-31, era una práctica siniestra en la que el marido llegaba con la mujer sospechosa y una ofrenda sagrada de casi dos kilos de harina de cebada.

El sacerdote presentaba a la mujer ante Dios para que fuera él su juez. Acto seguido, llenaba un vaso con "agua amarga" y le añadía polvo del tabernáculo, del suelo sagrado donde se hallaban. Con este misterioso bebedizo se acercaba el sacerdote a la mujer, quien aguardaba de pie con la cabeza descubierta en señal de penitencia y portando la ofrenda de harina en sus manos. Frente a ella el sacerdote, con voz profunda, debía pronunciar el juramento: "Si no se ha acostado contigo ningún hombre, y si estando sujeta a tu dueño no te has desviado a ninguna inmundicia, queda libre el efecto de esta agua amarga que trae una maldición. Pero tú, en caso de que te hayas desviado mientras estabas sujeta a tu dueño y en caso de que te hayas contaminado y algún hombre aparte de tu señor haya puesto en ti su emisión seminal..." –en ese momento el sacerdote le recuerda a la mujer que está bajo un juramento que encierra maldición en caso de mentir– y continúa: "Qué Dios te ponga por maldición y execración en medio de tu pueblo y que se te sequen tus muslos y se te hinche tu vientre. Y esta agua que trae una maldición tiene que entrar en tus intestinos para hacer que se te hinche el vientre y decaiga el muslo".

A esto la mujer debía responder: "¡Amén, Amén!", lo que significa *así sea*. Ante la amenaza de semejante juramento, la mujer podía reconocer su error antes de ingerir el bebedizo, y el hombre podía perdonarla o repudiarla, pero en este caso, sin testigos de la falta, no se podía pedir la pena de muerte. Por otra parte, la mujer podía beber la poción y esperar su efecto. Quizás aunque no pasara nada, y ante Dios se probara su inocencia, el marido continuaría consumido por los celos.

Es interesante notar que si bien la mujer casada corría el riesgo de pagar con su vida por un acto de infidelidad cometido, el hombre casado podía mantener relaciones sexuales con sus esclavas, con una esclava ajena o con una mujer libre, sin que esto fuera considerado adulterio; incluso podía recurrir a los servicios sexuales de una prostituta. Existían sanciones en algunos casos, pero nada comparables con la pena de muerte. Si el hombre se había acostado con la esclava de otro, debía sacrificar un carnero a Dios, y en el caso de haber estado con una mujer libre, debía casarse con ella. Por otra parte, si se trataba de un caso de violación, el hombre tenía que desposarla y perdía el derecho a repudiarla después. De cualquier modo, las infracciones cometidas por un hombre casado no eran comparables a las que por el mismo acto incurría una mujer.

El rey David y Betsabé

David fue un pastor, músico, poeta, soldado y rey, por el que el Dios de Israel sintió gran afecto. Valeroso y atlético desde su infancia, no dudó en enfrentarse personalmente al gigante que batallaba en las filas enemigas, el filisteo Goliat. David procuró ser leal al Dios de su pueblo y por este motivo contó siempre con su apoyo. No obstante, el rey, que contaba con la gracia divina, no pudo evitar una tormentosa pasión adúltera que se convirtió en uno de los episodios más lamentables de su vida. Este se relata en el segundo libro bíblico de Samuel.

Siendo David rey de Israel, se encontraba en medio de unas campañas militares que buscaban liberar el territorio asignado por Dios de los pueblos que lo habitaban, entre ellos, filisteos, edomitas y arameos. Eran tiempos de frecuentes y prolongadas guerras en procura de la unidad nacional, la máxima aspiración del rey. Una tarde, durante la temporada de batallas contra los ammonitas, mientras su general Joab y su ejército se encontraban sitiando la ciudad de Rabbá, el rey despertó de su siesta y se fue a pasear por las terrazas de su palacio, desde donde vio a una mujer muy hermosa que se estaba bañando…

El rey David quedó casi hipnotizado con el cuerpo de la mujer y mandó a preguntar quién era. Pronto le informaron que se trataba de Betsabé, la esposa de Urías, el hitita, un destacado guerrero extranjero que militaba a la par entre sus importantes oficiales del ejército que se encontraban en ese momento en plena campaña militar. Se cree que adoptó también el Dios de Israel y que por este motivo fue recibido entre su pueblo. Su casa quedaba cerca del palacio del rey.

A pesar de saber que era una mujer casada, David, apasionado, olvidó la ley de Dios y pidió que llevaran ante él a la preciosa mujer que había visto. Su deseo era mucho más fuerte que su constante dedicación a su Dios. Fue fácil que Betsabé quedara impresionada con el atractivo rey, arrebatado de deseo. David durmió esa noche con la mujer de uno de sus oficiales, que en ese momento estaba arriesgando la vida por él. Aparentemente frágil y deslumbrada por resultarle tan atractiva al rey, Betsabé no se opuso a nada de lo que sucedía, a pesar de saber, de sobra, que vivía una pasión impura. Algún tiempo después la mujer le hizo saber al rey que se encontraba embarazada.

Aterrado frente a la evidencia de sus actos, el rey trató de ocultar su falta. Presto, envió un mensaje a Joab, el general de sus ejércitos, que se encontraba lejos, sitiando Rabbá, para que le enviaran a Urías. El plan era hacer que el marido engañado durmiera de nuevo con su esposa y así hacerle pasar el hijo que espera la mujer como si fuera suyo y no del rey.

Al presentarse Urías ante el rey, este le hizo unas preguntas formales sobre la situación militar de sus hombres; luego, lo invitó para que descansara en su casa y dumiera con su mujer. Pero Urías es un hombre leal a sus compañeros; siente que no es justo descansar, comer, beber y regocijarse con su mujer mientras los otros soldados se encuentran arriesgando sus vidas y durmiendo en el suelo. Por ello prefirió dormir en el suelo, a la entrada del palacio.

David se enteró por sus hombres de la situación: "Urías no ha ido a su casa". Entonces David le dijo: "¿No acabas de llegar de camino? ¿Por qué no bajaste a tu casa?" (2 Sam, 11, 10); pero Urías permaneció invulnerable a la tentación y continuó manifestando lealtad a sus hombres, sin dejarse convencer. Así contestó a David: "El arca, Israel y Judá habitan en tiendas; mi señor, Joab y los servidores de mi señor acampan al raso, ¿e iba yo a entrar en mi casa para comer y beber y dormir con mi mujer? Tan ciertamente como que vives tú y vive tu alma, que no haré yo cosa semejante" (2 Sam, 11, 11).

David siguió insistiendo y lo retiene sin dejarlo volver a la guerra. Lo emborrachó pensando que en estas condiciones iría a ver a su mujer, pero Urías volvió a dormir a la entrada del palacio. Con una frialdad y un cinismo aterrador, el rey ungido de Israel decidió optar por una solución violenta y brutal. Al día siguiente envío a Urías de regreso al frente de combate con una carta sellada para el general Joab que dice: "Poned a Urías en el punto donde más dura sea la lucha, y cuando arrecie el combate, retiraros y dejadle solo para que caiga muerto" (2 Sam, 11, 15).

Joab siguió las instrucciones del monarca y Urías fue enviado al frente de un feroz combate, tras una encarnizada batalla en la que murieron muchos israelitas. Urías cayó muerto, tal y como lo había preparado el rey. Cuando David se enteró de las bajas en combate se encolerizó de una forma terrible y su ira solo fue aplacada cuando se enteró de que Urías estaba entre las víctimas fatales. A pesar de ser uno de los oficiales más destacados, el rey tomó ante el mensajero la muerte de Urías como un asunto sin importancia: "No te apures demasiado por este asunto, porque la espada devora unas veces a uno, otras a veces a otro. Refuerza el ataque contra la ciudad y destrúyela" (2 Sam, 11, 25).

Enterada de la muerte de su esposo, Betsabé le guardó luto a su marido durante siete días, como era la costumbre. Pasados estos, David la hizo su mujer y la llevó a vivir al palacio. El rey quiso pensar que sus faltas habían quedado atrás y que ahora se encontraba a salvo su honor. Sin embargo, los actos de David no fueron agradables a los ojos de Dios y este envió al profeta Natán, quien para hacer recapacitar al rey le relató la parábola del hombre rico que poseía muchas ovejas y le roba al hombre pobre la única que este tiene y a la que ha cuidado a la par que a sus hijos: "Llegó un viajero a casa del rico; y este, no queriendo tocar a sus ovejas ni a sus bueyes para dar de comer al viajero que a su casa llegó, tomó la ovejuela del pobre y se la aderezó al huésped".

Conmovido con la historia, David exclamó encolerizado contra aquel hombre que había robado al pobre: "¡Vive Yavé que el que tal hizo es digno de la muerte y que ha de pagar la oveja por cuadruplicado, ya que hizo tal cosa sin tener compasión!". Natán dijo entonces a David: "¡Tú eres ese hombre!" (2 Sam 12, 4-7). Por su pasión adúltera el profeta Natán sentenció una maldición divina contra David:

¿Por qué despreciaste la palabra de Jehová haciendo lo que es malo a sus ojos? A Urías el hitita lo derribaste a espada y a su esposa la tomaste por esposa tuya, y a él lo mataste por la espada de los hijos de Ammón. Y ahora la espada no se apartará de tu casa hasta tiempo indefinido como consecuencia del hecho de que me despreciaste de modo que tomaste a la esposa de Urías el hitita para que llegara a ser tu esposa. Esto es lo que ha dicho Jehová: Yo haré surgir el mal contra ti de tu misma casa, y tomaré ante tus mismos ojos a tus mujeres, y se las daré a otro, que yacerá con ellas ante los ojos de este sol. Porque tú obraste secretamente pero yo haré esto frente a todo Israel y frente al sol. (2 Sam 12, 9-12)

David se arrepintió y aceptó que había pecado. Ante esto, Natán respondió: "Jehová ha perdonado tu pecado. No morirás. A pesar de esto, por cuanto innegablemente has tratado a Jehová con falta de respeto mediante esta cosa, el hijo que te acaba de nacer, morirá".

La maldición divina profetizada por Natán se cumplió a cabalidad. El bebé recién nacido de Betsabé murió siete días después de nacer. Y la espada profetizada se manifestó en forma de innumerables tragedias familiares entre los hijos de David. Tamar fue violada por su medio hermano Ammon, quien fue asesinado por Absalón, otro de los hijos de David, quien además se sublevó contra su padre y murió a manos de Joab y sus hombres. Incluso Salomón, el famoso rey sabio, segundo hijo de David y Betsabé, mandó asesinar a su medio hermano Adonías.

Ángeles malditos

Las principales referencias a unos ángeles consumidos por la lujuria se encuentran en el capítulo seis del Génesis (versículos del 1 al 4) y en una serie de libros bíblicos apócrifos, como *Los libros de Enoch*, que forman parte del canon de la Iglesia ortodoxa etíope, y *El Libro de los jubileos*, donde se refieren a ellos como *Grigori*, palabra griega que significa "vigilantes"; además de estos términos, a veces aparecen referenciados como *hijos de Elohim* o *hijos del cielo*.

Según dichos textos, los Grigori fueron doscientos ángeles que descendieron a la Tierra con forma humana y, al ver a las hijas de los hombres, quedaron impresionados con su hermosura, las desearon apasionadamente y se dijeron entre ellos: "Vayamos y escojamos mujeres de entre las hijas de los hombres y engendremos hijos" (Libro de Enoc, capítulo 6).

La organización celestial es compleja. Entre los vigilantes existían jefes, comandantes y subalternos. El líder del grupo de los doscientos ángeles que descendió a la cima del monte Hermón, cumbre que en la actualidad es frontera entre Israel, Líbano y Siria, a solazarse en la fornicación, fue Shemihaza, quien a su vez lideraba otros jefes: Kokabel, Ramael, Daniel, Zeqel, Baraqel, Harmoni, Matrael, Ananel, Satoel, Shamsiel, Sahariel, Tumiel, Turiel, Yomiel, Yehadiel, Urakabarameel y Azazel.

En el Libro de Enoch se aclara que Shemihaza era consciente de la falta que estaban cometiendo, por lo que temió que alguno de sus compañeros se arrepintiera del plan y confesara sus faltas al Creador y que ello acarreara así la desgracia de todos. Por este motivo, exhortó a sus compañeros, diciéndoles: "Temo que no queráis cumplir con esta acción y sea yo el único responsable de un gran pecado". No obstante, los otros le respondieron con un juramento solemne en el que aseguraron no retroceder en su lascivo proyecto de seducir las mujeres hasta cumplirlo cabalmente.

Quizás para esos ángeles acostumbrados a vivir en la pureza celestial fue muy difícil, al corporizarse como hombres, controlar las bestiales e instintivas pasiones que pueden despertarse en un cuerpo viril ante una piel seductora y el llamado a la lujuria que parece intuirse en la sonrisa de ciertas mujeres. Desesperados por atraerlas, impresionarlas y maravillarlas, los Grigori revelaron a sus amadas algunos de los más preciados secretos del Cielo, que cada uno de ellos poseía y que el Creador no había autorizado que los mortales conocieran.

Así fue como el conocimiento prohibido llegó a la Tierra: cada uno inició a su mujer en el arte de adivinar de diversas maneras. Shamsiel, por ejemplo, lo hacía a partir de la dinámica y la interpretación del movimiento de los cuerpos celestes, lo que posteriormente se conoció como astrología. Así mismo, Baraqel reveló los signos de los rayos y los presagios del sol. Harmoni las introdujo en el oscuro mundo de la necromancia y Shemihaza presentó los más poderosos secretos de la hechicería a partir de poderosas plantas, peligrosas raíces y potentes minerales, con los cuales las mujeres aprendieron a elaborar seductores perfumes, ungüentos y maquillajes que las hacían lucir más hermosas, como poderosas pociones alucinógenas y mortales bebedizos. Los Grigori también les enseñaron a transformarse, a volar y, aunque no era de especial interés para ellas, Azazel les reveló secretos estratégicos del arte de la guerra y de la elaboración de armas, con los que las hembras deseadas pudieron impresionar a sus padres y hermanos. Los apasionados vigilantes entregaron a sus amadas una valiosa sabiduría oscura que ellas supieron mantener oculta durante siglos.

De esta manera, fascinados por el natural encanto de las mortales, esos ángeles olvidaron sus labores divinas y se dedicaron a las pasiones terrenales. Desafiaron las normas celestiales y tuvieron relaciones sexuales con las mujeres. Así, engendraron una nueva raza de seres llamados *nephilim*, que crecieron hasta llegar a medir casi tres mil codos de altura. Estos gigantes engullían todo lo que encontraban a su paso, arrasaron con los pájaros del cielo, las bestias de la tierra, los reptiles y los peces del mar. Incluso devoraron a muchos hombres, se atacaron entre ellos y se bebieron su sangre.

La tierra se inundó con la sangre de inocentes y los gritos de los que estaban siendo aniquilados por los *nephilim* subieron hasta el cielo. Consternados por los lamentos que llegaban a las puertas de la morada divina, Gabriel, Miguel, Sariel y Rafael, los principales entre los hijos de Dios que permanecían en el Cielo, procedieron a informarle al Altísimo las faltas de sus compañeros: "Ellos han ido hacia las hijas de los hombres y se han acostado con ellas y se han profanado a sí mismos descubriéndoles todo pecado" (Libro de Enoch, 9, 8).

Entonces, Dios envió al ángel Sariel para que hablara con Noé y le advirtiera que un gran diluvio inundaría toda la tierra habitada, por lo que debía construir un arca con el fin de preservar su vida y la de los suyos. Luego, el Creador ordenó a Rafael encadenar a Azazel de pies y manos y arrojarlo en las tinieblas por haber revelado preciosos secretos celestiales. Ahí debe seguir hasta el día del juicio, en el que será arrojado al fuego. Tras esto, según el libro de Enoch, el Señor se dirigió a Gabriel y le dijo:

> Procede contra los bastardos y réprobos hijos de la fornicación y haz desaparecer a los hijos de los Vigilantes de entre los humanos y hazlos entrar en una guerra de destrucción, pues no habrá para ellos muchos días. [...] Ve y anuncia a Shemihaza y a todos sus cómplices que se unieron con mujeres y se contaminaron con ellas en su impureza, ¡que sus hijos perecerán y ellos verán la destrucción de sus queridos! Encadénalos durante setenta generaciones en los valles de la tierra hasta el gran día de su juicio. En esos días se les llevará al abismo de fuego, a los tormentos y al encierro en la prisión eterna.

Tras ser encadenado, Shemihaza quedó colgado entre la Tierra y el Cielo, y formó la constelación de Orión. Castigados los ángeles caídos, Dios procedió a enviar castigo contra los que se habían dejado corromper por ellos. A sus mujeres las volvió sosegadas, y a sus hijas y a las descendientes de estas las despojó de todo deseo sexual y las condenó a unas relaciones desapasionadas con sus maridos; pero era tal la corrupción que reinaba en la tierra que fue necesario enviar el diluvio para limpiarla de los *nephilim* y la maldad imperante por el mal uso de los secretos revelados. Los *nephilim* desaparecieron, pero las artes que sus padres enseñaron y el castigo contra la descendencia de sus mujeres permanecieron de algún modo como vestigio de la pasión que condenó al abismo de fuego a unos ángeles del cielo.

Amores tortuosos
en el mundo clásico

Hiparco, Harmodio y Aristogitón

En la Biblia, cuya influencia en la cultura occidental es palpable, las relaciones homosexuales son claramente proscritas por el Dios de Israel: "Si un hombre se acuesta con otro como se hace con mujer, ambos hacen cosa abominable y serán castigados con la muerte; caiga sobre ellos su sangre", sentencia el código del Levítico. Corroborando esta posición, el apóstol Pablo, en su primera Carta a los Corintios, enfatiza: "¿No sabéis que los injustos no poseerán el reino de Dios? No os engañéis: ni fornicadores, ni idólatras, ni adúlteros, ni los afeminados, ni hombres que se acuestan con hombres, ni ladrones, ni los avaros ni los borrachos, ni los que calumnian, ni los rapaces poseerán el reino de Dios". Puede decirse que para la tradición judeocristiana una relación pasional entre hombres era un amor maldito que transgredía las normas divinas y desataba la ira de Dios.

No obstante, en la cultura clásica, la otra corriente que forjó las bases de nuestra civilización actual, el tema del amor entre hombres fue considerado de forma diferente, si bien no exento de polémica, por varios escritores. Platón, Herodoto, Jenofonte, Ateneo, entre otros, hicieron referencia a estas relaciones, cuya forma más difundida era la que se daba entre un hombre adulto, conocido como *erastés*, el amante, y un joven adolescente que no pertenecía a su familia, el amado, conocido como *erómenos*. Vale la pena recalcar que aunque este tipo de relación era llamada pederastia, no incluía niños, según se entiende hoy en día.

La pederastia en el mundo clásico estaba relacionada con la tradición atlética y el culto generalizado que existía al cuerpo masculino, el cual se buscaba desarrollar, fortalecer y exhibir del mejor modo posible para ser valorado como símbolo de belleza y armonía perfecta. La pederastia se caracterizó, además, por ser una costumbre de la nobleza, cuyas refinadas normas de etiqueta social y sexual idealizaron la relación homosexual. No obstante, existieron otras formas proscritas de relaciones homoeróticas, como que un esclavo tuviera relaciones sexuales con un joven libre o el pago de dinero a jóvenes libres a cambio de sexo. Los que eran descubiertos en estas prácticas, por lo general, fueron ridiculizados y estigmatizados.

El amante, posesionado de su rol, adquiría un estatus de tutor del amado, y ciertos cánones sociales y legales controlaban esta relación. Por lo general se requería el consentimiento del padre del joven; esto, además, se sustentaba en el hecho de que solía ser ventajoso para el joven y su familia la presencia de un mentor influyente y poderoso, ya que con esta el muchacho podía demostrar su atractivo físico y comenzaba el camino para poder forjarse una importante posición social en el futuro. Se suponía que la relación terminaba apenas alcanzaba el muchacho la madurez, representada por la barba en el mentón; no obstante, en algunos casos se mantuvieron fuertes lazos de amistad de por vida.

El erastés era, por lo general, un ciudadano alrededor de los treinta años de edad, poseedor de cierta fortuna e influyente que, al igual que la mayoría, estaba comprometido en la vida social y política de su estado. Podía estar casado y ser padre de familia, por lo que su situación económica debía ser holgada, ya que los costos de una relación pederástica solían ser altos. Por tradición, incluían regalos caros, por ejemplo, un equipo militar, para demostrar que el erómeno ya era un guerrero en condiciones de defender su ciudad, o una copa de oro o plata, que indicaba que el joven amado ya podía asistir a los banquetes de los hombres, conocidos como simposios.

Por otra parte, un joven estaba en condiciones de convertirse en un erómenos cuando salía del gineceo, esto es, de la estancia de las mujeres, para entrar en la palestra, escuela originariamente de lucha, donde también se impartía instrucción filosófica. Para ser convertido en un objeto de deseo, el muchacho debía ser bello (*kalós*), valiente (*agathós*), honrado y modesto; así mismo, se esperaba que fuera recatado, fiel a la relación en caso de comprometerse y que no se dejara conquistar fácilmente. A diferencia de las mujeres, que comenzaban a darse en matrimonio más o menos a la misma edad, los jóvenes tenían posibilidad de elegir a su pareja y debían ser cortejados, aunque se suponía que una vez establecida la relación debían permanecer en ella y no deshonrar a su erastés.

Según Victoria Wohl, en su obra *Love among the Ruins: The Erotics of Democracy in Classical Athens*, los padres atenienses rezaban para que sus hijos fueran guapos y atractivos, pues sabían que esto atraería la atención de los hombres y que "se pelearían por ser el objeto de su pasión". Ese fue el dramático caso del triángulo amoroso entre Hiparco, Harmodio y Aristogitón, cuya historia, desarrollada en el complejo contexto histórico de la sociedad ateniense en su tortuoso proceso en busca de la democracia, le dio a esta tragedia pasional un curioso matiz.

* * * * *

Hacia el año 514 a. C., gobernaban conjuntamente en Atenas Hipias e Hiparco, los hijos del tirano Pisístrato, conocidos como los tiranos pisistrátidas. Si bien en la actualidad el término *tirano* se asocia con el abuso de poder y la crueldad contra los gobernados, en la antigua Grecia se refería a unos gobernantes con poder absoluto, no elegidos popularmente sino apoyados en la fuerza militar, aunque muchas veces contaban con la simpatía del pueblo.

Entre los sucesores de Pisístrato, al parecer fue Hipias quien detentó realmente el poder, mientras que Hiparco fue un hombre sensible, un mecenas dedicado a proteger a artistas y poetas, a recopilar los poemas de Homero y a desarrollar una gran biblioteca en Atenas. Del mismo modo, Hiparco cultivó un gran interés por los asuntos espirituales, las profecías y la vida en el más allá, lo que lo motivó a apoyar los cultos místericos de Eleusis, que durante su gobierno tuvieron mucho auge.

Profundamente sensible a la belleza masculina, Hiparco debió de ser un frecuente visitante de la palestra, donde todos los jóvenes se ejercitaban desnudos y lustraban sus cuerpos con costosos aceites que se costeaban con las arcas públicas. Ese gimnasio era el principal centro de reunión de las relaciones pederastas. Quizás fue allí donde el gobernante se enamoró perdidamente de Harmodio, un muchacho perteneciente a una familia noble, de modales suaves y cuerpo atlético, que le recordaba a Hiparco las majestuosas esculturas que se había dedicado a patrocinar.

Es factible que Harmodio no fuera insensible a las atenciones de Hiparco (lujosos regalos y costosas atenciones), poseedor de un intelecto inquieto y un gusto refinado. No obstante, el joven ya tenía un erastés, Aristogitón, hombre altivo, de clase media, para quien acceder a los favores del joven había costado un gran esfuerzo y quien no vio con buenos ojos los acercamientos del tirano a su muchacho.

Joven e inexperto, Harmodio no se percató de la fuerza letal de su sonrisa en el corazón de Hiparco y de la ira de Aristogitón. Cada vez que el joven de largas pestañas miraba con recato al gobernante, inflamaba en este de tal modo su pasión que todos los que estaban cerca podían percibirlo. El gobernante le daba a entender al joven que por su condición de noble y por sus intereses por la belleza y el arte ellos dos eran más afines que el joven y el hombre de clase media, por lo que realmente le convenía más estar a su lado que al de Aristogitón.

Por su parte Aristogitón, sintiéndose molesto y deshonrado, pudo atribuir los evidentes avances amorosos del tirano con el joven —que impulsaban al muchacho a romper el compromiso adquirido con su erastés— no a su alma refinada y espíritu artístico, sino al derroche de poder que ostentaba el tirano. Entonces, en el corazón de Aristogitón se comenzó a gestar un odio contra el tirano que esperó una oportunidad para estallar.

La tensión debió de sentirse en el ambiente de la palestra, y Aristogitón no solo tuvo que haber reprendido al hermoso erómenos, sino que posiblemente habló con su padre, quien preocupado por la honra del joven y la de toda su familia debió exhortar al joven a no alimentar las pasiones de Hiparco, por lo que en adelante el sensible gobernante recibió una serie de torpes desplantes y humillaciones por parte un bello joven voluble que no sabía cómo hacer compatibles sus ansias de sentirse deseado y admirado por el poderoso Hiparco sin despertar reproches de su erastés. Sin embargo, el tirano amante de las artes no estaba acostumbrado a los rechazos ni los desplantes, por lo que los de Harmodio destrozaron su alma y la hicieron sangrar.

Varios años antes, en 566 a. C., Pisístrato, padre de Hipias e Hiparco, inspirado en los juegos olímpicos consagrados a Zeus en Olimpia, instauró en Atenas las panateneas, consagradas a su diosa protectora Atenea. Además de los juegos, incluyó certámenes de poesía y música. Hipias e Hiparco se encargaron de continuar con la tradición de celebrar estos juegos cada cuatro años durante su gobierno y les dieron un particular esplendor, aparte de que hicieron de esta conmemoración la más importante de Atenas.

Habían pasado 52 años desde que su padre había inaugurado las panateneas y aunque era el organizador de la importante conmemoración, Hiparco estaba despechado y el furor de su pasión lo llevó a no reparar en sus actos. En medio de uno de los certámenes deportivos se burló de Harmodio y Aristogitón, llamándolos "débiles mujercitas". Pensó que la ofensa pública apaciguaría su dolor con venganza, pero no fue así.

Para darle un cierre majestuoso a la celebración se llevaba a cabo el desfile de las panateneas, en el que varias doncellas, escogidas de las familias más prestigiosas de la ciudad, participaban como canéforas, portando en unos canastos las ofrendas para la diosa, entre las que se encontraban el peplo, un delicado y costoso vestido para la diosa. Todas las jóvenes de clase alta soñaban con el exclusivo honor reservado a muy pocas, de poder participar como canéforas en ese desfile que se daba cada cuatro años. Entre ellas estaba la hermana de Harmodio.

Convencida de que sería aceptada como canéfora, la joven se acercó al templo para seguir las instrucciones de la procesión que se llevaría a cabo en pocos días; pero delante de todos fue informada de que ella no podía participar. Ese rechazo público fue una terrible afrenta no solo para la joven, sino para la familia entera. Aristogitón, en su rol de erastés, asumió como propia esta nueva ofensa.

Cuando aún conversaba alegremente con Harmodio, Hiparco le había asegurado que su hermana participaría en el desfile; pero ahora, ahogado de dolor, no estaba interesado en cumplir la promesa, o quizás pensó que generándole un tropiezo a la joven en su ingreso a la procesión, lograría que Harmodio fuera de nuevo a buscarlo.

Todo lo relacionado con el honor y la dignidad constituía un asunto muy serio en la antigua Grecia. Hiparco sabía que la afrenta sufrida por la hermana de Harmodio afectaba profundamente no solo a la joven, sino a toda su familia, que no pasaría por alto tal vergüenza. Incluso es posible que los sacerdotes iniciados en los misterios de Eleusis, aquellos que vislumbran los secretos del más allá, le advirtieran sobre el riesgo mortal que implicaba el deshonrar una familia como venganza por un capricho amoroso.

Tras la ofensa a la doncella y durante las panateneas, Aristogitón encontró el momento para actuar. Con su temperamento altivo y alevoso e inflamado por los celos, encontró cómplices en aquellos inconformes con el gobierno de los hijos de Pisístrato, a quienes les reveló su plan para derrocar a los tiranos.

Tanto al erastés como al tirano los arrastraba una pasión desmedida por el joven Harmodio; pero ahora este solo pensaba en vengar el honor de su hermana. Por su parte, Aristogitón ya no estaba seguro de si los hombres a los que había revelado sus intenciones de eliminar a los tiranicidas eran de confianza, ya que le habían llegado rumores de que uno de ellos había sido visto hablando afectuosamente con el tirano. Confundido en cuanto al plan, Aristogitón se separó un momento de Harmodio para replantear la estrategia; pero el muchacho siguió con la idea de enfrentar a Hiparco y pedirle personalmente una explicación de lo sucedido con su hermana o cobrar venganza por lo sucedido.

Luego, los trágicos acontecimientos suceden con tumultuosa rapidez en medio de las fiestas. Quizás Harmodio se acercó a Hiparco, cuyos guardias personales, conocedores de las características románticas de la relación, se alejaron un poco para permitirles hablar. La pasión obnubiló la mente del hombre y del muchacho. La historia no precisa detalles, quizás con los ojos inyectados de sangre y lágrimas por el orgullo herido, de aquel que dejó de ser un objeto de culto para convertirse en objeto de burla, Harmodio se enfrentó violentamente al gobernante que aún enamorado y sin sus guardias cerca no tuvo fuerzas para responder. Quizás en ese momento Aristogitón los vio hablando y enceguecido por los celos apuñaló sin piedad al tirano.

De cualquier modo, el tirano fue apuñalado mortalmente y sus guardias cobraron inmediatamente su vida con la sangre de Harmodio, quien murió en el mismo lugar. Por su parte, Aristogitón fue hecho prisionero y torturado para que revelara el nombre de sus cómplices. Se dice que Hipias, el hermano de Hiparco, estuvo durante las torturas que él mismo ordenó y que fue causante y testigo de la muerte de Aristogitón, quien enceguecido por la ira no solo no delató a los simpatizantes con su complot, sino que insultó y escupió al hermano del odiado Hiparco.

Es interesante notar que si bien las arrebatadas acciones del hermoso Harmodio y el altivo Aristogitón no tuvieron motivaciones políticas y el tirano Hipias continuó gobernando durante cuatro años más, no deja de ser una irónica curiosidad histórica que Harmodio y Aristogitón sean recordados como tiranicidas salvadores de la ciudad y, según algunos, padres de la democracia y la libertad. Una copia de una escultura erigida en su honor puede apreciarse actualmente en el Museo Nacional de Nápoles.

Marco Antonio y Cleopatra

Nos ha llegado hasta hoy el recuerdo de una relación tormentosa, marcada por el deseo y la intriga. Un encuentro de temperamentos fuertes, cultos, inteligentes y apasionados, marcados por la lujuria, el anhelo de poder, el gusto por el placer y la belleza. En sus fantasías, muchas mujeres se imaginan irresistibles y seductoras, al modo de Cleopatra. Muchos hombres han imaginado cómo sería su vida si tuvieran el atractivo de Marco Antonio, con su coraje, destreza guerrera, poder, arrojo, suficiencia y temperamento arrebatado, capaz de jugarse por un amor el poder sobre la mitad de un Imperio, como si comparado con el encanto de Cleopatra eso fuera poca cosa.

Romance de intensos encuentros tras largas y dolorosas separaciones, de constantes conflictos y apasionadas reconciliaciones. La leyenda ha hecho de esta relación una de las historias de amor maldito por excelencia. Él, un prestigioso general, uno de los tres hombres más poderosos de Roma en sus momentos de mayor fuerza y expansión, en un arrebato de amor o enceguecido de lujuria, arriesgó su vida, poder, honor, fama, gloria, fortuna y la estabilidad del grandioso mundo romano por permanecer al lado de una peligrosa mujer: Cleopatra.

Ella, la inolvidable reina de Egipto, ha llegado hasta nosotros envuelta en un manto de leyenda que tiene el embrujo de los perfumes, los tigres, las sedas, las perlas y el Nilo que la rodeaban. Con su poderoso atractivo físico, inteligencia y capacidad de seducción, Cleopatra ha inspirado durante dos mil años numerosas obras artísticas y literarias. La reina que se consideró a sí misma una diosa, hija de Isis, fue al mismo tiempo una mujer racional y práctica, una amante apasionada, inquietante, de motivaciones inciertas, que quizás solo fueron claras para ella. Por amor, como estrategia política, o por una poderosa mezcla de ambos, fue amante de dos de los hombres más poderosos del mundo en su momento, Julio César y Marco Antonio, y su amor puso a tambalear a la invencible Roma, por lo que muchos historiadores romanos la recordaron como una hechicera seductora siempre anhelante de riqueza, placer y poder.

De sus dos grandes romances, el segundo de ellos, con Marco Antonio, alcanzó una fama imperecedera, gracias a la obra de William Shakespeare, titulada *Marco Antonio y Cleopatra*. El dramaturgo inglés, a su vez, se inspiró en *Vidas paralelas*, de Plutarco, historiador y biógrafo del siglo I d. C., quien dedicó un capítulo de su obra a la vida de Antonio. Principalmente por estos trabajos y sus adaptaciones posteriores, el fogoso romano es recordado como un hombre carismático, atractivo, fuerte, valiente y excelente militar, idolatrado por sus tropas; pero también como un lujurioso seductor, amante del vino y de todos los placeres, quien, según algunos, perdió su dignidad política en las arenas de Isis y ahogó su reputación en el famoso vino egipcio.

Marco Antonio nació en el año 82 a. C. en Roma, en el seno de una de sus familias más ilustres. Su madre era pariente de Julio César, quien siempre sintió un especial cariño por Antonio, el cual se lo retribuyó siempre con profunda lealtad. Entre los años 58 y 56 a. C., Antonio participó en diversas campañas militares en Palestina y Egipto, como oficial de caballería, y acompañó a César en su conquista de la Galia, donde se destacó como general de confianza. Luego, lo apoyó en su conflicto contra Pompeyo, por lo que fue nombrado comandante en Italia. En el año 44 a. C., el mismo en el que murió César, Antonio fue nombrado cónsul. Estuvo cerca a César el día en que lo mataron, por lo que los conjurados tuvieron que alejarlo con artimañas, ya que conocían de sobra su inquebrantable lealtad a Julio César.

Fue él quien tuvo el honor de dirigir a la muchedumbre estupefacta el discurso fúnebre a Julio César, recreado magistralmente por Shakespeare, que enardeció el espíritu popular y arrojó al pueblo a una nueva guerra civil que clamaba venganza por la muerte del dictador. Italia se sumió en una profunda crisis. Dos romanos ambiciosos se enfrentaron por la sucesión de César: Marco Antonio, el cónsul designado, y aquel a quien César había nombrado su heredero legal, Octavio.

En un principio, Antonio fue derrotado en Módena, el 21 de abril del 43 a. C., pero aunque en suelo italiano Octavio era cada vez más poderoso, Lépido, un antiguo jefe de caballería de César, y las provincias de occidente pasaron al lado de Antonio. Por este motivo y para no arriesgarse a perder poder, Octavio prefirió llegar a un acuerdo con su oponente, y el 23 de noviembre de ese mismo año se oficializó mediante la *Lex Titia* un pacto que llegó a conocerse como el segundo triunvirato. En este se aliaron Antonio, Octavio y Lépido. Los triunviros se unieron contra los asesinos de César, a los que derrotaron en la batalla de Filipos, Macedonia, en octubre del año 42 a. C. Tras su triunfo los triunviros se consolidaron en el poder.

Antonio decidió iniciar un grandioso viaje por oriente con dos propósitos: por una parte, consolidar con su presencia su poder en esa región que había acogido a sus enemigos, los asesinos de César. Por la otra, buscar recursos para el mantenimiento de sus tropas. Además, sabía que con su estilo y carisma lograr el cariño de la gente era una forma de demostrar su poder ante Octavio.

Posteriormente, Lépido fue apartado del poder real, y entre Octavio y Marco Antonio se dividieron el territorio romano. Octavio asumió el control de occidente, y Marco Antonio, de todo el oriente. En ese año, 42 a. C., recorrió placenteramente Grecia y se inició en los misterios de Eleusis. En Éfeso fue considerado "el nuevo Dionisio", por su espíritu alegre y fiestero. Lentamente su destino se acercaba a Egipto y Cleopatra. Para el año 41 a. C., Antonio se encontraba en Tarso y allí convocó a la reina de Egipto. Si bien el encuentro tenía motivos diplomáticos y políticos, la reina recurrió a todas sus artes, del mismo modo que había hecho con Julio César, para seducir al general romano, de quien dependía la suerte de Egipto.

Un encuentro de dioses

> *[Cleopatra] se iba a encontrar con Antonio en aquella edad*
> *en que la belleza de las mujeres está en todo su esplendor*
> *y la inteligencia en su plena madurez.*
>
> Plutarco, *Vidas paralelas*

Cleopatra estaba muy interesada en reunirse con Antonio, cuya fama y grandeza era cada vez mayor en oriente. Sin embargo, no acudió a la primera llamada y se hizo rogar con varias cartas del romano, que se encontraba cada vez más interesado en ver a la misteriosa mujer.

Finalmente, Cleopatra hizo una aparición espectacular en la que pretendía evocar con su presencia a la diosa Afrodita, según el historiador Plutarco. La reina llegó a la presencia de Antonio en una nave con la popa de oro, con velas púrpura desplegadas al viento y con remos de palas de plata, movidos al son de la música de flautas, siringas y cítaras. Ella iba recostada bajo un dosel bordado de oro, vestida como los pintores representan a Afrodita. La atendían, de pie y a uno y otro lado abanicándola, muchachitos parecidos a los eros que se ven pintados. También llevaba consigo siervas de gran belleza, vestidas como las nereidas y las gracias, encargadas unas del timón y otras de las cuerdas. Las dos orillas estaban perfumadas por muchos y exquisitos aromas.

A pesar de ser Antonio quien la había invitado a cenar, Cleopatra, que había puesto en sí misma, en su belleza y seducción las mayores esperanzas, insistió para que él aceptara el banquete que ella había preparado en su honor. Al general romano le impresionó el lujo derrochado por la reina. Bajo la luz de una multitud de antorchas comenzó un festín que duró cuatro días. El romano, que pretendía ser descendiente de Hércules, símbolo de la virtud, la fuerza y el valor, y que era además comparado con Dionisio, honrado con cortejos de silenos, ménades y sátiros, quedó prendado para siempre de la fastuosa reina, que se pretendía descendiente de la diosa egipcia Isis.

El placer de la "vida inimitable"

Según varios escritores, con bebedizos, filtros amorosos y encantamientos, Cleopatra robó para siempre el alma de Marco Antonio y con ello su prestigio como líder de los romanos, ya que en adelante los pasos del general estuvieron marcados por los sinuosos deseos de la reina de las arenas de Osiris. Con la excusa de pasar el invierno del 41 a. C., Antonio se dejó llevar por Cleopatra a Alejandría; pero ella lo retuvo durante un año. Siempre le tenía preparado un nuevo placer. Según Plutarco, "con él jugaba a los dados, con él bebía y con él cazaba, siendo su espectadora si se ejercitaba en las armas". Además, frecuentaban gimnasios, salas de conferencias, monumentos y santuarios. La reina y Antonio viajaban juntos a todas partes; incluso, Cleopatra organizó con un selecto grupo de amigos, una élite intelectual y social, una fraternidad dedicada a lo que llamaron *amimétobion* (la vida inimitable), una forma de vida intensa y placentera, una búsqueda de la libertad y el placer constantes, una ebriedad de vivir que se constataba en un anillo que portaba Cleopatra, que tenía la inscripción *méthe* (ebriedad). Antonio, por su parte, renunció a la toga romana y vestía la clámide griega. Algunas noches, con ese atuendo de alejandrinos comunes, buscaba con Cleopatra y sus amigos las juergas populares.

Pero no todo fueron fiestas, Cleopatra jamás perdió de vista sus intereses políticos. Incluso, Antonio ayudó a la reina a ejecutar a su hermana Arsinoe, a quien consideraba una amenaza latente para su reino.

La separación

A finales del año 40 a. C., la preocupante política exterior de Roma, amenazada por los partos, quienes ocupan el sur de Asia menor, Siria y Judea, obligan a Antonio a abandonar Egipto. Cleopatra, quien sin su amado siente una profunda soledad, sumada al hecho de estar embarazada, queda sumida en una profunda tristeza. Poco después se entera de que Antonio ha ido a encontrarse con su esposa Fulvia, en Grecia, lo que empeora su situación emocional. Seis meses después de la partida de

Antonio, la reina da a luz gemelos: Cleopatra Selene (luna) y Alejandro Helios (sol).

El encuentro de Antonio con Fulvia fue conflictivo, pues tratando de atraer a su esposo, incitó una revuelta contra Octavio, que fracasó. Iracundo, Antonio partió de Grecia al puerto italiano de Brindisi y no volvió a ver a Fulvia, quien murió unos meses después. Octavio, preocupado por la influencia que la reina del Nilo ejerce sobre Antonio, ahora viudo de Fulvia, lo instó a casarse con su propia hermana Octavia para garantizar la unión de sus intereses. Antonio aceptó el compromiso y la boda. Desgarrada de dolor, Cleopatra lloró amargamente cuando se enteró del nuevo matrimonio de su amado.

El reencuentro

La desolada reina solo volvió a ver a su amado cuatro años después, en el otoño del año 37 a. C., en el que Antonio abandonó intempestivamente a su esposa Octavia, embarazada de su segundo hijo, para encontrarse de nuevo con Cleopatra en la ciudad siria de Antioquía. El reencuentro fue apasionado y tormentoso. Ella le reprochó violentamente su ausencia y su matrimonio con Octavia, pero ambos estaban infectados por el mal poderoso y violento del deseo, que obnubila la mente y empaña la razón. Más allá de quejas y reclamos, ambos deseaban permanecer unidos y se casaron por un ritual egipcio que, a diferencia de las leyes romanas, permitía la poligamia. Es tal la pasión de Cleopatra por Antonio que la soberana determinó comenzar una nueva cuenta de los años de su reinado a partir de su matrimonio.

De nuevo, los amantes llevaron una vida fastuosa. Antonio, en el palacio de Alejandría, vivió ajeno a sus obligaciones como gobernante romano y solo se preocupaba por el amor y el placer; pero Cleopatra, siempre alerta, no olvidaba sus ambiciones. Entre besos, caricias y zalamerías, exigió que el romano cediera a Egipto Chipre, Fenicia y Creta, por lo que Egipto volvió a tener una extensión similar a la de los tiempos de los primeros tolomeos. En sus interminables noches de pasión engendraron otro hijo, Tolomeo Filadelfio. Cleopatra, en su afán por agradar a su marido, apoyó militar y económicamente a Antonio en sus campañas contra los partos, mandó a acuñar monedas para celebrar sus éxitos, en las que ambos aparecían como los nuevos Afrodita y Dionisio.

Por su parte, Octavia, deseosa de recuperar a su esposo, zarpó de Roma con naves y víveres para el ejército de su marido. La reina de Egipto, invadida de celos, de nuevo estalló en llanto y, según Plutarco: "Cada vez que Antonio entraba en su aposento la encontraba con la mirada perdida, y cuando se apartaba de su lado, ella parecía quedar sumida en la tristeza y el abatimiento". Finalmente, Cleopatra logró su objetivo y Antonio comunicó a Octavia que no se iba a reunir con ella y la hizo volver a Roma, mientras él se quedó al lado de Cleopatra.

No obstante, las escenas de celos no fueron solo de Cleopatra. El general romano se sintió varias veces inseguro por el despliegue de coquetería y los rumores que corrían sobre la reina amante de los placeres. Shakespeare pone en boca de Antonio una cáustica frase: "Te encontré como un bocado frío en el plato de César muerto; pero no, eras una sobra de Cneo Pompeyo, para no hablar de aquellas horas más viciosas, no registradas por la fama vulgar, que han vivido en tu lujuria; pues estoy seguro de ello, por mucho que puedas imaginar lo que debería ser la abstinencia, no sabes lo que es".

En Roma se referían a Cleopatra como la *ramera de Egipto*. Sin importar su estatus de reina, era ante todo una extranjera peligrosa que sin escrúpulo alguno había seducido a César y a Marco Antonio para conseguirle ventajas a su reino. La influencia de la hechicera egipcia sobre su amante determinó la separación progresiva y definitiva entre los dos hombres más importantes de Roma. Además, el repudio de Antonio a Octavia, la hermana de Octavio, solo empeoró aún más la situación. Finalmente, Octavio declaró en público que debido al hechizo que había ejercido sobre él la reina del Nilo, Antonio era un enemigo de Roma.

El odio a Cleopatra y la indignación contra Marco Antonio bulleron en el corazón del pueblo romano. Según la *Farsalia*, de Lucano: "Cleopatra [...] impúdica para desgracia de Roma, [...] con su sistro hizo temblar al Capitolio [...] una mujer que ni siquiera era de las nuestras [...]. Tal osadía se la infundió aquella primera noche en la que la incestuosa hija de los tolomeos pasó en el lecho de nuestros generales".

En el entretanto, en el centro político de Roma, el senado y los oradores partidarios de Antonio se enfrentaban violentamente a los hostiles contra él. No sabían si creer en la fidelidad de Antonio para con Roma o seguir a Octavio en sus ataques contra la pareja. Mientras tanto, la pareja continuó viviendo junta en oriente, donde organizaron un gigantesco ejército, al tiempo que llevaron una intensa vida de placer y lujuria. Por toda Roma se decía que Cleopatra desarmaba y seducía a Antonio irremediablemente. Los rumores lo imaginaban como un monarca de oriente envuelto en perfumes y sedas, hipnotizado bajo el embrujo de una hechicera. A los cuestionamientos del senado y del propio Octavio, Antonio respondía largas cartas en las que contestaba siempre que Cleopatra era su mujer y por eso se acostaba con ella.

Desde la primavera del 32 a. C., Antonio y Cleopatra se instalaron en Éfeso, donde reunieron una flota y un ejército poderoso. Cleopatra suministró doscientas naves y veinte mil talentos y víveres para alimentar a todo el ejército. Ella ejercía como soberana, escoltada por numerosos soldados romanos que en su escudo llevaban el monograma de la reina. El ejercicio del poder por parte de Cleopatra llegó a molestar a los propios seguidores de Antonio, quienes le solicitaron que hiciera regresar a la reina a su ciudad en Egipto. Pero Antonio continuó al lado de la reina egipcia y para seguirla complaciendo repudió oficialmente a Octavia, quien tuvo que abandonar su propia casa en Roma.

La derrota

Finalmente, Octavio le declaró la guerra a la egipcia. Comienza así la legendaria batalla de Accio, que marca el fin del período helenístico, esto es, el final de la estirpe de sangre griega iniciada con Tolomeo, el general de Alejandro Magno, y que durante trescientos años se mantuvo en el trono egipcio.

Los historiadores romanos, que estaban a favor de Octavio, ofrecen una mirada particular del enfrentamiento de Accio. Según Dion: "Agotada por ser mujer y egipcia, [...] la reina emprendió la huida". Siguiendo esta idea, Plutarco plantea que, cegado por su pasión por Cleopatra, Antonio "abandonó y traicionó a los que se hacían matar por él [...] para seguir a la que ya había comenzado a arruinarle". Para estos historiadores Antonio ya no era un romano; era un egipcio por culpa de Cleopatra. La de Octavio era, además, la victoria de la virtud sobre la lujuria. Según Propercio:

> [...] hay un puerto [...] en el golfo donde el más jónico sosiega el murmullo de sus aguas; son las olas que presenciaron Accio. [...] Es aquí donde se enfrentaron las fuerzas del mundo. De un lado la flota maldita [...] y las armas vergonzosamente blandidas por la mano de una mujer. De nuestro lado, la nave de Augusto, bogando a toda vela, bajo el signo de Júpiter y las enseñas acostumbradas a vencer por la patria.[...] El agua temblaba cuando resplandeciente por el brillo de las armas, apareció Apolo sobre la popa de Augusto.

Para Antonio y Cleopatra, Accio significó perder una parte muy importante de su ejército y de sus aliados. El mundo romano tuvo, a partir de ese momento, un único e indiscutido dueño: Octavio. Finalizaba la república y nacía el imperio romano. No obstante, a pesar de haber perdido la guerra, Cleopatra no regresó a Egipto con espíritu de derrotada; todo lo contrario, adornó sus naves con guirnaldas y su llegada la acompañó con himnos triunfales. Tomó las riendas del poder y ordenó ejecutar a los sospechosos de traición, aunque sabía que la amenaza que representaba Octavio estaba cada vez más cerca.

Por su parte, Antonio, tras la derrota, permaneció postrado durante tres días con la cabeza apoyada en sus manos; luego, reanudó su vida junto a Cleopatra. Navegaban juntos rumbo a la muerte. Para entonces habían disuelto la primera fraternidad que tuvieron, la de la *vida inimitable*, e instituyeron otra más lujosa y con placeres más excitantes y lujosos, a la que dieron el nombre de *synapothanuménon*, que significa los que mueren juntos. Disfrutaron de fastuosas reuniones con interminables noches de placer y vinos en las que, además, Cleopatra se dedicó a estudiar los poderes de diferentes venenos mortales y pociones poderosas.

En sus momentos de lucidez, pasada la resaca de las fiestas, Antonio caía en constantes depresiones, afectado por el creciente poder de Octavio y abrumado constantemente por la idea de la muerte. Poco a poco se fue convirtiendo en un muerto en vida, apático a todo. Se hizo construir una casa pequeña en la que se encerró como un ermitaño. Cleopatra se esforzó en sacarlo de allí, y junto con los "compañeros de la muerte" logró hacerlo volver a las fiestas. Sabían que pronto morirían, pero deseaban compartir placeres mientras les fuera posible.

A principios del año 30 a. C., Octavio llegó a la frontera oriental de Egipto y lo atenazó con sus tropas. Para entonces muy pocos romanos apoyaban a Antonio. Las palabras que Dion Casio puso en boca de Octavio en sus *Historias* se habían hecho populares:

> Que nosotros, que indudablemente somos romanos, y que gobernamos sobre la mayor y la mejor de las tierras habitadas, seamos despreciados y estemos rendidos a los pies de una mujer egipcia, es ciertamente algo indigno de nuestros padres [...] ¿Cómo no iban a sentirse dolidos todos aquellos héroes, [...] al enterarse de que habíamos caído en manos de una mujer? El propio Antonio se ha convertido en esclavo de una mujer, se ha afeminado, actúa como una mujer.

La tragedia

Sin posibilidades de triunfo, Antonio y Cleopatra intentaron negociar con Octavio. Antonio ofreció renunciar a todo su poder y convertirse en un ciudadano común en Egipto o Grecia. Incluso le ofreció su vida, si así se garantizaba la de Cleopatra. Pero Octavio no respondió a Antonio. El comandante romano prefirió hacer una propuesta a la reina de

Egipto. Le pidió renunciar al trono y asesinar a su amante; de este modo, Octavio le perdonaría a ella la vida y quizás podría mantenerse un tiempo al lado de sus hijos. Invadida de dolor, Cleopatra se negó a aceptar el ofrecimiento del nuevo dueño de Roma. Amaba demasiado a Antonio y sentía su destino definitivamente ligado al de ella.

No obstante, la relación entre Marco Antonio y Cleopatra se convirtió en una tormentosa desgracia que transcurrió entre terribles discusiones marcadas por la inseguridad y la sospecha, seguidas de desesperadas y violentas reconciliaciones en las que se juraban amor hasta la muerte. Para el verano del mismo año 30 a. C., Octavio llegó a Alejandría y Antonio se enfrentó con él. Corrió el rumor de que el dios Dionisio había abandonado la ciudad: el amado de la reina ya no tenía a su protector. Era un presagio de la derrota final.

Antonio, tras una efímera victoria contra Octavio, regresó a Egipto en busca de Cleopatra; pero en ese instante se enteró por sus generales que la reina había muerto en su mausoleo. Desesperado, Antonio deseó su propia muerte, le entregó a su esclavo Eros su espada y le imploró que lo atravesara con ella. Sin embargo, aterrado el joven, siempre fiel a su general, prefirió matarse a sí mismo antes que agredir a Antonio. Con el cadáver del muchacho a sus pies, Antonio tomó la espada y se atravesó el vientre. En ese instante, el asistente de la reina, Diomedes, apareció para informarle que Cleopatra se encontraba con vida y anhelaba verlo. Fue necesario introducir a Antonio moribundo por la ventana, ya que la reina había mandado sellar el mausoleo para que no pudieran entrar los soldados de Octavio.

Cuando tuvo a su amado entre sus brazos, Cleopatra lloró amargamente, rasgó sus propias vestiduras y lo cubrió con ellas. La reina en su dolor por el hombre que adoraba se golpeó a sí misma y se arañó el pecho con sus manos, mientras llamaba a Antonio mi señor, mi marido, mi emperador. Le secó la sangre con su rostro en medio de suplicantes sollozos. Antonio expiró en sus brazos. Cuando la reina vio a Antonio muerto, su dolor fue extremo. El hombre al que había amado durante once años había partido definitivamente.

Octavio no deseaba que la reina se suicidara; quería llevarla viva a Roma para realzar su triunfo, haciéndola desfilar encadenada como una prisionera de guerra, expuesta a la burla y los escupitajos de todos los romanos. Por ese motivo sus hombres trataron de capturarla; pero ella solo habló con los representantes de Octavio a través de la puerta sellada. Ya había enviado a sus hijos al extranjero secretamente y solo quería preocuparse de hacer las honras fúnebres a Antonio, para lo cual recibió la autorización de Octavio.

Decidida a morir, ya que la muerte era la única libertad que le quedaba, la reina se hizo bañar y arreglar majestuosamente por sus sirvientas Iras y Carmión. Luego, dejó una nota en la que aclaraba que deseaba ser sepultada junto a Antonio. Cuando los hombres de Octavio la encontraron, era demasiado tarde. La hermosa reina había muerto y sus doncellas yacían moribundas a su lado. Aseguran algunos que para conseguir su muerte hizo de una serpiente su aliada. El 12 de agosto del año 30 a. C. Cleopatra se suicidó, haciéndose morder de un áspid que entró disimuladamente al mausoleo, en un cesto de higos que llevó un campesino. Se dice que la reina escogió esta forma de morir para no alterar su hermosura. Vivió 39 años marcados por la pasión. A pesar de su ira por no poder llevar a Cleopatra consigo a Roma, Octavio accedió a que fuera sepultada junto a Antonio. Sus tumbas jamás han sido encontradas.

Cayo y Drusila

A pesar de pertenecer a la prestigiosa familia imperial, Drusila nació lejos de la magnificencia de Roma, en Avitarvium, actual ciudad de Coblenza, en Alemania, el 16 de septiembre del año 16. Su padre, el magnífico general Germánico, amado por sus soldados y por el pueblo, fue considerado por muchos un posible candidato al trono imperial. Su madre, Agripina, era hija de la única descendiente del emperador Octavio Augusto; por lo tanto, su nieta y siempre fue considerada matrona ejemplar, encarnación de las virtudes de una noble romana.

Fiel a su marido, Agripina procuró, en cuanto le fue posible, acompañarlo en sus campañas militares o en las asignaciones gubernamentales que tuviera; por eso sus hijos nacieron lejos de Roma y vivieron su primera infancia entre guarniciones y soldados. Dos años después del nacimiento de Drusila, su bisabuelo, el emperador Augusto, murió, lo que desencadenó una serie de acontecimientos oscuros, asesinatos, intrigas y envenenamientos que enlutaron su infancia.

Tiberio, hijo adoptivo de Augusto, fue el sucesor al trono gracias a las maquinaciones de su madre Livia, tercera y última esposa de Octavio Augusto, quien dedicó su vida a la intriga política para asegurarle el poder imperial a Tiberio, uno de sus dos hijos de un matrimonio anterior. El otro hijo de Livia fue Druso, quien se casó con Antonia, hija del célebre Marco Antonio, y fueron los padres de Germánico y Claudio. Por este motivo, cuando Tiberio se posesionó como emperador, vio con recelo el prestigió de su sobrino Germánico y temió que la admiración que la nobleza, el pueblo y el ejército sentían por el hijo de su hermano pudiera repercutir en contra de su poder.

No obstante, Germánico se caracterizó siempre por ser un hombre leal, honesto y recto. Tras la muerte de Augusto, el control de las tropas de Germánico se tornó difícil, ya que sus hombres querían verlo a él emperador y no a Tiberio. Sin embargo, Germánico sorteó la situación a favor del imperio y no en beneficio propio. Aunque sus tropas deseaban nombrarlo emperador y estaban dispuestos a proclamarlo como tal, él denegó ese honor, asegurando que no era correcto tomar por la fuerza militar una sucesión imperial y desangrar a Roma en una guerra civil.

Ante el furor de sus hombres, que querían coronarlo, les advirtió que prefería el suicidio antes que cometer un acto de traición a la patria. Enérgico, Germánico conminó a sus hombres a jurar lealtad a Tiberio. No obstante, el nuevo gobernante, en su alma mezquina, nunca comprendió la actitud íntegra de Germánico, por lo que temeroso de su influencia sobre las tropas decidió mandarlo llamar de regreso a Roma, con el pretexto de celebrar los triunfos de sus campañas en Germania.

Debido a la corta edad que tenía cuando sucedieron muchos de los acontecimientos trascendentales en su familia, Drusila reconstruyó, en gran parte, las memorias de su infancia con los recuerdos contados posteriormente por su madre y su hermano Cayo, cuatro años mayor, a quien admiró desde niña y siempre escuchó con sumo entusiasmo e interés. Todo lo que él hacía o decía le parecía a Drusila digno de asombro o de imitación. Así fue, con las escenas reconstruidas por su hermano, como imaginó muchas veces la procesión triunfal de su padre al llegar a Roma, los gritos de la muchedumbre, que recorrió treinta kilómetros para recibirlo a las afueras de la ciudad; la majestuosa marcha militar sobre la vía Sacra, o el arco triunfal que le fue dedicado, cerca al templo de Saturno y por el que pasaron los carros de guerra con el botín conseguido, incluidos los prisioneros de guerra que caminaban en fila, encadenados unos a otros.

La plebe, eufórica, vitoreaba a Germánico quien, coronado con un laurel y sentado en el carruaje triunfal junto a su esposa Agripina, disfrutó del homenaje, acompañado también de sus hijos Nerón, Druso, Cayo, Agripinila* y, por supuesto, la pequeña Drusila, aún de brazos. Los niños viajaban sentados en la parte de atrás del carro y sonreían emocionados ante las fervorosas manifestaciones de admiración y afecto

---

* Conocida también como Agripina la menor, futura madre del emperador Nerón.

popular. Cayo aseguró a su hermanita haber adornado su frente infantil con varias de las rosas, lirios y gladiolos que arrojaba la gente.

Drusila sonreía emocionada, imaginándose coronada ante el pueblo con una guirnalda hecha por su hermano, con sus propias manos. Luego, su imaginación continuaba con la procesión. Allí se dirigió al capitolio, para que el héroe popular pudiera ofrecer su triunfo a Júpiter. El clamor del pueblo, los vítores a su padre y las flores con las que su hermano engalanó su frente adornaron los sueños infantiles de Drusila.

Durante el año 18 de nuestra era, después de su triunfo, y a pesar de que Germánico consideraba necesario volver a Germania para propinarles a los bárbaros una derrota definitiva, Tiberio decidió enviarlo a gobernar las provincias orientales del imperio. Sus hijos mayores, Druso y Nerón, se quedaron en Roma con Antonia, la madre de Germánico. Con apenas dos años, Drusila partió junto con sus padres y sus hermanos Cayo y Agripinila a Nicópolis, ciudad griega fundada por el fallecido y ahora divinizado Octavio Augusto para conmemorar su victoria en la guerra de Accio contra Marco Antonio y Cleopatra. Esos acontecimientos decisivos para la historia de Roma tenían un significado especial para la familia, ya que llevaban en sus venas la sangre del vencedor y del vencido.

Durante su estadía en Grecia, Cayo se apasionó por la vida de los dioses. Con su particular lucidez y precocidad, concluyó que las deidades romanas eran una curiosa versión circunspecta y solemne de las divinidades griegas, más divertidas, apasionadas y voluntariosas. Y así, sin importarle profanar las sagradas creencias, aseguró preferir al Zeus olímpico, con sus innumerables amantes y su temperamento intransigente, al inexorable Júpiter. Particular interés despertó en el joven la historia de Prometeo encadenado. Algún viejo soldado, en un mapa militar, le había mostrado el lugar en el monte Cáucaso donde, se dice, permaneció encadenado durante más de mil años el titán que le robó el fuego a Zeus para entregarlo a los hombres, víctima del águila que le comía las entrañas y que, como condena, renacían de nuevo cada noche para que el ave pudiera volver a desgarrarlo al día siguiente.

Entusiasmado con la historia, el niño consideró justo el tormentoso castigo contra Prometeo ya que, según él, nadie debía desafiar la autoridad de Zeus. En las noches, Cayo le narraba dramáticamente a la pequeña Drusila los relatos que consideraba más apasionantes; mientras ella, con sus ojos muy abiertos, observaba embelesada a su hermano relatarle historias que ella aún no comprendía muy bien, pero que la maravillaban profundamente.

Durante los difíciles trayectos por mar y tierra, las pequeñas niñas solían permanecer cerca a la madre, que pronto quedó de nuevo embarazada, mientras que Cayo solía corretear entre los soldados, que consentían sus pataletas y caprichos. Los militares que lo habían visto nacer lo adoraban y disfrutaban de su compañía. Pronto el joven tuvo un preceptor al que acosó con mil preguntas sobre las historias de héroes y dioses narradas en los frontones de los templos y en los pórticos, ya que le habían dicho que todos ellos eran ancestros suyos.

Como nieto de Marco Antonio, un profundo placer nostálgico recorrió el alma de Germánico al recorrer la zona oriental del territorio romano y evocar con su propia piel el aire de cada lugar donde acampó, batalló, triunfó, amó y se jugó la vida Marco Antonio. Con particular interés, padre e hijo recorrieron la bahía de Accio, donde se apostó por amor el destino de un imperio...

Con apenas ocho años, Cayo observó y escuchó atento las historias de su padre, sobre los misterios y encantos de Egipto y el profundo hechizo de amor que envolvió a Cleopatra y a Marco Antonio. Pero mientras Germánico no ocultaba su cariño por su abuelo Antonio, el vencido, el pequeño imaginaba fascinado a su bisabuelo Octavio, ahora dios en Roma, majestuoso y vencedor en la inolvidable batalla de Accio. Cayo sentía fascinación por el poder y la libertad que envuelven a los triunfadores, y particularmente a los dioses. No comprendió la simpatía de su padre por Antonio, el perdedor, y los comentarios del niño sobre ese tema dejaron entrever desprecio hacia la actitud de su padre. Frente a los dioses, simples militares mortales como su padre no impresionaban el espíritu del muchacho; a él le gustaban las divinidades, todopoderosas e invencibles.

Durante el 19, año siguiente a su llegada a oriente, Germánico decidió recorrer el Nilo y conocer las arenas de Osiris que tanto sedujeron a Marco Antonio. Este viaje contrarió a Tiberio, que consideraba a Egipto propiedad privada del emperador. También en ese recorrido, gracias a su preceptor, Cayo descubrió su fascinación por los relatos de los dioses egipcios, eternos y misteriosos: Amon, Osiris, Isis, Horus, Set, poderosas encarnaciones divinas de la magia, la vida, el amor y la muerte...

Con particular interés, Cayo le describió a Drusila los poderes del temido Sobek, el dios cocodrilo del Nilo, de coraza dura y vientre suave, quien aunque parece dormido, en realidad siempre está al acecho, listo para atacar y devorar a su presa en un instante. La niña se estremecía entre aterrorizada y fascinada por la historia y abrazaba a su hermano, haciéndole jurar que la protegería siempre de tan temible dios.

Luego, el hijo de Germánico tomaba de la mano a la pequeña Drusila y mirándola a los ojos le explicaba que al igual que Zeus había tomado por esposa a su hermana Hera, Osiris se había casado con su hermana Isis, y sus descendientes, los faraones egipcios, habían mantenido esa costumbre: casarse entre hermanos era una potestad de los dioses.

Disfrazados como Isis y Osiris, Cayo y Drusila recorrieron el barco en que la familia navegaba por el Nilo. El niño aseguró a su hermanita que ellos eran las espléndidas divinidades, que eran a su vez hermanos inseparables y amantes esposos, dueños absolutos del universo y conocedores de los misterios del más allá.

A la niña le encantaban las historias de su hermano, que luego se convertían en apasionantes juegos. Ella lo admiraba profundamente. Él ya sabía leer y parecía conocerlo todo. Cada inquietud de Drusila, Cayo la resolvió siempre con un relato fantástico. Ansiosa, Drusila aguardaba a su hermano. Cuando él salía con su padre o con los soldados, quería que regresara pronto para que la alzara en sus brazos, le hablara suavemente y le contara de nuevo fábulas maravillosas.

Debido a su estrecha relación con Cayo, Drusila pudo entrever desde niña la fascinación que a su hermano le producía el culto egipcio a la muerte. Los monumentos omnipresentes hablaban de otro mundo, de un más allá que ella no alcanzaba a comprender, pero con el que su hermano parecía estar familiarizado y profundamente interesado por conocer. Cayo le aseguraba que el momento de la muerte era el instante en el que los hombres pueden ver el rostro de los dioses. A la niña le sorprendía que su hermano siempre estuviera meditando sobre los misterios del mundo.

En ese mismo año 19, Drusila y sus hermanos se enfrentaron por primera vez al misterio de una muerte cercana. En Siria, Germánico murió en oscuras circunstancias, que algunos interpretaron como envenenamiento y otros como hechicería. Los meses anteriores le habían resultado muy difíciles como consecuencia de sus altercados con Piso, gobernador de Siria que, aunque subalterno suyo, había sido asignado maliciosamente por Tiberio para contradecirlo y hacerle la vida imposible. Muchos creyeron que la muerte de Germánico fue maquinada por el emperador, aliado con Piso. No obstante, fue un caso misterioso, pues días antes del fallecimiento, en la casa Germánico comenzó a percibir un hedor a muerte que durante algún tiempo solo él sintió y luego Agripina pudo reconocerlo.

Al investigar su procedencia, fue encontrado bajo unas baldosas el cadáver de un niño con el vientre pintado de rojo. Entonces, Germánico comenzó a sentirse víctima de una extraña enfermedad estomacal. Aterrada, Agripina preparó personalmente todas las comidas de su esposo, pues pensó que estaba siendo envenenado. Pero la desgracia continuó habitando su hogar. Fue necesario hacer una requisa más minuciosa a la casa: encontraron plumas de gallo manchadas de sangre, gatos muertos y una cabeza de un negro con la mano de un niño entre los dientes. Germánico vivió sus últimos días aterrorizado. Él, al igual que la mayoría de los militares romanos, era supremamente supersticioso.

Durante días, el prestigioso militar confió toda su suerte a un talismán de Hécate (poderosa diosa griega de la magia), que puso todas las noches bajo su almohada para confiarle toda su seguridad. La noche antes de morir, el talismán desapareció y el dolor y angustia de Germánico fueron indescriptibles. Todos los sirvientes de la casa buscaron desesperadamente el amuleto, pues deseaban darle un poco de paz; mas ni Agripina, con toda su fortaleza, encontró la manera de tranquilizar a su esposo, quien falleció en medio de agudos dolores y una indescriptible angustia.

Agripina aseguró que los causantes de la muerte fueron el propio emperador y su gobernante Piso. No obstante, era muy difícil explicar toda la atmósfera de magia negra que había embargado la casa. Durante esos terribles días, Drusila buscó refugio en su hermano, quien presenció los hechos en silencio, con un destello enigmático en los ojos. Ante las súplicas de su hermana, que anhelaba una explicación a todo lo que sucedía, Cayo, con calma, le explicó que no debía temer, ya que los dioses eran superiores a los hombres.

La viuda zarpó de regreso a Roma con los niños y, en una urna, las cenizas de su marido. La ciudad imperial se vistió de luto por la muerte de Germánico. Agripina, con la altivez que le otorgaba ser nieta de la única hija del divino Octavio Augusto, no dudó en expresar a sus amigos, en Roma, las sospechas que tenía sobre la culpabilidad del emperador en la muerte de su esposo. Sus acusaciones fueron cada vez más fuertes contra el emperador y su madre Livia, lo que generó gran tensión en la familia y una difícil relación con la casa imperial.

Debido a la difícil situación familiar, Cayo y Drusila fueron a vivir con su abuela Antonia, la madre de su padre. Entre tanto, casi todos los hijos de Agripina se fueron caracterizando por tener un temperamento taciturno, nervioso y falto de compasión. En Roma, siendo muy joven, la insolencia de Cayo con su madre antes de ser desterrada se convirtió en un amargo recuerdo con el que la desgraciada mujer partió. El muchacho, acostumbrado desde su tierna infancia a satisfacer todos sus caprichos, se transformó en un adolescente déspota con sus subalternos, pero servil y lisonjero ante los poderosos, en particular el emperador y su madre Livia, aunque estos fueran los posibles asesinos de su padre.

A la única persona a la que parecía prodigarle un afecto profundo y una ternura sin límites era a su hermana Drusila que, convertida en una jovencita hermosa y voluble, con el paso de los años mantuvo el interés y la fascinación por su hermano Cayo, por quien continuó sintiendo una profunda adoración. El despertar sexual de la adolescencia le dio a la relación entre los hermanos un nuevo matiz. La abuela Antonia los encontró una noche jugando desnudos en la cama de Drusila, "*¡Incestus!*", gritó la virtuosa matrona espantada, que acusó a Cayo de haber mancillado a su hermana y vociferó que sus actos eran sacrílegos e imperdonables.

Avergonzada, Drusila corrió a vestirse, mientras que Cayo enfrentó a su abuela. Con sorna afirmó que él mismo llevaba la sangre del incesto, ya que su madre Antonia era hija de la unión del emperador divinizado Octavio Augusto, con su propia hija Julia. Insistió en que en él y en su hermana no corría la sangre plebeya de Agripa, esposo de Julia, sino doblemente la sangre del dios Augusto, y que por lo tanto ellos tenían derecho a comportarse como dioses.

Antonia, con profunda indignación, vislumbró en el rostro de su nieto los ojos de un monstruo. Reprimió fuertemente a ambos jóvenes y mantuvo a Drusila encerrada en su habitación durante algún tiempo; pero en adelante el cariz incestuoso de la relación (secreto en un principio) fue tomando cada vez más fuerza. Buscaban lugares escondidos para sus encuentros que aunque apasionados, conservaban el aspecto infantil y juguetón de su relación de niños. No obstante, Drusila percibió que el temperamento de Cayo se tornaba cada vez más impredecible, si bien ella le festejaba todos sus juegos irresponsables y su actitud cínica y desfachatada.

Rechazado por su abuela Antonia, Cayo, con zalamerías y lisonjas, buscó el afecto de su bisabuela, la poderosa Livia, madre del emperador Tiberio. La anciana, quien se distanció definitivamente del emperador durante sus últimos días, sintió un particular afecto por su bisnieto. No obstante, después de aceptar a Cayo en la casa imperial, Livia, moribunda, le pidió como deseo póstumo hacerla diosa en cuanto él sucediera en el trono a Tiberio. Sin embargo, frente a su lecho de enferma, Cayo soltó un profunda carcajada y le aseguró que disfrutaría verla sufrir en el infierno.

A medida que el joven crecía, más se evidenciaba el placer que sentía en el sufrimiento ajeno. Solo Drusila parecía apaciguar su crueldad.

Ella le despertaba pasiones distintas, avivaba su lascivia y complacía su lujuria. Consentía, además, su idea de llevar en las venas sangre divina y, por lo tanto, no estar supeditados a las normas de los mortales…

Livia murió en el año 29. Ese mismo año, Tiberio acusó de traición y desterró a la madre de Drusila y Cayo, Agripina, y al hermano mayor de ellos, Nerón, a las islas de Pandataria y Ponza, respectivamente, donde murieron de hambre. Un año después, en el 30, el segundo de sus hermanos, Druso, fue también enviado a la cárcel, donde desesperado por la falta de alimento se comió el relleno del colchón donde dormía, y al igual que sus parientes, murió de hambre.

Drusila, destrozada por la suerte de su familia, decidió acompañar a su madre. Por su parte, Cayo, con su particular habilidad para relacionarse con los poderosos, fue invitado por Tiberio a la isla de Capri. Los hermanos se distanciaron, pues se encontraban en bandos distintos e irreconciliables. Él partió bajo la protección imperial a la isla de las fantasías sexuales y ella vio morir a su madre como una prisionera, una proscrita envuelta en la soledad y el abandono.

En Capri, el emperador dio rienda suelta a sus apetitos sexuales desenfrenados, sin temor de ser censurado por intrusos. Allí, el anciano gobernante satisfizo su predilección por los muchachitos púberes y disfrutó particularmente la desnudez de sus cuerpos resbaladizos nadando junto a él en las grutas de la isla.

Mientras empacaba sus pertenencias para el viaje, Drusila encontró entre los objetos de su hermano el desaparecido talismán de Hécate, que pertenecía a su padre. A pesar de que esto lo vinculaba con la terrible desesperación de su progenitor en sus últimos momentos, ella no reveló su secreto; amaba demasiado a su hermano, aunque su conducta le pareciera incomprensible. No deseaba traicionarlo. También entre esos antiguos objetos que habían sobrevivido al tiempo y a los viajes se encontraban unas pequeñas botas de niño que imitaban las de los legionarios. Esas inolvidables cáligas eran por las que ella lo llamaba Calígula.

Así lo nombraban los legionarios de su padre cuando vivían con las tropas en Germania. Cayo las usaba a diario, lo que había enternecido profundamente a los soldados, quienes desde entonces se refirieron a él como Calígula, que significa botitas. Con el talismán y las botas frente a ella, Drusila pudo sentir en un instante, a pesar de la ausencia de su hermano, la fuerza de la ternura y la inquietud que en ella despertaba Cayo Calígula.

Cayo se mostró solícito con Tiberio. Parecía no recordar que el emperador había condenado a la inanición a su madre y hermanos. Tampoco pareció interesarse por la responsabilidad que pudo tener el gobernante en la muerte de su padre. Con su sonrisa servil y capacidad para acomodarse sinuosamente a las circunstancias, sobrevivió al asesino de su familia. En el año 33, tras la muerte de su madre, Drusila regresó a Roma y contrajo nupcias con Casio Longino, un respetado patricio romano. También Cayo contrajo matrimonio en Anzio con Junia, hija de un influyente senador. La joven murió poco tiempo después de la boda.

Fueron diversas las funciones que ejerció Cayo en la isla de placer del emperador, con el fin de procurarse la confianza de Tiberio. Sinuoso y oportunista, no reparó en escrúpulos para complacerlo. Así, finalmente logró ser nombrado sucesor al trono imperial en el año 35, junto con el joven nieto de Tiberio, de quien se deshizo pronto. No obstante, aunque ya era heredero oficial, en el año 37 Cayo y su amigo Macro precipitaron la muerte del gobernante de 77 años. Con ello, su heredero se posesionó oficialmente como el tercer emperador de Roma.

La procesión fúnebre llegó a Roma. Calígula formaba parte de la procesión como uno de los deudos. La gente emocionada le dio la bienvenida. Toda Roma sintió alivio con la muerte de Tiberio, a quien consideraban sangriento y cruel. Así, el pueblo fundó sus esperanzas en el gobierno de aquel que recordaban como el pequeño Calígula que ahora contaba con 25 años. Ascendió al poder en medio del amor popular y considerado digno hijo de su padre. En un principio la actitud de Cayo pareció satisfacer los anhelos populares de un gobierno justo. Constantemente exaltaba ante la gente su sufrimiento por su padre, su madre y sus hermanos, víctimas del odio de su antecesor, y explicaba que aunque muchas veces había estado impulsado a matar el emperador, la voz del divino Augusto resonaba en sus oídos y le recomendaba no hacerlo.

Instalado en el palacio imperial de Roma, Calígula mandó llamar a sus hermanas. Todas habían contraído matrimonio durante su ausencia. Agripinila y Lesbia fueron invitadas a vivir en el palacio con sus esposos; pero el esposo de Drusila, Casio Longino, fue enviado a gobernar Asia Menor; de este modo, Calígula volvió a tener a su hermana a su lado. Si bien Calígula exigió que sus tres hermanas fueran tratadas con sumo respeto, la preferencia por Drusila pronto fue evidente para toda la corte. No solo la cubrió de joyas y regalos, sino que su comportamiento era el de una pareja de recién casados.

No obstante, esa relación no impidió que Calígula deseara a otras mujeres. Poco después de su posesión como emperador, Cayo se encaprichó por Livia Orestilla, el día de la boda con Calpurnio Pisón. El emperador la tomó por esposa durante unos días, pero luego se aburrió de ella y volvió a su pasión por Drusila; sin embargo, Livia Orestilla fue desterrada cuando Calígula se enteró de que había regresado junto a Pisón.

Meses después del inicio de su gobierno, Calígula enfermó gravemente. Agonizó entre fiebres y unas pústulas que le cubrieron el rostro. La corte entera se preocupó por su salud y en ese estado algunos de sus hombres ofrecieron a los dioses su propia vida a cambio de que salvaran la del emperador. En ese estado, Cayo nombró a su hermana como única heredera universal de su fortuna y del imperio. Muchos senadores y militares se aterraron de tal decisión, ya que hasta el momento no se había considerado la posibilidad de que una mujer dirigiera oficialmente el poder en Roma.

Calígula se recuperó de su enfermedad y concluyó que había sufrido una transformación sagrada, pues ahora era plenamente un dios y estaba decidido a revelarle al mundo su verdadera identidad. Manifestó públicamente que él y su hermana eran dioses. Entonces, apareció vestido como un dios en el senado y firmó documentos oficiales con el nombre de Júpiter. Nadie se atrevió a contrariarlo. Parecía como si todos aceptaran su naturaleza divina, aunque esta actitud rompía por completo la tradición establecida por Augusto, ya que a él se le divinizó después de muerto.

No obstante, en ese momento el senado no reconoció a Drusila como divinidad oficial, aunque se le hicieron muchos honores, y en el palacio, al igual que cuando estaba en su compañía, Calígula ordenó que se la tratara como tal. Tras atribuirse a sí mismo la majestad divina, Calígula encargó que le trajeran de Grecia las estatuas divinas que él recordaba de niño. Ordenó quitarles la cabeza y ponerles la suya, y a las femeninas, las de Drusila. Mandó construir un templo especial para sí mismo, en el que erigió una imagen suya de oro, de tamaño natural, que cada día se cubría con una vestidura como la que él llevaba. Se hicieron sacrificios de pavos reales, en honor a Drusila, ya que esas eran las aves consagradas a Hera, la divinidad con la que Calígula comparaba a su hermana cuando él se consideraba Zeus. También se inmolaron urogallos y faisanes en honor del dios-emperador.

Drusila amó a Cayo, pero también temió su temperamento impredecible. Acolitó sus juegos, en los que la hizo sentir una diosa digna de adoración. Era imposible no sentirse fascinada por el mundo de ensueño en el que Calígula parecía vivir, pero a veces sus actitudes incomprensibles o crueles y su forma desesperada de hacerle jurar que lo amaba la inquietaba. No obstante, juntos disfrutaron intensamente las excentricidades sexuales.

Cayo utilizó el templo consagrado en su honor para revivir con Drusila sus juegos infantiles, sobre pasiones entre dioses hermanos Zeus y Hera, Júpiter y Juno, Isis y Osiris. Le repitió sin cesar que su libertad era superior a la de los demás, porque su sangre era divina. Pero ahora, mayores y en una precipitada búsqueda de sensaciones y placeres nuevos, sus juegos se tornaron mucho más intensos y ardientes que durante la infancia. En el mismo templo, pagando pocas monedas, la gente podía ver a Calígula y a Drusila tener relaciones sexuales sobre una tarima de oro puro. En ocasiones, para darle un tono más interesante al espectáculo, Cayo llamó a Valerio Cátulo, un joven de familia consular, para que se uniera a la pareja, y mientras Cayo disfrutaba a Drusila, Cátulo lo poseía a él.

Suetonio, historiador de la época, en su obra *Historia de los Césares*, registró que "(Valerio Cátulo) llegó a vociferar que había violado al emperador y que tenía agotados los miembros por este comercio con Calígula". También se rumoró que la pareja recorría los barrios bajos de la ciudad y no dudaba en practicar obscenidades frente a la plebe. El emperador siempre se regodeó en el escándalo; por eso ante cualquier invitado disfrutaba mirar con lascivia la cadencia del trasero de su hermana al caminar y se jactaba con malicia de los ardientes recuerdos que esos movimientos le inspiraban.

Sin embargo, no todo eran juegos sexuales. El gobierno de Calígula se convirtió en sangriento. Cayo disfrutaba no solo ver las ejecuciones, sino el rostro de padres y familiares, a quienes obligó a ver la tortura de sus hijos. También, obsesionado por la muerte y el tránsito al más allá, solía acercarse a los moribundos para agobiarlos con preguntas sobre las características de la diosa Isis, a la que suponía que el agonizante podía ver. Luego, saciada su curiosidad y sed de sangre, regresaba al lado de Drusila, que siempre tuvo el don de cambiar crueldad por lascivia. Ante la conducta de su nieto, Antonia, madre del virtuoso Germánico, avergonzada de su familia, se suicidó.

Un poco por diversión, burlándose de las constantes advertencias sobre el castigo y las nefastas consecuencias que le traería a su destino su relación con Drusila, decidió casar a su amada hermana con Emilio Lépido, un ser afeminado y débil al que Cayo tenía como amante ocasional. De cualquier modo, cuando Cayo y Drusila participaban en orgías, solo les era permitido practicar la sodomía con ella, ya que no debían existir dudas sobre la legitimidad del heredero que Cayo esperaba tener con su hermana.

En medio de derroches y placeres con Drusila, de tardes infinitas de lascivia en que rodaban sobre montones de oro y cenas en las que ingerían perlas disueltas en vinagre que, según creían, era el alimento de los dioses egipcios, el ambiente en la corte se tornó difícil. Calígula comenzó a imaginar conspiraciones en cada rincón del palacio. Solamente confiaba en Drusila. Dudó incluso de sus otras hermanas, Agripinila y Lesbia, de las que incluso fue amante ocasional, y por este motivo las condenó durante cinco días a ser objetos sexuales de todo aquel que quisiera hacer uso de ellas, incluidos mendigos, leprosos y lisiados. A todos les fue permitido usar a las hermanas del emperador del modo sexual que quisieran, a pesar de que para ese momento Agripinila estaba en cinta.

Se erigió una tienda frente al palacio para hospedar a las infortunadas mujeres y allí un comisionado imperial tomó nota de la duración y los detalles de cada acto. Enormes filas se hicieron frente a la tienda, y cuando Calígula se encontró libre de sus diversiones tradicionales, que eran el anfiteatro o la cama de Drusila, pasaba a ver lo que sucedía con sus otras hermanas. El comisionado constató siete mil actos sexuales en cinco días, algo así como treinta por hora para cada mujer o uno cada dos minutos. Aunque en ocasiones las mujeres satisficieron más de un hombre en cada turno.[3]

Repentinamente, a la edad de 23 años, el 10 de junio del año 38, Drusila falleció. Muchos rumores corrieron alrededor de su muerte. Algunos murmuraron que los médicos establecieron como causa el exceso de sodomía. Su lascivia la habría condenado, al no poder resistir una maratón sexual de 24 horas con Calígula y siete jóvenes bien dotados recién traídos de la Mauritania Cesariense, actual Argelia.

Otros señalaron al propio Calígula como asesino. El motivo sería un aterrador estado de delirio divino, en el que, emulando a Zeus cuando devoró a Metis, el emperador sintió temor de ser derrocado por su hijo, que crecía en el vientre de Drusila. Se dijo también que el emperador reprendió amargamente a los médicos por no resucitarla y que en su desesperación por sentir de nuevo a su amada sodomizó su cadáver aún fresco. Se rumoró también que el emperador, en su enajenación por poseerla de nuevo, después de haberse incinerado su cuerpo, llegó a masturbarse sobre sus cenizas.[4]

Calígula honró a su hermana con un funeral público y ordenó convertirla oficialmente, mediante un decreto, en diosa, de tal modo que Drusila llegó a ser la primera "diva" romana. Según Dión Casio, en su *Historia de Roma*, Calígula ordenó que:

---

[3] Mencionado por Nigel Cawthorne en *Sex Lives of the Roman Emperors*, Barnes & Noble, 2006.
[4] *Ídem.*

[...] se alzara en el Senado su estatua realizada en oro, y que en el templo de Venus en el foro se le dedicara una estatua de la misma magnificencia que la de la diosa y que se la adorara con los mismos honores; además, se votó que se le construyese una tumba personal [*oikodomezes*], que atenderían veinte sacerdotes, tanto hombres como mujeres [...] y finalmente, que en el día de su cumpleaños fueran celebradas fiestas similares a los *Ludi Megalensi* en los que el Senado y los caballeros participarían en un banquete. Desde ese momento recibió el nombre de *Panthea* y se la declaró digna de honores divinos en toda la ciudad.

Se dijo que un hombre ganó 10 000 piezas de oro al asegurar que vio al divino Augusto recibir el espíritu de Drusila en el cielo. El dolor de Calígula por la muerte de su hermana fue tan profundo que durante los días decretados por él como de duelo público prohibió a los ciudadanos reír, cantar, afeitarse, bañarse y comer junto con los padres, la mujer o los hijos. Su melancolía fue tan profunda que decidió salir unos días de la ciudad, atravesó Campania y llegó a Siracusa, en busca de sosiego. Luego volvió a Roma, pero durante todo ese tiempo guardó luto y no permitió que se le cortara el cabello ni la barba. En adelante, en todas las ocasiones de mayor o menor importancia, siempre sus oraciones y juramentos a los dioses fueron en nombre de la divinidad de Drusila, la mujer que arrebató toda su pasión.

Calígula fue asesinado el 24 de enero del año 41. Hombres de su propia guardia pretoriana, liderados por Casio Querea, organizaron la conspiración. Ellos cobraron los excesos de Cayo, que tras la muerte de Drusila no hicieron más que empeorar. Quitó a los ciudadanos más nobles las antiguas distinciones de sus familias. Invitó a nobles patricios con sus esposas a cenar y durante el banquete examinaba a los ojos de todos algunas de las mujeres que le parecieran atractivas. Según el historiador Suetonio:

[...] a la manera de los vendedores de esclavos, levantándoles incluso el rostro con la mano si lo bajaban con pudor. A continuación salía del comedor, tantas veces como quería, llevándose a la que más le gustaba y cuando volvía, algún tiempo después, con las señales recientes de su lascivia, alababa o criticaba públicamente lo que había encontrado agradable o defectuoso en su forma de amar.

Llegó a convertir el palacio imperial en un burdel. Exigió la presencia de todos los invitados y obligó a las esposas de los senadores a prostituirse allí. Su fascinación por el instante de la muerte continuó y las ejecuciones ordenadas por él fueron, además de injustas, en muchas ocasiones, lentas y dolorosas, por lo que se hizo famosa su frase "hiérele de modo que se dé cuenta de que muere".

Calígula vivió tan sólo veintinueve años, y fue emperador durante tres meses y ocho días; pero el eco de su personalidad se prolongó en el tiempo. El verso trágico que repitió hasta hacer memorable, "¡Que me odien mientras que me teman!", contrasta con la apasionada devoción que le profesó a su hermana Drusila, cuyo nombre pronunció con fervor mientras lo apuñalaban mortalmente.

Adriano y Antínoo

De nuestro amor la imagen cruzará los tiempos. Del pasado, blanca,
surgirá y habrá de ser eterna, como victoria de romanos,
y en cada corazón rabia pondrá el futuro de nuestro amor
coetáneo no haber sido.

Fernando Pessoa, *Antínoo*

Adriano fue emperador de Roma entre los años 117 y 138 de nuestra era. Sus destrezas como gobernante fueron recordadas mucho tiempo después, al punto que para el siglo xv Maquiavelo lo consideró el tercero en la sucesión de emperadores excelentes, junto con sus predecesores, Nerva y Trajano, y sus sucesores, Antonio Pío y Marco Aurelio. Según el politólogo renacentista, dichos emperadores llevaron durante el siglo ii al imperio romano a su momento de mayor esplendor. No obstante, Jean Bousset, en *Historia universal*, permite entrever un curioso detalle en la vida del gobernante, al sentenciar: "Adriano deshonró su reinado con sus amores...". Tenemos una semblanza de Adriano por la descripción que aparece en un texto del siglo iv, *Historia augusta*:

> Fue de alta estatura, de aspecto elegante, los cabellos dóciles de peinar, con una barba abundante que escondía las cicatrices del rostro. De robusta constitución, le gustaba montar a caballo y pasear y ejercitarse a menudo en el uso de las armas y en el lanzamiento de la jabalina. Fue al mismo tiempo severo y juvenil, amable y austero, apasionado y comedido, avaro y generoso, sincero y falso, cruel y bondadoso.

Durante los veinte años que duró su gobierno, Adriano renovó en todo el territorio romano el interés por la cultura helénica, con la que se identificó profundamente. Toda su vida pareció ser una búsqueda de los ideales griegos de perfección, simetría y belleza, lo que se reflejó en su deleite por la arquitectura y escultura clásicas. Una de las reconstrucciones más profundas que se han hecho sobre la vida y pasiones del emperador, *Memorias de Adriano*, de Marguerite Yourcenar, buscó reflejar muchas de sus percepciones, entre ellas sus opiniones artísticas:

> Nuestros retratos romanos solo tienen valor de crónica: copias donde no faltan las arrugas exactas ni las verrugas características, calcos de modelos a cuyo lado pasamos de largo en la vida y que olvidamos tan pronto han muerto. Los griegos, en cambio, amaron la perfección humana, al punto de despreocuparse del variado rostro de los hombres.

Adriano, en su cargo de emperador, recorrió constantemente la región a su mando, por lo que fue conocido como el emperador viajero, y naturalmente dedicó mucho tiempo a los territorios griegos. Allí atendió con especial interés la reconstrucción y protección de la memorable Atenas, cuna de su inspiración. Del mismo modo, ordenó invertir considerables recursos en la construcción de obras civiles y templos en el resto de las provincias. Quizás fue el hecho de ser un provinciano, nacido en Hispania y no en Roma, uno de los motivos por los que el emperador se preocupó por desarrollar y dar participación a las provincias.

Durante uno de esos viajes, en Bitinia, un territorio de Asia menor, al suroeste del mar Negro, hacia el año 123, Adriano —contaba con cuarenta siete años de edad— conoció a Antínoo, un joven campesino de alrededor de doce años. Su hermosura y su gracia impresionaron de tal modo al emperador que imaginó haber encontrado por fin la encarnación misma del ideal griego de perfección estética. Deslumbrado por la forma de su cuerpo, la lozanía del rostro y la gracia de sus modales, Adriano se atrevió a afirmar que la belleza del muchacho era comparable a la de dioses como Apolo o Ganímedes.

El propio emperador solicitó que Antínoo fuera escogido para entrar en el *paedagogium* imperial, un centro académico para jóvenes con aspiraciones a trabajar en la corte. La compañía de Antínoo cambió para

siempre la existencia de Adriano, quien embelesado con el muchachito pasaba horas contemplándolo y disfrutando del simple hecho de su
existencia:

> Su presencia era extraordinariamente silenciosa; me siguió en la
> vida como un animal o como un genio familiar. De un cachorro
> tenía la infinita capacidad para la alegría y la indolencia, así como
> el salvajismo y la confianza. Aquel hermoso lebrel ávido de caricias
> y de órdenes se tendió sobre mi vida. [...] Y sin embargo aquella su-
> misión no era ciega; los párpados, tantas veces bajados en señal de
> aquiescencia o de ensueño, volvían a alzarse; los ojos más atentos
> del mundo me miraban en la cara; me sentía juzgado... (*Memorias
> de Adriano*, Marguerite Yourcenar)

En adelante, el emperador viajó siempre acompañado del muchacho. Su relación con Antínoo correspondió al concepto griego de pederastia[5], en la que un hombre mayor (*erastés*), se involucraba amorosa
y eróticamente con un adolescente (*erómenos*). Adriano ejerció como
erastés, y fue guía y tutor de Antínoo, su erómenos. Su relación estuvo
determinada dentro de unas pautas sociales establecidas en la antigua
Grecia, que tradicionalmente terminaban en el momento en que el muchacho se hacía adulto.

Durante seis años la pareja se profesó amor mutuo. Parte del encanto que ejercía Antínoo a los ojos de Adriano residía en su personalidad,

---

[5] Es importante tener en cuenta que en la civilización grecolatina la homosexualidad y la
pederastia, como se entendía entonces, no eran transgresiones sociales. Las relaciones entre
un hombre adulto entre los veinticinco y cincuenta años, *erastés*, y un adolescente de doce a
dieciocho, *erómenos*, fue una institución social común en la clase noble, que significaba un
proceso de iniciación del joven en la sociedad patriarcal. Además del intercambio sexual, el
hombre mayor instruía al joven en las costumbres, la moral y las responsabilidades sociales.
El muchacho, cuando creciera, se convertiría en un *erastés* y tomaría a un joven *erómenos*.
Leyendas como la de Zeus y Ganímedes le dieron un matiz religioso y sagrado a este tipo
de relaciones. El ideal de adolescente hermoso se consideró la encarnación de las cualidades
divinas y su belleza comparable a la de los dioses. Por este motivo, los jóvenes, más que las
mujeres, fueron tema frecuente en las obras escultóricas. De igual modo, varios poetas y
filósofos tendieron a considerar el amor por un efebo más espiritual, intelectual y noble que
el amor por una mujer, considerada un ser inferior útil, únicamente para procrear.

leal, silenciosa, cauta y enigmática. El joven, prudente, siempre buscó alejarse de las intrigas y rumores de la corte imperial; no obstante, su inusual belleza, así como su cercanía al emperador, despertó la envidia de muchos. La emperatriz Sabina, esposa de Adriano, jamás tuvo en el corazón de su marido la importancia de Antínoo. Los esposos mantuvieron siempre una relación fría y distante. Él la consideró una mujer caprichosa, voluble y difícil y declaró que si él fuera un ciudadano libre y con la posibilidad de hacer lo que le apeteciera, se divorciaría de ella. Es evidente que su relación matrimonial fue una formalidad diplomática, nada parecida a la pasión que sintió por su joven efebo.

El muchacho fue poco querido e incluso despreciado por los aspirantes a suceder el trono, a pesar de que Antínoo no era un posible rival para ellos, ya que el joven no poseía ni la ascendencia noble ni las características necesarias para ser un posible sucesor. Incluso fue envidiado por todos aquellos que desearon tener la posibilidad de estar más cerca del emperador e influir en sus decisiones. Cada uno de ellos esperó pacientemente a que la juventud abandonara al muchacho, para que se alejara de la corte y abriera espacio a un nuevo favorito.

Una profunda angustia debió vivir Antínoo con cada momento transcurrido. Con cada instante sentía acercarse el momento de su partida. Su madurez, siempre latente e inevitable, marcaba el fin del idílico romance y su condición de erómenos del emperador. El futuro se le reveló oscuro y solitario; sintió que en adelante no volvería a sentir felicidad. La vida lo forzaba a alejarse de su amado. Nada podía hacer para retener entre sus manos los momentos felices vividos: "Los días de Antínoo como favorito estaban contados", sentenció Royston Lambert en su trabajo *Beloved and God: The Story of Hadrian and Antinous*.

El descubrimiento de su propia madurez, junto con la conciencia de sí mismo y del tiempo reflejado en su cuerpo, se convirtió para Antínoo en una maldición, en una visión constante del fin de una etapa maravillosa. Adriano, por su parte, descubrió que padecía de una insuficiencia cardiaca congestiva, diagnosticada certeramente por su médico de cabecera, Hermógenes, como hidropesía cardiaca, por lo que se enfrentó a la necesidad de nombrar a un sucesor, que encontró en el que algunos consideraron su segundo favorito, Lucio, quien no llegó a ser emperador, debido a su muerte temprana. No obstante, Antínoo vivió una atmósfera tensa en la corte, solicitado y presionado en muchas ocasiones para participar en complots, chantajes y sobornos. Sin embargo, todo parece indicar que el melancólico joven procuró mantenerse siempre alejado de las intrigas y no influyó en las decisiones políticas de Adriano.

El tiempo inexorable galopó contra la estadía de Antínoo en la corte. Una tarde de las muchas en que Antínoo y Adriano salieron a la caza de un león, invadido por el furor viril de este ejercicio, el joven dio tal muestra de destreza que fue evidente para todos que se había convertido en un hombre. Fue Antínoo en esta ocasión quien se adelantó y atacó a la fiera como otrora lo hiciera Adriano. Luego, permitió a Adriano el estacazo final. Este simbólico hecho marcó, involuntariamente, el momento en el que el joven superó a su maestro, lo cual si bien era un triunfo como hombre, determinó también el final de su relación con su amado. Ahora ambos eran hombres adultos. El aprendizaje de Antínoo había concluido. En *Memorias de Adriano* aparecen reflejados estos momentos: "Cediendo, como siempre, le prometí [a Antínoo] el papel principal en la caza del león. No podía seguir tratándolo como a un niño, y estaba orgulloso de su fuerza juvenil".

Pasados seis años desde que Adriano lo recogiera en un apartado paraje del imperio, Antínoo, a sus dieciocho, ya no es el pequeño campesino ignorante y hermoso que despertó la pasión del gobernante. Sigue siendo silencioso y fiel, pero en su interior se han efectuado no solo los cambios propios de un adolescente, sino que su relación con Adriano también cambió:

El escolar que en Claudiópolis había aprendido de memoria largos fragmentos de Homero, se apasionaba ahora por la poesía voluptuosa y sapiente, entusiasmándose con ciertos pasajes de Platón. Mi joven pastor se convertía en un joven príncipe. No era ya el niño diligente que en los altos se arrojaba del caballo para ofrecerme, en el cuenco de sus manos, el agua de la fuente; el donante conocía ahora el inmenso valor de sus dones.

A pesar de disfrutar del amor profundo del emperador, era un joven sufriente y agónico; además estaba enfrentado a situaciones difíciles y dolorosas. Consciente de la debilidad de su juventud, de su lozanía, de la fragilidad de su belleza y, por lo tanto, de su categoría de favorito, en su carácter melancólico la posibilidad del suicidio comenzó a revelarse como una posibilidad.

El 30 de octubre del año 130, durante un viaje del emperador y Antínoo por la provincia de Egipto, el cuerpo del joven cayó a las aguas del Nilo. "Él perdió a su Antínoo mientras navegaba por el Nilo, y lloró por él como una mujer. En relación con esto, hay varias opiniones: algunos afirman que se sacrificó a sí mismo por Adriano, otros que fue asesinado por su belleza y sensualidad..." (De la *Historia augusta*).

Lo que sucedió con exactitud a Antínoo en octubre del 130 permanece como un misterio. Adriano simplemente escribió: "Él ha caído en el Nilo". Pudo ser una caída accidental o deliberada, por lo que la mayoría, incluso el emperador, optó por creer que él mismo se había sacrificado:

> Un ser insultado me arrojaba a la cara aquella prueba de devoción; un niño, temeroso de perderlo todo, había hallado el medio de atarme a él para siempre. Si había esperado protegerme mediante su sacrificio, debió pensar que yo lo amaba muy poco para no darse cuenta de que el peor de los males era el de perderlo. (Marguerite Yourcenar, *Memorias de Adriano*)

Antínoo pudo haberse suicidado en medio de una profunda melancolía como sacrificio ritual, siguiendo antiguas prácticas mágicas, según las cuales era posible entregar la vida por un ser amado para que este recuperara la salud o el bienestar. Esa fue la interpretación preferida por el emperador desgarrado de dolor, dada la irreparable pérdida de su amigo.

Adriano rompió el protocolo de la *severitas* romana, la seriedad y comportamiento propio de su cargo, y a pesar de ser un militar fuerte, lloró públicamente por la muerte de su amado. Su actitud disgustó profundamente a la nobleza. Fueron las exageradas manifestaciones de dolor por el muchacho campesino y no su carácter homosexual las que perturbaron a la élite romana:

Hermoso era mi amor, aun su melancolía,
Tenía esas mañas que a amor del todo hacen cautivo,
de estar un poco triste entre furias lujuriosas.
Ahora el Nilo lo devuelve, eterno Nilo.
Bajo sus húmedos bucles la azul lividez de la Muerte
batalla libra ya a nuestro deseo con sonrisa triste.

(Fernando Pessoa, *Antínoo*)

Desesperado por encontrar una razón a la muerte de su amado, Adriano comenzó a conjeturar sobre la muerte de Antínoo y el hecho de haber sucedido durante unas ceremonias egipcias en honor a Osiris. El emperador concluyó que ya que en estos rituales se imitaba la muerte del dios, que se según se creía resucitaba posteriormente, era factible que Antínoo fuera dicho dios, y su muerte, el sacrificio heroico de una divinidad. Siguiendo esta idea, dio crédito a los astrólogos sobre que tras la muerte de Antínoo había aparecido en el cielo una nueva estrella, reflejo del alma divina del muchacho.

Por este motivo, Adriano se decidió a honrar a Antínoo como un dios y ordenó momificar su amado cuerpo y ponerlo en la tumba del antiguo faraón Ramsés II. Además, en honor del joven, fundó una ciudad llamada Antinoópolis, para que Antínoo en su calidad de divinidad fuera su protector. Cuando regresó a Roma, devastado, el emperador mandó hacer millares de monedas, estatuas, bustos y relieves para conservar imborrable la imagen del joven bitinio. El eterno adolescente lampiño y de mirada melancólica, boca exquisita y largos cabellos rubios fue representado como encarnación de la belleza de los dioses.

La pretensión de Adriano de convertir a Antínoo en una divinidad fue bien recibida en Grecia y Egipto; pero en la élite romana generó desagrado y malestar considerar dios a un campesino cuyo mayor mérito fue el de ser amante del emperador. Para muchos esto era un acto impío.

Los primeros cristianos tampoco dudaron en estigmatizar y criticar con toda la fuerza de sus palabras el culto a Antínoo, instaurado por Adriano. Consideraron inaceptable el que se le tratara como dios sacrificado y, peor aún, que se lo relacionara con la resurrección. Temieron su implícita relación con la figura de Cristo:

> Y aquí, hemos creído, no estaría fuera de lugar recordar a Antínoo, que vivió en estos tiempos, a quien todos por miedo se arrojaron a honrar como dios, no obstante saber muy bien quién era y de dónde venía. (San Justino, *Padres apologetas griegos*)

> Este Antínoo, aunque saben que es un hombre, y un hombre en modo alguno honorable, sino libertino a más no poder, recibe honores por miedo hacia quien dio semejante orden. Pues cuando Adriano estuvo en la tierra de los egipcios murió Antínoo, el esclavo de su placer, y entonces ordenó que se le rindiera culto, ya que aun después de su muerte estaba enamorado del joven. (San Atanasio, *Contra los paganos,*)

El misterio que envolvió la muerte de Antínoo generó numerosas versiones sin fundamento, incluso mucho tiempo después de su muerte. Algunos incluyeron a la emperatriz o a los posibles sucesores de Adriano, y otros llegaron a involucrar al propio emperador. También se llegó a murmurar que Antínoo murió víctima de una fallida castración, tratando de mantener sus rasgos juveniles.

En la villa Adriana, la ciudadela que mandó a construir el emperador entre los años 118 y 133, al oeste de Roma, Adriano dio rienda suelta a su obsesión por rendir culto a la memoria de su amado muerto. No obstante, como se expresa en las *Memorias de Adriano*: "El dios no me pagaba al viviente perdido". El emperador enamorado jamás se pudo recuperar de su dolor y aun antes de morir recordó vívidamente las facciones, los gestos, el temperamento y los caprichos de Antínoo:

> Vuelvo a ver una cabeza inclinada bajo una cabellera nocturna, ojos que el alargamiento de los párpados hace parecer oblicuos,

una cara joven y ancha. Aquel cuerpo delicado se modificó continuamente a la manera de una planta y algunas de sus alteraciones
son imputables al tiempo. El niño cambiaba, crecía. Una semana
de indolencia bastaba para ablandarlo; una tarde de caza le devolvía
su firmeza, su atlética rapidez. Una hora de sol lo hacía pasar del
color del jazmín al color de la miel. Las piernas algo pesadas del po-
trillo se alargaron, la mejilla perdió su delicada redondez infantil,
ahondándose un poco bajo el pómulo saliente; el tórax henchido
de aire del joven corredor asumió las curvas lisas y pulidas de una
garganta de bacante, el mohín petulante de los labios se cargó de
una ardiente amargura, de una triste saciedad. Sí, aquel rostro cambiaba como si yo lo esculpiera noche y día.

La historia jamás olvidó esta relación que inspiró no solo críticas
de los padres de la Iglesia, sino a numerosos poetas y artistas. Entre las
obras recientes se encuentran las *Memorias de Antínoo*, de Daniel Her-
rendorf; las *Memorias de Adriano*, de Marguerite Yourcenar, y el poema
Antínoo, de Fernando Pessoa. También, más atrás en el tiempo, Oscar
Wilde, Tennyson, Goethe, entre otros, hicieron referencia a esta apasionada relación.

Pecados medievales

Las obras de la carne

El aspecto maldito del amor tuvo su auge, tras la caída del imperio romano occidental y con el auge del cristianismo, desde el siglo v hasta el xv, durante el período que conocemos popularmente como Edad Media. Fue cuando la cristiandad posesionó su poder y sus ideales ascéticos indujeron a despreciar y rechazar las pasiones mundanas y carnales, ya que confundían el alma y eran un obstáculo para la contemplación de lo espiritual y lo divino.

Las *obras de la carne*, como fueron definidas por los padres de la Iglesia, incluían la fornicación, el adulterio, la lascivia y la inmundicia. Todos estos términos están relacionados con actos sexuales que tenían como fin saciar la sed de placer corporal. Sin embargo, debido a que los humanos necesitan reproducirse para sobrevivir como especie y para conseguirlo es necesario copular, la Iglesia medieval admitió el matrimonio como un mal menor pero, teniendo en cuenta que a los ojos de los clérigos medievales de las trampas que tiende el demonio la más viciosa es la que involucra los órganos genitales, se reglamentó la sexualidad, incluso dentro de la unión marital.

El único fin de las relaciones íntimas debía ser la procreación y no el placer carnal, porque si se perseguía como fin el disfrute de su unión, se transgredía o "mancillaba", según las propias palabras de Gregorio Magno en su *Regula Pastoralis*, la ley del matrimonio. Incluso cuando la pareja de esposos no sentía placer alguno con su unión, sino que, como era debido, la efectuaba con el fin de procrear, era necesario que después de cada acto sexual se purificaran, para poder volver a recibir los sacramentos.

Por otra parte, san Gregorio de Tours, obispo de Tours e historiador de la Iglesia, durante el siglo vi advirtió que los deformes congénitos, los tullidos y los enclenques nacían así por un castigo divino, una maldición, ya que habían sido concebidos un domingo en la noche, día consagrado al Altísimo.

Durante la Edad Media, los padres de la Iglesia readaptaron la visión ambivalente sobre el acto sexual que aparecía en el Antiguo Testamento, donde se muestra como algo bueno y gozoso, siempre y cuando se practique dentro del matrimonio. No obstante, en la Biblia también se puede entrever el sexo como una actividad cargada de una peligrosa fuerza oscura que produce una impureza temporal: "la pareja que hiciese el amor debía lavarse en agua y quedaba impura hasta la tarde (que era cuando comenzaba el día para los israelitas). El mismo mandato se aplicaba al hombre que tuviese una efusión de semen. Los eventos o ceremonias de carácter religioso exigían al participante un período previo de contención sexual".[6]

El propósito de establecer las pautas de una buena moral conyugal fue evitar la suciedad inherente o inmundicia propia del placer carnal y, por supuesto, la locura del alma apasionada. Teniendo claro este fin, sentencias como "Mujer, eres la puerta del diablo", del líder de la iglesia Tertuliano, tuvieron bastante eco durante la Edad Media. La religión dominante procuró que las mujeres comunes se identificaran con la virgen María, una mujer sin poder sexual, para neutralizar su poder de seducción y de ese modo llegar a controlar el miedo que inspiraban a los hombres. Cuanto mayor fue la glorificación a la virginidad de María por su pureza, mayor fue el aspecto maldito de la pasión sexual. El amor al que invita la Iglesia es el divino o verdadero y el que se debe desechar es el amor carnal, que conduce a la perdición y al infierno. Dice el monje Ubertino en *El nombre de la rosa*:

> ¿Qué es el amor? Nada hay en el mundo, ni hombre ni diablo ni cosa alguna que sea para mí tan sospechosa como el amor, pues este penetra en el alma más que cualquier otra cosa. Nada hay que ocupe y ate más el corazón que el amor. Por eso cuando no dispone de armas para gobernarse, el alma se hunde por el amor en la más honda de las ruinas [...] Porque si el alma indefensa se entrega al

---

[6] Marco Schwartz, *El sexo en la Biblia*.

fuego del amor, a pesar de no ser este carnal, también acaba cayendo o agitándose en el desorden. Oh, el amor tiene efectos muy diversos: primero, ablanda el alma y luego, la enferma.

La tradición cristiana medieval unió al legado del Antiguo Testamento conceptos del mundo clásico, particularmente de Platón, para quien el alma humana se compone de tres partes: la racional, que está en la cabeza; la del valor o guerrera, que está en el tórax, y la animal o concupiscente, que se ubica en el abdomen. Esta lleva consigo pasiones temibles e inevitables: en primer lugar, el placer, que fue considerado el más poderoso incentivo para el mal. San Agustín, sintetizando ideas del judaísmo y del platonismo, sentenció: "Amar y ser amado me resultaba más dulce cuando yo podía gozar también del cuerpo del ser amado. Así manchaba yo con la inmundicia de la concupiscencia la corriente de la amistad y empañaba su blancura con los vahos infernales de la lujuria".[7]

La sexualidad es el pecado por excelencia. Esta idea pesó mucho a lo largo de la historia de la cristiandad medieval, en la que la cultura se encontró, en gran medida, en manos de clérigos célibes que exaltaron la virginidad y atacaron a la mujer, por considerarla la temida tentación que aleja al hombre de Dios, lo puro y lo correcto. A ella se le acusó de ser la cómplice preferida de Satán. Incluso, dentro del matrimonio, la mujer inspira temor, "pero ahora transferida al interior de la pareja, encarnada en el miedo a la esposa, a la triple inseguridad (inconstancia, lujuria y brujería) de la que se intuye, se sabe, que es portadora".[8]

No obstante el respeto social al matrimonio, por lo general concertado con los padres, se mantiene por el equilibrio económico que conlleva. Por lo tanto, para la mentalidad medieval, según aclara Georges Duby en *El amor en la Edad Media*, "el hombre no tiene más que una esposa, debe tomarla tal y como es fría en el pago del débito conyugal, y le está prohibido enardecerla". El matrimonio es un espacio serio, severo y religioso; por lo tanto, no es el lugar para la pasión, el retozo, la fanta-

[7] Citado por Jean Delumeau en *El miedo en Occidente*.
[8] Georges Duby, *El amor en la Edad Media*.

sía y el placer. Estos juegos van a encontrarse fuera del territorio marital, en el amor cortés, un tema recurrente en la literatura medieval.

El amor cortés

Dentro de las convenciones del amor cortés, un caballero, de reconocida nobleza tanto en su linaje como en su conducta, se enamoraba de una mujer casada de igual o más distinguida alcurnia. Él debía demostrarle su devoción mediante actos heroicos y escritos amorosos. Una vez que los amantes se habían comprometido uno al otro y consumado su pasión, tenía que mantenerse en absoluto secreto. Era tan estrecho este vínculo entre los amantes que adquirió un carácter de devoción casi místico. Se hacían juramentos entre ellos, incluso más allá de la muerte, tratando de superar el pacto matrimonial. La infidelidad entre los amantes era considerada una afrenta más mucho más grave que la misma relación extramarital en la que se envolvían amada y caballero.

La fuerza de este amor adúltero presentaba a la amada como un ser digno de admiración y, por lo tanto, a pesar de la latente aspiración sexual, engendraba virtud en el amante. La virtud, siguiendo los cánones medievales, estaba en el sufrimiento: el amado padece el amor, ama a la mujer con la misma veneración que le tiene a Dios; su pasión es siempre sufrimiento. El caballero en postura de vasallo se entrega al amor que profesa a su amada y así él deja de ser libre. Ella, por su parte, tiene la libertad de aceptar o rechazar la ofrenda. En eso radica la esencia de su poder.

La dama le exige al caballero pruebas de su valor y lo reta a demostrar su fama. No obstante, si tras evaluarlo ella lo acepta, queda envuelta en la prisión de ese amor arriesgado, aventurero, encubierto, secreto (con marcada tendencia a lo trágico) o frustrado, ya que consumarlo es difícil, porque ella tiene dueño y es la depositaria del honor de su marido. Él espera que ella le devuelva su devoción con favores carnales:

[...] sin embargo el códice amoroso imponía una dosificación de tales favores y entonces la mujer volvía a coger la iniciativa.

Se entregaba, pero en etapas. El ritual prescribía que ella aceptara primero que se la abrazara, ofreciera luego sus labios al beso. Se abandonara después a ternuras cada vez más osadas, cuyo efecto era exacerbar el deseo del otro.[9]

Esta experiencia era conocida en la lírica cortés de los trovadores como el *assaig*, en la que el amante "se veía acostado, desnudo, junto a la dama desnuda, autorizado para aprovechar esa proximidad carnal. Pero solo hasta cierto punto, pues en última instancia la regla del juego le imponía contenerse, no apartarse si quería demostrar su valor, de un pleno dominio del cuerpo".[10] El amor cortés es, ante todo, un irresistible juego arriesgado, una aventura vertiginosa que debe permanecer en la fantasía porque de materializarse trae consigo infernales consecuencias.

El amor cortés es un juego de seducción que marcó definitivamente la fantasía amorosa y el deseo pasional de nuestra cultura occidental, que irremediablemente llevamos en nuestros corazones y nuestras mentes. Incluso, a pesar de todos los cambios de relación entre los sexos que se han presentado en las últimas décadas, ciertos rasgos de esta estructura, como la del desesperado espejismo de amar y ser amado apasionada y absolutamente con un amor capaz de ponerse a prueba y superar todos los convencionalismos religiosos y sociales, han permanecido en lo más profundo del anhelo humano hasta nuestros días.

El caballero y la dama

Los caballeros medievales y sus respectivas damas, que aparecen en las leyendas medievales, fueron creados a partir de la realidad social de Europa occidental, entre los siglos XII y XIII, pero también a partir de la idealización de esos seres históricos. Así, se construyeron leyendas relatadas en los cantares de gesta, *romances* y libros de caballería. En cada una, los personajes adquirieron rasgos particulares, pero conservaron en

---

[9] George Duby, "El modelo cortés", en *Historia de las mujeres. La Edad Media*.
[10] *Ibíd.*

común su carácter ejemplar y maravilloso. El caballero es un héroe, y como tal es "el tipo de humano ideal que desde el centro de su ser se proyecta hacia lo noble y hacia la realización de lo noble, esto es hacia valores vitales 'puros', no técnicos, y cuya virtud fundamental es la nobleza del cuerpo y del alma. Esto determina la nobleza de su carácter".[11] El caballero, para ser definido como tal, debe pertenecer a un linaje noble, haber ofrecido sus servicios a su señor o rey, demostrar su valía como guerrero, practicar la devoción religiosa y profesarle un fervoroso y puro amor a una dama.

Para atraer a una dama era importante que el caballero no solo fuera feroz en batalla, sino gentil y amable en la corte. El caballero se convirtió en un ser galante, algo más que un salvaje de combate, que pareció a las mujeres siempre atractivo, con modales refinados y bien vestido, ya que la mayoría de las veces el sentimiento amoroso se despertaba con una mirada. Debido a las normas sociales que determinaban una prudente distancia entre hombres y mujeres, la observación del ser amado adquirió un carácter fundamental.

Por otra parte, la dama si bien debía de ser una mujer virtuosa, noble y piadosa, en muchos relatos lleva en sí misma el germen de la desgracia y perdición por el simple hecho de ser una hija de Eva. Ella encarnaba la seducción, el amor y el deseo irrefrenable que el hombre con templanza y fortaleza debía combatir. La dama solía estar presente en las contiendas de caballeros y se sentía amada o atraída por el que consideraba el mejor entre todos. La influencia de la amada es definitiva en el caballero y puede ser positiva o letal. Su amor es la fuerza vital que lo hace aguerrido en el combate, le da coraje en las hazañas y contiendas, "Amor me ha dado cuatro brazos. Amor vuelve valientes a los hombres. Amor los convierte en diestros en un instante".[12] Pero ese amor puede ser un veneno, hacerle perder la razón y el camino recto, enloquecerle y acabar con él:

---

[11]   Ernest Robert Curtius, *Literatura europea y Edad Media latina*.
[12]   *Ibíd.*

En su corazón se había grabado fielmente su semblante y su rostro y el dolor ataca su corazón. Cupido, que era dios del amor y su hermano carnal, le había apresado en su feudo y no le permitió dormir esa noche, sino lanzar muchos suspiros. Él se agita y da vueltas, de un lado a otro continuamente, sin conciliar el sueño en toda la noche. Amor lo hace devanarse y torturarse, Amor lo hace sudar y sentir espasmos, suspirar y estremecerse. Amor lo punza y lo conmueve, ni un momento logra reposar.[13]

La tensión entre el amor casto y la fuerza de la pasión desató amargas tragedias:

Lujuria y fortaleza se combaten una a la otra. […] fortaleza combate a lujuria con nobleza de corazón, que no se quiere someter a malvados y sucios pensamientos, ni quiere descender de su alto honor para ser vituperada por las gentes. De donde caballero se llama caballero para combatir los vicios con la fuerza del corazón, caballero sin fortaleza no tiene corazón de caballero ni tiene las armas con las que el caballero debe combatir.[14]

---

[13] *Romance de Eneas*, anónimo del siglo XII.
[14] Ramon Llull, *Libro de la orden de caballería*.

Presagios y sueños de amor

Es común en las leyendas medievales irlandesas encontrar tristes relatos de triángulos amorosos envueltos en un manto de magia, en los que una seductora mujer trunca la amistad de dos hombres (uno mayor y otro joven) que solían profesarse profundo respeto y cariño. Tal es el caso de Deirdre y Naoise y el de Diarmud y Grania. En ambas situaciones se vive la tragedia del frágil corazón humano dividido entre el deseo y la lealtad y la pertinacia de la pasión, más allá de la muerte.

Deirdre y Naoise

Su historia se remonta al siglo IX y forma parte del ciclo del Ulster.[15] Antes de que Deirdre naciera, el druida supremo Cathbad le profetizó a su madre que le nacería una muchacha de perturbadora belleza, hermoso cabello rubio e inquietantes hipnóticos ojos, a veces verdes, a veces grises, pero que su hermosura estaría envuelta en la desgracia. Por ella el rey de Ulster se enemistaría con sus mejores hombres y debilitaría terriblemente el reino. La profecía se reiteró cuando nació la niña, por lo que los guerreros pidieron al rey Conchobar que la sacrificara, pero el monarca se apiadó de la pequeña y decidió recluirla en un castillo remoto y casarse con ella en cuanto la joven tuviera la edad apropiada.

Deirdre creció, y conforme a la profecía, se convirtió en una joven bellísima. Una noche, durante un sueño profético, a la joven se le advirtió que se enamoraría de un atractivo caballero de piel blanca, mejillas sonrosadas, hermosa voz y cabello del color de las alas de un cuervo. Poco después, la joven escuchó hablar de Naoise, cuyos rasgos correspondían

---

[15] Conjunto de relatos que narra las historias de héroes tradicionales del territorio de Ulster en Irlanda.

al hombre de su visión. Un día, desde la torre del castillo donde se encontraba, Deirdre oyó la voz de su amado de ensueño y, obsesionada por su amor, decidió que encontraría la forma de mantenerlo a su lado y se casaría con él. Sin embargo, Naoise, en un primer instante, aunque estaba fascinado con la hermosura de Deirdre, temió a la profecía maldita que envolvía a la joven; incluso sus hermanos Ainle y Adran trataron de disuadirlo para que abandonara la idea de desposar a Deirdre.

No obstante, en un acto de heroísmo o locura, Naoise se dejó envolver por el sueño de amor de Deirdre. Ella, por su parte, se sintió orgullosa del amado que eligió, un hombre capaz de apostar su vida y su destino por amor. En lo profundo del corazón de Deirdre palpitó la certeza de adorar eternamente a un hombre capaz de desafiar oscuros presagios por tenerla a su lado. Finalmente, la pareja se casó y junto con Ainle y Adran huyeron por el mar hasta Alba, que era el nombre que daban los irlandeses a la actual Escocia.

Sin embargo, los jóvenes no encontraron refugio. Cada rey que supo de ellos trató de dar muerte a Naoise y a sus hermanos para raptar a Deirdre. Tal como lo predijo la profecía, su belleza estaba maldita. Los valientes guerreros del rey Conchobar le suplicaron que perdonara a Naoise y sus hermanos, ya que eran excelentes hombres y su ausencia debilitaba el reino frente a los enemigos. El rey aceptó y envió un salvoconducto para que el grupo regresara a casa. La noche antes de partir, Deirdre, en otro de sus sueños reveladores, descubrió que la oferta de paz era falsa, un engaño del rey Conchobar, por lo que imploró a Naoise desesperadamente que no regresara. Esta vez, Naoise pasó por alto las lágrimas de su amada, pero el presagio se cumplió y a su regreso al Ulster él y sus hermanos fueron asesinados.

Sumergida en el más profundo dolor por la pérdida de su amado, Deirdre jamás volvió a sonreír. Entre tanto, el rey Conchobar la retuvo a su lado intentando hacerla su amada. Finalmente, el rey comprendió que Deirdre no lo amaría jamás; su amor por Naoise perduraría más allá de la muerte. Desengañado, Conchobar ofreció a la viuda a Éogan mac Durthacht, el asesino de Naoise. Sin embargo, durante un viaje de Deirdre, su carruaje pasó frente a la tumba de Naoise. En ese instante la joven sintió un estremecimiento de dolor que la impulsó a arrojarse del carro en marcha. Al caer se golpeó la cabeza con una roca y murió sobre el sepulcro de su amado. Indignado, el rey ordenó que se enterrara a Deirdre lejos de allí, pues quiso mantener a los amantes separados en la muerte; pero secretamente el cadáver fue robado y le dieron sepultura junto a su amado Naoise. Cada tumba fue señalada con una estaca hecha de tejo.[16] Pocos años después se pudo ver que de cada estaca creció un tejo y aunque sus troncos estaban separados por una distancia de seis pies, al crecer los árboles se abrazaron con sus ramas hasta dar la impresión de ser uno solo y allí se encuentran todavía.

Diarmud y Grania

La pasión entre Diarmud y Grania es uno de los relatos irlandeses sobre los guerreros fianna y su líder, el héroe Finn mac Cumaill. La bella e impetuosa Grania, hermana del gran rey de Irlanda, Comarc mac Airt, estaba prometida al viejo jefe de los fianna, Finn mac Cumaill, un noble y sabio guerrero cuyas manos tenían poderes curativos. A la boda asistieron los más valerosos guerreros y las más hermosas mujeres de toda Irlanda. Durante su banquete de bodas, Grania no pudo evitar observar a uno de los más apuestos guerreros fianna leales a su futuro marido. Era un joven de ojos azul brillante y los rizos de su cabello negro podían verse bajo un casco que no se había quitado. Con sus hermosos ojos inquietos, Grania siguió cada uno de los movimientos del joven. Luego, con sigilo, la novia preguntó por él a un druida, quien le dijo que el apuesto joven se llamaba Diarmud, uno de los hombres más cercanos a Finn. Además, le aclaró que era hijastro del dios del amor, Aengus, quien lo dotó del poder de enamorar irremediablemente a toda mujer que viera un lunar que llevaba en el rostro. No obstante, por prudencia y modestia, el guerrero mantenía oculto su lunar bajo su casco.

---

[16] Árbol muy fuerte que según los refranes populares ingleses es el ser vivo más longevo sobre la Tierra. Se dice que puede llegar a cumplir hasta 1500 años.

Al salir del banquete Diarmud, involuntariamente, dejó caer su casco mientras jugueteaba con un perro. Grania, que con apasionada curiosidad lo había seguido, pudo ver su mancha y en ese instante sintió su corazón arder de pasión. Se prendó irremediablemente de él y decidió que no entregaría su amor a ningún otro hombre. Con la osadía que el amor infunde, no dudó en acercarse al joven y declararle su amor.

Diarmud, consternado por la lealtad que debía a su tío y a sus compañeros fianna, en un primer instante pensó huir de los requerimientos amorosos que se le ofrecían, pero Grania, mediante un hechizo de amor, lo ató a su corazón y con la misma espada que prometió lealtad al poderoso Finn mac Cumaill, le hizo jurar que permanecería a su lado protegiéndola hasta el final de los tiempos. Invadido al mismo tiempo de amor y dolor, por la deslealtad que cometía, Diarmud hizo el juramento a la que se convirtió en su amada.

Al enterarse de lo sucedido, Finn no solo se sintió defraudado, sino invadido por unos celos venenosos y corrosivos que lo impulsaron a una furiosa persecución contra los dos traidores. La pareja huyó de la ira del líder de los fianna, pero a pesar de la fuerza de la pasión que embargaba a Diarmud por la bella Grania, el virtuoso hombre sintió un profundo dolor al verse perseguido por los suyos. No obstante, en medio de su confusión, dio prueba de lealtad, fortaleza y templanza al abstenerse de tocar a la joven. A pesar de haber huido con él, Grania permanecía virgen.

Como prueba de que la joven no había sido tocada, Diarmud dejaba unos trozos de pan sin partir y de carne sin tocar en cada lugar por el que supuso que sus persecutores los encontrarían y entenderían su significado. Con excepción de Finn mac Cumaill, los fianna comprendían que el hechizo de amor impuesto por Grania sobre Diarmud era absolutamente irresistible y valoraban su esfuerzo por mantenerse leal a Finn. No obstante, reconocían la traición a su líder como un craso error.

Por su parte, Grania, al ver a su amado depositar el trozo de pan intacto, sentía en su corazón emociones encontradas: lo amaba profundamente, pero lo preferiría más osado. La virtud de la que él se jactaba ante ella le parecía casi cobardía. La lealtad que Diarmud aún le profesaba a Finn se interponía en su amor. Él la cuidaba y la protegía pero ella, víctima de la pasión, anhelaba, con locura, ser su amante. Desesperada, Grania se irritaba con facilidad. Por su parte, Diarmud, la veía deseable y hermosa y recordaba con ternura los momentos vividos a pesar de todas las dificultades de su vida de prófugos. Pero, a pesar del amor que lo ataba a Grania, Diarmud sentía nostalgia por su vida aventurera junto a sus compañeros; recordó sus hazañas antes de haber encontrado el amor, sus valerosas batallas y los honores obtenidos como guerrero dedicado a servir a Irlanda. Pero ahora, las únicas razones de su existencia parecían ser proteger y alimentar a su amada.

Para Diarmud, Grania era la dueña indiscutible de su corazón, pero él no podía olvidar la lealtad jurada a Finn. Su pasión y deseo por ella, a pesar de estar juntos, le parecía un destino inalcanzable que debía procurar mantener a distancia. Sin embargo, Grania no perdió oportunidad para reprocharle su virtuosa actitud. La joven exclamaba con sorna, cuando al atravesar un río unas gotas le salpicaban los muslos, que incluso el agua era más osada que él. Frente a estas recriminaciones malévolas, Diarmud siempre se mantuvo en silencio, profundamente dolido. No era falta de deseo lo que le impedía estar con su amada, sino el respeto por el que fue su líder, antes de desviar su destino por ella.

Finalmente, exhausto y cansado de los reproches de su amada, Diarmud la responsabilizó de haberlo arrastrado fuera de la casa de su señor para condenarlo a ser un proscrito, un fugitivo sin reposo, igual que una bestia extraviada. Le recordó que por ella había perdido familia, amigos, sirvientes y, con ellos, la tranquilidad y el afecto. Su amor culpable lo único que le había traído era inquietud, desolación y hambre.

Desconsolada, Grania le replicó con lágrimas. Le habló de la intensidad de su amor y le recordó que un instante junto a él era mucho más valioso para ella que todos los tesoros de Finn. Le aseguró, con devoción, que el azul de sus ojos y la marca de su frente la habían dejado encadenada a él eternamente. Sería suya incluso más allá de la muerte. La pareja se abrazó apasionadamente. Esa noche fueron amantes. Al día siguiente Diarmud dejó un pan partido en trozos a su paso. Tiempo después, tras la súplica de sus hombres, Finn pareció darse por vencido y aceptó haber perdido a Grania. Sugirió a Diarmud unirse de nuevo a él y en señal de reconciliación le invitó a una cacería de jabalí. Entusiasmado por ser aceptado de nuevo entre los fianna, Diarmud asistió, aunque una profecía le había advertido que lo mataría un jabalí. El nefasto presagio se cumplió y el joven fue herido de muerte por una de esas bestias.

Cuando Finn llegó junto al moribundo Diarmud, a pesar de tener en sus manos el don de la curación y saber que podía devolverle la salud al herido con tan solo darle a beber agua de sus manos, intencionalmente la dejó escurrir entre sus dedos mientras al joven se le escapaba la vida. Grania no se recuperó de la muerte de su amado. La intensidad de su dolor compadeció a Aengus, el dios del amor, quien llevó el cuerpo de Diarmud a un lugar encantado para que su amada, enajenada de amor, pudiera seguir contemplándolo el resto de sus días.

Amargas pasiones
en la corte del rey Arturo

El sino amargo del amor envolvió a la corte del reino ideal de Camelot, donde según las leyendas medievales Arturo gobernó como intachable rey. Defensor de la verdad y del orden, fue un gran guía para su reino, en el que reunió en torno suyo a los mejores caballeros, entre ellos Lanzarote, Tristán, Parsifal, Galván, Gareth y Gaheris, cuyas empresas coordinó, alrededor de una mesa redonda, obsequio de su suegro, el rey Leodagán, padre de su amada esposa Ginebra.

En dicha mesa, cada caballero escogido tenía un puesto asignado y marcado con su nombre. La posibilidad de contarse como uno de los caballeros del rey se consideró un honor sin parangón. Al igual que Arturo, todos sus hombres fueron guerreros que encarnaban las virtudes de caballero ideal. Lucharon y vivieron con honor en medio de desafíos y rivalidades en un mundo de conflictos territoriales y religiosos. Se debatieron entre las antiguas creencias celtas y el imperante cristianismo.

En la historia de Arturo[17] se evidencia la tensión religiosa. Por un lado, los secretos de la magia celta marcaron su destino desde su nacimiento y fueron el instrumento primordial tanto de su amigo y asesor, el mago Merlín, como de su medio hermana, la peligrosa hechicera Morgana. Por el otro, uno los principales objetivos de los caballeros de la mesa redonda fue la búsqueda del santo Grial, la copa en la que Cristo

---

[17] Existen varias versiones sobre la vida de Arturo. La más antigua, del siglo VII aproximadamente, es un poema galo titulado *Gododdin*. Posteriormente aparece en una obra del siglo IX, *Historia Brittonum*, de Nenius, y en el siglo X en *Annales Cambriae*. También se menciona al rey en otro poema galo del siglo X, *El botín d'Annwfn*. Para el siglo XII, en el poema *Culhwch y Olwen* se sugiere a Arturo como héroe histórico. Durante el siglo XII Geoffrey de Monmouth, autor de *Historia Regum Britanae* y *Prophetia Merlini*, transformó y mezcló el personaje con elementos folclóricos. También el famoso Chrétien de Troyes hizo aportes a la figura del rey Arturo y de los caballeros de la mesa redonda. Para el siglo XIII se consolidó una suma novelesca conocida como *Vulgata artúrica*.

bebió durante la última cena y en la que José de Arimatea recogió su sangre, símbolo de la perfección cristiana. En medio de estos ideales de corrección, bondad y exquisitez, el amor deambuló con su fuerza mágica como un desafío insondable.

Arturo, el engendro de un hechizo

Uther Pendragon, rey de los britanos, se enamoró apasionadamente de Igrain, la esposa de su enemigo Gorlois, duque de Cornualles. El deseo lo consumió de tal modo que le impedía dormir y pensar con claridad. Fue tal su desesperación por poseer a Igrain que recurrió a un poderoso druida, conocido como el mago Merlín, para que lo ayudara a conseguir su objetivo. El druida aceptó ayudarlo, siempre y cuando le entregara el niño nacido de esa unión. Rey y mago se dirigieron al castillo de Gorlois a sabiendas de que su dueño no se encontraba allí, ya que estaba comandando una sangrienta batalla. Poco antes de entrar al castillo, el druida, con sus poderes mágicos, dio a Uther la apariencia física de Gorlois, por lo que las gentes del lugar lo confundieron con su verdadero rey y le permitieron la entrada. Incluso, la anhelada reina Igrain, creyéndolo su marido, lo recibió gustosa en su alcoba. De esa unión, propiciada por un sortilegio, nació Arturo, concebido entre la lujuria y la magia.

Poco tiempo después de haber satisfecho su lascivia, Uther se enteró de la muerte, en batalla, del verdadero Gorlois, por lo que, con su apariencia natural, no tardó en pedir la mano de la hermosa viuda, todavía un poco confundida por haber hecho el amor con un hombre que para ese momento, según se constató después, estaba moribundo. Pocos días después del nacimiento de Arturo, Merlín volvió a visitar a Uther para reclamar lo acordado. Por este motivo Arturo se alejó de la corte para ser educado por Merlín. Al cabo de un corto tiempo, Uther e Igrain murieron y las hijas del primer matrimonio de la reina fueron alejadas de la corte. Entre ellas estaba Morgana, quien buscó refugio junto a Merlín y gracias a él se convirtió en una poderosa y temida hechicera, conocida como Morgana la Fee, capaz de inspirar perturbadoras tentaciones.

Al convertirse en una atractiva jovencita, Morgana utilizó uno de los sortilegios aprendidos junto a Merlín para seducir a su medio hermano Arturo, quien durante mucho tiempo no se percató de las consecuencias de su apasionado encuentro. Lejos de la corte, Morgana dio a luz a Modred, vástago cruel e impío que llevó en su sangre la culpa del incesto. Pocos años después, ya que su madre mediante encantamientos lo hizo crecer más rápido de lo normal, Modred regresó a la corte buscando ser reconocido como heredero legítimo de Arturo y en su ambición arrastró a Camelot a un desgraciado fin.

Ginebra y Lanzarote

Ignorante del pecado cometido, ajeno al hijo que su propia hermana había concebido. Arturo realizó importantes proezas, entre ellas conseguir la espada mágica Excalibur y posesionarse como rey britano, con la ayuda de Merlín. Siendo ya considerado un gobernante ejemplar, Arturo se enamoró de la princesa Ginebra, hija del rey Leodagán. A pesar de los consejos de Merlín, que le sugerían evitar a Ginebra, ya que su belleza podría convertirse en un peligro, el rey, profundamente enamorado, decidió hacerla su esposa. Como presente de boda, Arturo recibió de su suegro una majestuosa mesa redonda que instaló en el gran salón de su corte. Allí todo caballero noble que juró serle leal y proteger a los débiles e indefensos fue bien recibido por el rey, y si era merecedor de sentarse en la mesa redonda, en esta, por arte de magia, aparecía inscrito el nombre del caballero sobre el puesto que debía ocupar.

Todo auguraba una época dorada para la pareja real; pero la reina posó sus ojos en Lanzarote del Lago, llamado así por haber sido educado por un hada, la Dama del Lago, tras la muerte de su padre. Lanzarote fue, a los ojos de todos, un caballero sin igual. Ninguno pudo superarlo en sus hazañas ni en la devoción que le profesó a Arturo; sin embargo, en cuanto vio a Ginebra, su corazón quedó prendado de ella. Mucho luchó el caballero contra ese amor que le hervía en la sangre; innumerables noches padeció en silencio, embargado por la angustia de desear a la mujer de su rey.

Para Lanzarote el amor fue sufrimiento. Fue por tener el corazón impregnado por el deseo adúltero que no le fue posible, a pesar de todas sus virtudes, alcanzar el preciado Grial. El pecador empañó y perdió la gran oportunidad anhelada por todos de obtener la santísima copa. Su corazón, como el de un ardiente enamorado, no temió sufrir humillaciones ni dar muestras de flaqueza en los torneos en aras de complacer a su amada. Por ella fue capaz de enfrentar la ignominia, tal y según aparece en *El caballero de la carreta*, de Chrétien de Troyes. Lanzarote partió en busca de la reina Ginebra cuando ella fue hecha prisionera por Meleagant. Para conseguir liberarla, Lanzarote debió superar con éxito numerosas proezas y sacrificios, entre ellos el de subirse a una carreta, signo de oprobio y vergüenza. Debido a lo secreto y adúltero de su amor, nadie comprendió su sufrimiento. Lanzarote subió por amor a la carreta y en ese instante perdió, según el código de la caballería, su honor a los ojos de la gente. No obstante, dicho código le exigía sacrificio y devoción por su amada. Finalmente, tras muchas vacilaciones y agonía de amor, la pareja consumó su pasión.

El deseo los arrastró, por lo que sus encuentros se tornaron constantes y arriesgados. Una noche, Modred, el hijo del incesto, siguiendo los rumores sobre la pareja adúltera e interesado en generar una crisis en Camelot que lo postulara como sucesor al trono, siguió a los amantes hasta sorprenderlos desnudos en la cámara de la reina. Veloz como un rayo, Lanzarote escapó en medio de la noche. Ginebra tuvo que quedarse a enfrentar su culpa.

El vástago maldito disfrutó relatar a su padre y ante toda la corte los sucesos que había visto. Sintió un profundo placer al verlo desgarrado de dolor por la traición de sus seres más cercanos. No obstante, argumentó que su único interés era ayudar a mantener el orden, la justicia y la virtud. Por ese motivo, Modred exigió que Ginebra fuera oficialmente sentenciada y condenada a muerte en la hoguera por adúltera, ya que esa era la norma imperante. Fiel defensor de la ley, Arturo no encontró argumentos para defender a su esposa, a la que aún amaba, por lo que decretó la muerte de ella y el destierro de su entrañable amigo.

En el momento de la ejecución, Lanzarote reapareció de repente, acompañado de unos amigos, dispuesto a rescatar a su amada de ser incinerada. En el incidente, Lanzarote consiguió mantener con vida a su amada, pero trágicamente dio muerte a Agravain, a Gareth y a Gaheris, hermanos de su gran amigo y compañero de aventuras, Galván, y al igual que él caballeros de la mesa redonda. Los guerreros en esa ocasión estaban desarmados en señal de duelo por la muerte de Ginebra.

El pecado que destruyó Camelot

El amor adúltero de Lanzarote y Ginebra fracturó irremediablemente la unidad de la cofradía de la mesa redonda. Galván odiaba a Modred, pero la indignación lo instó a vengar la muerte de sus hermanos y enfrentar a Lanzarote a pesar de ser entrañables amigos. Galván sitió durante meses el castillo de Lanzarote, instándolo constantemente a salir a enfrentarse con él en un duelo. Finalmente, el sitiado salió y lucharon. Lanzarote ganó, pero no quiso dar muerte a su antiguo amigo.

En la corte, Modred, el hijo del incesto, continuó azuzando a su padre contra Lanzarote e instándolo a ir a luchar contra él. Arturo, que veía en el rostro de Modred el reflejo de su pecado, partió desconsolado de su reino en aras de limpiar su honor mancillado y expiar sus propias faltas. Su hijo se instaló como regente de Camelot. Durante la ausencia de Arturo, Modred hizo esparcir el rumor de la muerte de Arturo para usurparle el trono y proclamarse rey legítimo. Incluso buscó el modo de obligar a Ginebra a casarse con él, pero la desgraciada reina buscó refugio en la torre de Londres.

Al enterarse de lo sucedido en su corte, el rey se indignó y regresó a Camelot para enfrentar a su hijo en la sangrienta batalla de Camlann, que se convirtió en una espantosa masacre. Rodeados de cadáveres, Arturo y Modred lucharon solos frente a frente, cuerpo a cuerpo. Al final Arturo hirió mortalmente a su hijo, pero Modred, moribundo, alcanzó a dar una estocada mortal a su padre.

Agonizante, Arturo suplicó a Bedevere, el único de sus caballeros que permaneció junto a él, arrojar su espada Excalibur a un lago cercano. Al hacerlo, el caballero vio cómo de sus profundidades surgió la mano de la Dama del Lago para recogerla instantáneamente y retornarla al mundo sobrenatural donde fue forjada. Luego, Bedevere volvió junto al rey moribundo y lo ayudó a llegar a la orilla del lago. Allí apareció una barca en la que viajaban varias hechiceras y hadas, entre ellas Morgana y la Dama del Lago. Entre todas recogieron a Arturo, con cuidado lo depositaron en la barca y se alejaron de la orilla con dirección a la isla de Ávalon, donde aún reposan los restos de Arturo, esperando el tiempo indicado para volver a aparecer entre los hombres.

Al enterarse de la muerte de su esposo, Ginebra se recluyó en el convento de Amesbury, en Wilshire. Allá dedicó su vida a la oración y, así, buscó expiar la culpa de su pasión. Lanzarote visitó a Ginebra en su reclusorio religioso, pero a pesar del profundo amor que se continuaban profesando, permanecieron separados el resto de sus días. El otrora caballero de Arturo se convirtió en un monje ermitaño y pocos volvieron a saber de él. Años después, a Lanzarote se le apareció un ángel en un sueño para advertirle que debía fabricar un féretro con ruedas y encaminarse al convento de Amesbury, donde hallaría muerta a la reina Ginebra. Lanzarote depositó el cadáver de su amada en el ataúd hecho con sus propias manos y, en un acto de profunda lealtad, partió con él para depositarlo junto al de Arturo.

Merlín y la Dama del Lago

Merlín no estuvo presente en la batalla final de Arturo. Para entonces se había alejado de Camelot y se encontraba derrumbado por una desdichada pasión que le alteró la tranquilidad en el ocaso de su vida. No existió otro mago que se le pudiera equiparar. Nadie como él conoció la esencia misma de la naturaleza. Hablaba con los animales y dominó el don de la invisibilidad. Cuando fue necesario, demostró su capacidad para controlar el clima y transformar personas y objetos a su antojo. Descubrió los secretos del Sol y de la Luna, que encierran misteriosas leyes que rigen la danza celestial de los astros. Fue capaz de leer las claves que aparecen en las formas de las nubes y de traducir las voces del mar. Habló con demonios que le enseñaron a interpretar los sueños, que surgen bajo el auspicio de la luna, y el vuelo de las aves oscuras, así como a predecir el futuro.

Por las venas de Merlín corrió sangre oscura y poderosa. El druida fue el hijo de la unión entre un demonio lascivo y una monja inocente que el íncubo atrapó en sus brazos. Por la naturaleza demoniaca de su padre, el mago irradió una fuerza superior a la de todos los mortales, pero el legado de su madre hizo que procurara siempre utilizarla para el bien.

Por eso nadie imaginó jamás al druida derrumbado por una tormenta de amor. Una hermosa mujer, según algunos un hada, conocida en ocasiones como Nimue, Viviane o la Dama del Lago, lo enloqueció de amor con su habilidad y hermosura. Inteligente y astuta, Nimue lo envolvió con ruegos, lamentos y sonrisas y lo convenció de revelarle todos los secretos de la magia. Él, atrapado en la pasión, aceptó entregarle todo a cambio de ser su amante. La seductora aprendiz tomó su tiempo para instruirse y practicar hasta hacerse diestra en cada conjuro, sortilegio e invocación. Día a día la joven quiso practicar nuevos encantamientos y el enamorado maestro buscó a su vez impresionarla con procedimientos cada vez más peligrosos y arriesgados.

Con la suficiencia y la edad de aquel que cree haberlo visto todo en la vida, Merlín fue víctima de un espejismo de amor. Su incontrolable pasión lo llevó a entregarse sin argucias a su triste destino, a pesar de haberlo visto de antemano. Derrotado por el deseo, el druida se condenó sin remedio a los tiernos abrazos de Nimue. No utilizó sus poderes para cambiar su desgracia y el amor lo derrotó.

Una tarde, la aprendiz, cansada de los apasionados requerimientos del druida, que deseaba siempre estrecharla entre sus brazos, y segura de haber superado con creces a su maestro, pronunció un poderoso conjuro que encerró, para siempre, a Merlín en el interior de un árbol. Algunos caminantes que transitaron por los bosques de Bretaña aseguraron haber visto en la corteza de un roble el rostro melancólico de un hombre atrapado en la nostalgia.

Filtros de amor

Hacerse amar o enloquecer en el intento. Ese parece ser el principio de la obsesión amorosa que ha impulsado desde el inicio de los tiempos a hechiceras de todas las épocas. Con espíritu pertinaz insisten en desentrañar oscuros secretos milenarios en busca de una receta infalible, capaz de atar al ser amado por toda la eternidad, incluso contra la voluntad de este, si el caso lo amerita.

Los ingredientes necesarios para los filtros amorosos han variado en cada tiempo y región, pero suelen tener en común el ser extraños y de difícil consecución. No obstante, es común encontrar en las recetas gotas de sangre, uñas, pelos, dientes y fluidos corporales, sudor, menstruación, saliva, orina o semen del ser amado o de otro espécimen. Además, durante la Edad Media se incluyeron en la elaboración de dichos potajes amorosos peligrosas plantas como el muérdago, la ortiga, el acónito, la belladona y la mandrágora.[18] También se utilizó la cebolla que, según se decía, tenía propiedades especiales para acrecentar el esperma, obnubilar la razón y magnificar los sentidos.

Además, para ligar al ser amado, se consideró imprescindible conseguir el favor de la luna, los astros o de los dioses patrones del amor en esa temporada. De igual modo, la preparación del filtro amoroso debía ir acompañada de poéticos conjuros, recitados con tono imperativo y fervorosa devoción. Estas apremiantes declaraciones de amor también se

---

[18] Laurent Catelan, boticario y médico francés del siglo XVII, un apasionado de las curiosidades de la naturaleza, estudió las propiedades curativas y venenosas de esta planta y fomentó la creencia popular, que ya existía en la Edad Media, según la cual la mandrágora tenía características humanas, por lo que era capaz de gritar cuando la arrancaban, con un alarido enloquecedor para el humano, por lo que era necesario amarrarla a un perro cuando se llevaba a cabo este proceso. También se decía que surgía de la tierra donde había caído esperma de hombres ahorcados, por lo que crecía bajo los patíbulos donde caía la eyaculación de los ahorcados. Se aseguró también que despertaba la pasión sexual.

consideraron útiles para conminar a un amado reacio. A todos los elementos de la naturaleza, e incluso a las fuerzas sobrenaturales, fue válido implorar ayuda en casos de amor desesperado. Uno de los más populares encantamientos o conjuros para atraer a un ser amado fue el siguiente:

> Con cinco te miro, con cinco te ato, la sangre te bebo, el corazón te arrebato, tan humilde vengas a mí como las suelas de mis zapatos. Arre, borrico, que muy bien te ato; te juro a Dios y a esta cruz que has de andar tras de mí como el alba tras la luz.

Para casos difíciles, recetas complejas. Por ejemplo, dar de beber al ser amado sangre de tórtola mezclada con mandrágora, cilantro picado y una infusión de vincapervinca.[19] También se recomendaba usar perfumes y ungüentos "para hacerse amar locamente", hechos a base de almizcle, azafrán e incienso junto con raíces de lirio, infusión de corregüela en vino mezclado con sangre de cierto tipo de rana. Mientras la persona se untaba el menjunje debía pronunciar las siguientes palabras: "Luna que estás en lo alto del cielo, ilumina mis amores, te conjuro para que me ilumines con un rayo de amor por la espalda y a (el nombre de la persona deseada) por el corazón, y que amándome y deseándome no pueda dormir, descansar, ni reposar hasta que me venga a buscar".

En otras ocasiones el conjuro iba dirigido a la sombra para que ayudara: "Sombra que tienes cabeza como yo, cabellos como yo, cuerpo como yo, te mando a que busques a (nombre del ser amado) y lo traigas a mí y lo obligues a que no pueda comer ni beber ni tener ningún placer hasta que obtenga mi querer. Si me lo traes, te bendeciré y si no lo haces, te maldeciré".

Desde las épocas más remotas, la humanidad, en medio de la ensoñación y los delirios, ha clamado por ayuda a las fuerzas superiores de dioses o demonios, buscando mitigar los arrebatos del corazón, esas pasiones súbitas por las que los humanos se rebelan ante todo y desafían

---

[19] Planta de tallos rastreros que se agarran a la tierra con persistencia y dan origen a su nombre, que proviene del latín *vincire*, unir, atar, enlazar, encadenar. *Pervincire* significa "atar o enlazar con insistencia". Esta característica difundió la creencia de que la vincapervinca era la planta mágica, ideal para elaborar filtros de amor.

lo supremo. Los filtros de amor instigan pasiones intensas que suelen atentar contra Dios y el orden establecido, hacen olvidar a quien lo bebe todo principio de honor y derraman por la tierra la deslealtad y el adulterio, considerados por muchos como una pena capital. Los filtros de amor encierran en su esencia la magia del deseo salvaje y maldito que se refugia en la noche hasta encontrarse en la muerte.

Tristán e Isolda

Este relato legendario celta carece de un único autor y ha sido transmitido durante siglos, desde los tiempos medievales, con la persistencia de una amonestación profética que recuerda a aquellos que consideran el amor como su destino el verdadero rostro de su deseada desgracia. La fuerza del Eros mortal, adúltero, aparece con todo su ímpetu de pasión destructora.

Para Tristán e Isolda, el amor fue una enfermedad letal, un veneno mortal capaz de ser concentrado en un poderoso filtro mágico preparado para debilitar y destruir a sus víctimas, tanto física como moralmente. La poción de amor no es otra cosa que la manifestación líquida, visible, de la fatalidad del amor al que irremediablemente quedaron atados Tristán e Isolda al beber inconscientemente el brebaje.

Todo comenzó cuando Tristán, tras haberse armado caballero en la corte de su admirado tío, el rey Marcos de Cornualles,[20] dio muerte en combate a un temido gigante irlandés llamado Morholt, que le exigía al monarca un tributo de jóvenes y doncellas. Pero el joven caballero no salió ileso del encuentro. Recibió una estocada con una lanza envenenada y para curarse debió buscar a la hermana del ogro, quien era la reina de Irlanda y mujer experta en pociones, única conocedora del antídoto secreto. Lisiado y débil, Tristán se embarcó a buscar su salvación en la tierra de sus enemigos. En la corte de su adversario fue cuidado y protegido por Isolda, la hermosa sobrina de Morholt, hija y aprendiz de la reina conocedora de filtros mágicos. Precavido, Tristán se abstuvo de

---

[20] Territorio en el extremo suroccidental de Inglaterra.

revelar allí su verdadera identidad. Años después, el rey Marcos le encomendó a su amado sobrino una nueva misión: encontrar a la dueña de un cabello rubio que, según el gobernante, un pájaro había traído hasta él como augurio de bodas.

Tristán se embarcó de nuevo en busca de un destino mágico, siguiendo un curioso augurio. La tempestad lo arrastró de nuevo a las costas irlandesas. Allí combatió a un dragón que asolaba el territorio y aterrorizaba a sus habitantes. A pesar de salir triunfante del encuentro, las heridas provocadas por la fiera fueron graves. De nuevo, Isolda curó sus heridas. Tristán constató que su curadora era la dueña del misterioso cabello rubio y, a su vez, ella descubrió que el hombre que había cuidado era el asesino de su tío Morholt, por lo que, indignada por el engaño, intentó matarlo. No obstante, el matrimonio con el rey Mark fue aceptado y la joven se preparó para embarcarse con destino a su boda, acompañada del convaleciente emisario del rey y de su inseparable dama de compañía, Brangania.

Como obsequio de despedida, la reina de Irlanda preparó un bebedizo mágico que Isolda debería compartir con su marido: "Viéndola así la madre, preparó una mágica poción de vino y hierbas que asegurara el amor de los futuros esposos. Su poder era inmenso: la pareja que lo probara no podía evitar amarse durante tres años ni vivir separada sin atroces tormentos o la muerte".[21] El viaje fue extenuante. En alta mar los vientos desaparecieron y los atacó la sed. Por equivocación, Tristán e Isolda bebieron el vino especiado.

"En cuanto bebieron, sus corazones se transmutaron, un irrefrenable amor los encadenó. [...] En poco tiempo el deseo fue más fuerte que sus almas y se entregaron al amor".[22] El filtro de amor desató en Tristán e Isolda una fuerza poderosa e incontenible, superior a su lealtad y su pudor, a pesar de lo prohibido de su pasión. Arrastrados por un delirio de amor inconfesable, los jóvenes se reconocieron su amor:

[21] Béroul, *Tristán e Iseo*.
[22] *Ibíd.*

Queridísima señora, deliciosa Isolda, vos tan solo y vuestro amor habéis confundido del todo y tomado posesión de mis sentidos. Tanto me he apartado de mi camino que debía seguir que no encuentro la senda para volver. Me causa dolor y pesadumbre, me parece sin valor y en contra mía todo lo que veo. Nada hay en el mundo que ame tan intensamente como a vos.

Isolda dijo: Señor, igual me pasa a mí.[23]

Débiles, pero inocentes, impulsados por un maleficio, se entregaron a la pasión en medio del delirio. Infringieron las normas de Dios y del mundo. Como un poderoso huracán, el tóxico los arrastró a la culpa. Brangania, angustiada por lo sucedido, sustituyó a Isolda en su noche de bodas para evitar exponer a la princesa al escarnio público.

Por su parte, el enamorado Tristán se debatió desesperado entre el amor a Isolda y la lealtad a su tío Marcos; pero incapaz de controlar la fuerza del veneno que corría en su sangre, no pudo evitar los encuentros apasionados con su amada. Pronto surgieron rumores y murmuraciones en la corte. Finalmente, los amantes fueron descubiertos y denunciados ante el rey. Adolorido e indignado, el monarca envió a Isolda a un territorio de leprosos y a Tristán lo condenó a muerte. No obstante, el joven logró escapar y rescató a su amada, con quien huyó al bosque de Morrois, donde llevaron una vida de prófugos. Un amanecer, el rey Marcos sorprendió a la pareja durmiendo desnuda, pero para su sorpresa observó la espada de Tristán separando los cuerpos. El rey interpretó el hierro de la espada en medio de los cuerpos como una prueba de castidad de la pareja, por lo que se alejó conmovido, no sin antes cambiar el arma de Tristán por la suya propia. De este modo la pareja se enteró de su angustiosa presencia.

Tras el paso del rey Marcos, cumplidos los tres años de efecto del filtro amoroso, los amantes se vieron a sí mismos como seres vergonzosos, desharrapados, mendigos sin honor, que lo habían perdido todo por causa de una locura temporal:

[23] Gottfried von Strassburg, *Tristán e Isolda,* principios del siglo XIII.

Mientras duraron los tres años, el vino de hierbas se apoderó de tal modo de Tristán y de la reina que cada uno decía: "¡qué desgraciado sería si me fuera de aquí!". El día después de San Juan se cumplieron los tres años en que fue fijada la duración de aquel vino. Tristán se levantó del lecho, Isolda se quedó en la choza. Y, cada uno por su lado, ambos se arrepintieron del tiempo que habían pasado juntos.[24]

Isolda añoró el bienestar de la corte y Tristán deseó vivir de nuevo honorables aventuras. Desconsolados, decidieron visitar al ermitaño Ogrin en busca del perdón de Dios. También le suplicaron que intercediera por ellos ante el rey, pues Tristán estaba dispuesto a devolverle a su esposa. Marcos, aún sorprendido por la escena de la espada, estaba convencido de la inocencia de su sobrino, por lo que aceptó perdonarlo y envió un cortejo para regresar a Isolda al palacio. No obstante, la joven, temerosa, suplicó a Tristán no abandonar el reino hasta constatar la sinceridad de su esposo, ya que ella temía una posible venganza de su parte. De regreso a la corte, antes de despedirse, la pareja se prometió solemnemente volver a reunirse a la primera señal de nostalgia que sintiesen, sin que nada pudiera detenerlos en su intento.

Tiempo después los amantes volvieron a sus encuentros clandestinos y, de nuevo, fueron descubiertos. Desesperada, Isolda aseguró ser inocente y pidió ser juzgada "ante los ojos de Dios", para probar a todos su honestidad. Gracias a un ardid y con la ayuda de Tristán, la joven superó la prueba de tomar un hierro ardiente entre sus manos sin quemarse, probando así la verosimilitud de su juramento ante Dios de no haber sido tocada por hombre alguno diferente a su dueño.

Tristán se alejó del reino y tiempo después supuso que Isolda lo había dejado de amar y que lo había relegado al olvido. Preso de un profundo abatimiento y desconsuelo, contrajo matrimonio con otra doncella que llevaba el mismo nombre de su amada, Isolda, la de las blancas manos, quien permaneció virgen a pesar de la boda, porque Tristán no pudo olvidar a Isolda, la de rubios cabellos. Abrumado por

---

[24] Béroul, *Tristán e Isolda*.

la imposibilidad de olvidar a su amada, el triste caballero prosiguió sus aventuras hasta encontrarse, de nuevo, herido mortalmente por una lanza envenenada.

En su penosa situación, Tristán envió un barco a buscar a Isolda la rubia, única poseedora del secreto para curarlo. En su agonía, el caballero pidió a los emisarios elevar, a su regreso, velas blancas en el barco para darle a entender que su amada Isolda venía a bordo y negras en caso de que hubiera rehusado acudir en su ayuda. Al enterarse de la situación de su amado, Isolda partió desesperada a socorrer el hombre que adoraba. A su espera, Tristán moribundo no tuvo fuerzas para acercarse a la ventana a vislumbrar el barco que debía traerla, por lo que pidió a su esposa que le informara sobre la nave. Enferma de celos, la Isolda esposa de Tristán anunció a su marido que se acercaba un barco de velas negras.

Incapaz de resistir el sufrimiento que sintió al creer que su amada se había negado a verlo, el corazón de Tristán, desgarrado de dolor, dejó de latir. Isolda, la rubia, desembarcó presurosa de la nave y corrió precipitadamente al encuentro de su amado. Al hallar su cuerpo inerte, Isolda la rubia sintió su cuerpo y su corazón sobrecogerse de desesperación. Desolada, la infeliz enamorada, murió abrazada al cuerpo de su amado.

Calisto y Melibea

La primera edición de la obra conocida como *La Celestina* corresponde a 1499 y se publicó originalmente bajo el nombre de *Tragicomedia de Calisto y Melibea*. Corresponde a un género medieval denominado como comedia humanística y fue escrita por Fernando de Rojas para que su público español la leyera en voz alta.

Calisto, un joven ingenioso, amable, de buena educación y noble linaje, entró en busca de su halcón al jardín de la casa de Melibea, una doncella virtuosa, cuidada con esmero, hija única y tesoro de sus padres, Pleberio y Alisa. Al ver la belleza de la joven, Calisto se deslumbró y se enamoró perdidamente de ella; pero recatada y pudorosa, la doncella, en un principio, no aceptó las insinuaciones amorosas que le ofreció aquel.

No obstante, Calisto quedó tan impactado con el encuentro que en adelante no pudo hacer otra cosa que pensar, entre suspiros y lágrimas, en su amada. En un primer momento, el criado Sempronio trató de disuadir a su amo de su enamoramiento. Sin embargo, el desesperado joven suplicó por ayuda para encontrar una solución a su tragedia de amor. El lacayo, entonces, le sugirió a su amo recurrir a Celestina, una vieja hechicera y alcahueta, protectora de mujeres de mala reputación y, lo más importante, conocedora de los métodos necesarios para dominar voluntades reacias.

Calisto, ajeno a los ardides que comenzarían a tramarse a su alrededor, continuó enajenado por su ilusión. En sus atormentados sueños amorosos idealizó la belleza de su amada y no reparó en los medios para conquistarla. Arrastrado por el deseo, Calisto fue también sordo a los consejos de Parmeno, otro servidor, quien le advirtió sobre los riesgos de relacionarse con una mujer de malas artes como Celestina, experta en engaños, presta a favorecer el vicio y el deshonor a cambio de dinero.

Parmeno le recordó los acontecimientos del primer encuentro con Melibea, en el huerto de esta, y las nefastas consecuencias que generó: "Señor, porque perderse el otro día el halcón fue causa de tu entrada en la huerta de Melibea, la entrada causa de verla y hablarle engendró amor, el amor parió tu pena, la pena causará perder tu cuerpo, alma y fortuna".

Impaciente e irritable, Calisto ordenó a Sempronio buscar a Celestina y alentarla a conseguir su objetivo. El alma lúcida y perversa de la vieja fue motivada por la avaricia para hacer uso, sin escrúpulo alguno, de su conocimiento de las debilidades humanas, la fuerza de la pasión y los oscuros hilos que mueven la naturaleza y el instinto. El amor había hecho de Calisto un ser problemático y débil, tanto que sus criados llegaron a burlarse de él e incluso llegaron a insultarlo tanto en su cara como a sus espaldas, al ver que en su desvarío su amo cambió sueño y comida por suspiros de amor.

Sempronio, por su parte, convenció a Celestina para que confiara en él y juntos sacaran dinero a Calisto y usufructuaran así su delirio amoroso. En una atmósfera turbia y malsana, Celestina acordó con Sempronio tanto el precio de su ayuda como el reparto del dinero que ambos obtendrían del negocio.

La hechicera trazó un círculo mágico y derramó aceite sobre una madeja de hilo, mientras hacía un encantamiento con el que pretendía enredar a Melibea en el amor. Invocó un demonio que aceptó quedar atrapado entre la madeja de hilo encantado a cambio de que la vieja hiciera su voluntad. Luego, llevó este hilado a casa de Melibea y allí se lo vendió. Con gran habilidad la vieja alcahueta logró hablar a solas con la doncella y despertarle interés por Calisto. No obstante, Melibea, temerosa de poner en juego su reputación y su honra, se inquietó por las palabras de la vieja y rechazó sus insinuaciones; pero la vieja era no solo hipócrita, sino experta en ardides amorosos. Con astucia aclaró a la muchacha que tan solo necesitaba un amuleto y una oración suyas para curar a Calisto de un terrible dolor de muelas. El carácter apasionado se desplegó en Melibea una vez que el hechizo hizo su efecto y se reflejó inicialmente en una profunda compasión por el dolor del joven.

El espíritu caritativo de Melibea se conmovió a tal punto que no solo dio a Celestina su cordón, sino que le pidió a la vieja que volviera el día siguiente por la oración que necesitaba. La cuidada doncella, que había vivido bajo la estrecha vigilancia de sus amados padres, aseguró hacer lo necesario para ayudar al doliente. Criada en la virtud y el recato, de la piedad de Melibea surgió el amor impetuoso, al que la joven se entregó con una pasión irrefrenable y que en adelante hizo imprescindible en su vida la presencia de Celestina. La doncella ofreció su amor acompañado de lágrimas y suspiros, de temores y oraciones.

La voluntad de Melibea fue encadenada por Celestina, quien al poner en práctica su hechizo usó la madeja de hilo como instrumento mágico y completó el sortilegio con el cordón de la joven. De este modo, la voluntad de Melibea fue dominada. Por su parte, Calisto, ansioso, anhelaba noticias de Melibea. La astuta alcahueta acrecentaba su impaciencia. Finalmente, la vieja le contó al enamorado lo sucedido y le entregó el cordón, con lo que el joven cayó en el delirio:

Celestina: Toma este cordón, que si yo no me muero, yo te daré a su ama.

Calisto: ¡Oh nuevo huésped! ¡Oh bienaventurado cordón, que tanto poder y merecimiento tuviste de ceñir aquel cuerpo, que yo no soy digno de servir! ¡Oh nudos de mi pasión, vosotros enlazasteis mis deseos!

La devoción con la que el enamorado suspiraba sobre el cordón amado causó cierta sorna en la vieja. Satisfecha, Celestina solicitó a Calisto el pago por los favores recibidos, quien aceptó darle lo que pedía. La vieja, además, apenas encontró el momento oportuno convenció a Parmeno de las ventajas de ayudarle junto con Sempronio. Los criados celebraron una comida en casa de Celestina, junto con sus mujerzuelas, Elicia y Areúsa.

Entre tanto, Calisto se quedó en su alcoba, suspirando de amor. Entre sueños, recitó poesías y perdió la noción del día y la noche. "Calisto: Corazón, bien se te emplea. Que penes y vivas triste, pues tan presto te venciste del amor de Melibea".

La amada, por su parte, se sumió en un profundo mal del corazón. Discutía consigo misma, debatiéndose entre su ardiente deseo y la necesidad de mantener su virtud y su castidad. Desesperada, Melibea ordenó a su criada Lucrecia traer a su presencia la alcahueta. Esperaba que Celestina fuera capaz de curar su sufrimiento. Sin embargo, esta se negó a prescribir una cura hasta que Melibea admitiera la causa de su dolor. La doncella reveló a la vieja que la causa de su mal era su desenfrenado amor por Calisto. La alcahueta preparó lo necesario para que los desesperados amantes pudieran encontrarse a medianoche y dispuso a la joven para que se entregara a su amado.

Ilusionado con el encuentro, Calisto asegura: "Melibea es mi señora, Melibea es mi Dios, Melibea es mi vida; yo su cautivo, yo su siervo". En pago por sus útiles acciones, que le consiguieron una entrevista con Melibea, Calisto entregó una valiosa cadena de oro a la alcahueta. Interesados en su recompensa, Sempronio y Parmeno fueron a la casa de

Celestina para cobrar su parte del trato, pero la vieja se rehusó a darles la parte de la recompensa por lo que, indignados, la asesinaron. La justicia llegó al lugar del crimen y los asesinos fueron entregados al verdugo para ser degollados.

De ese modo, en medio de celos y envidias, el romance de la pareja comenzó a dejar una estela de sangre. Las mujerzuelas protegidas de Celestina se indignaron por la muerte de su protectora y dirigieron su odio contra Calisto:

¡Oh, Calisto y Melibea, causadores de tantas muertes! ¡Mal fin hallen vuestros amores, en mal sabor se conviertan vuestros dulces placeres! Tórnese lloro vuestra gloria, trabajo vuestro descanso. Las yerbas deleitosas donde tomáis los hurtados placeres se conviertan en culebras, los cantares se os tornen lloro, los sombrosos árboles del huerto se sequen con vuestra vista, sus flores olorosas se tornen de negra color.

Enterado de la muerte de sus criados, Calisto lamentó la terrible pérdida de su honor y reputación. No obstante, se dispuso a encontrarse con su amada. Ajena a lo sucedido, Melibea aguardó impaciente a su amado y se inquietó por su tardanza. Calisto, finalmente, llegó acompañado por sus sirvientes Tristán y Sosia, quienes lo ayudaron a disponer una escalera para franquear el muro que lo separaba de su dama.

La pareja disfrutó de un intenso y apasionado encuentro amoroso en el huerto donde se conocieron. Al despedirse, Melibea estaba convencida de haberse quedado con el corazón de su amado y sintió que él se llevaba consigo el que a ella pertenecía. Mientras descendía por la escalera de cuerdas, Calisto resbaló y en su caída encontró la muerte. Melibea lloró desconsolada. Su nodriza Lucrecia trató de apaciguar su dolor; pero la dulce joven, que ocultó a sus amados padres la pasión que la consumía, subió a la terraza de su casa y desde allí se arrojó al vacío. Se entregó a la muerte para buscar a su amado. Pleberio, al ver el cadáver de su hija, desgarrado de dolor maldijo al dios del amor:

¡Oh amor, amor, que no pensé que tenías fuerza ni poder de matar a tus sujetos! Herida fue de ti mi juventud. Por medio de tus brasas pasé. ¿Cómo me soltaste para darme la paga de la huida en mi vejez? Bien pensé que de tus lazos me había librado cuando los cuarenta años toqué, cuando fui contento con mi conyugal compañera, cuando me vi con el fruto que me cortaste el día de hoy. No pensé que tomabas en los hijos la venganza de los padres. Ni sé si hieres con hierro ni si quemas con fuego. Sana dejas la ropa, lastimas el corazón. Haces que feo amen y hermoso les parezca. ¿Quién te dio tanto poder? ¿Quién te puso nombre que no te conviene? Si amor fueses, amarías a tus sirvientes; si los amases, no les darías pena; si alegres viviesen, no se matarían como ahora mi amada hija. ¿En qué pararon tus sirvientes y sus ministros? La falsa alcahueta Celestina murió a manos de los más fieles compañeros que ella para tu servicio emponzoñado jamás halló. Ellos murieron degollados, Calisto despeñado. Mi triste hija quiso tomar la misma muerte por seguirle. Esto todo causas.

Dulce nombre te dieron, amargos hechos haces. No das iguales galardones; inicua es la ley que a todos igual no es. Alegra tu sonido, entristece tu trato. Bienaventurados los que no conociste o de los que no te curaste. Dios te llamaron otros, no sé con qué error de su sentido traídos. Cata que Dios mata, matas los que te siguen. Enemigo de toda razón, a los que menos te sirven das mayores dones, hasta tenerlos metidos en tu congojosa danza. Enemigo de amigos, amigo de enemigos, ¿por qué te riges sin orden ni concierto? Ciego te pintan, pobre y mozo. Te ponen un arco en la mano, con el que tiras a tiento; más ciegos son tus ministros que jamás sienten ni ven el desabrido galardón que se saca de tu servicio.

Eloísa y Abelardo

Las cartas de amor entre Abelardo y Eloísa, que aún existen, son prueba fehaciente de la dramática pasión que durante plena Edad Media inflamó el espíritu y la piel de estos desdichados amantes.

Pedro Abelardo, conocido comúnmente como Abelardo, fue un genio de su época. Nació en 1079 en la villa Le Pallet, Bretaña, cerca a Nantes. La suya fue una familia acomodada, perteneciente a la baja nobleza en la que la mayoría de sus hombres fueron militares al servicio del poderoso conde de Nantes. El padre de Abelardo se esmeró en educarlo del mejor modo posible y el joven respondió con una apasionada dedicación al estudio, que superó con creces el interés por lo militar. Prefirió la lógica y la dialéctica a la estrategia bélica, y sus armas preferidas fueron siempre argumentos y palabras. En la Europa occidental de los siglos XI y XII, los estudios se encontraban en manos de la Iglesia y eran compartidos entre sus miembros. Por aquel entonces, la vida religiosa y la académica corrían entrelazadas y paralelas.

Abelardo estudió el *quadrivium*, que era el conjunto de ciencias que formaba la base de la educación medieval: aritmética, geometría, astronomía y música. Contaba con veinte años cuando llegó a estudiar a París, centro de la filosofía y el pensamiento. Allí se encontraban las principales escuelas episcopales o claustrales, establecidas en conventos y bajo la supervisión de los obispos. La escuela episcopal de París era para la época de Abelardo la más famosa y concurrida y a su cabeza se encontraba el archidiácono Guillermo de Champeaux.

Su sangre combativa despertó en este lugar. Con mente lúcida, increíble agudeza y actitud irreverente, Abelardo no dudó en criticar y hasta ridiculizar a sus prestigiosos profesores, incluido el propio Guillermo, y posteriormente lo hizo con el afamado Anselmo de Laon. Este sesgo de su personalidad terminó por hacerle ganar tanto la enemistad de los

docentes como el aprecio y la admiración de los alumnos. El propio
Guillermo reconoció el triunfo de Abelardo en sus discusiones, lo que
consolidó al joven en su carrera.

Carismático y seguro de sí mismo y de sus aptitudes,[25] Abelardo
buscó un nuevo lugar para establecer su propia cátedra. Así llegó a Me-
lún, en 1102, y fundó allí una escuela que trasladó muy pronto a Corbeil,
quizás por encontrarse más cerca a París, a cuya escuela de Nôtre Dame
Abelardo anhelaba llegar. En todos los lugares, sus polémicas académi-
cas provocaron tal entusiasmo entre los estudiantes que pronto muchos
llegaron a convertirse en sus discípulos. Entre sus alumnos se encontraron varias eminencias, entre ellas el que posteriormente fue el papa
Celestino II, diecinueve cardenales y, por lo menos, cincuenta obispos y
arzobispos procedentes de diversos lugares de Europa.

Abelardo se hizo tan popular que donde él estuviera, llegaba gente
de lugares lejanos a escucharlo. Los caminantes se detenían para obser-
varlo y los lugareños salían a sus puertas para verlo.

Hacia 1114, Abelardo llegó a la importante escuela catedralicia de
Nôtre Dame, en París, como maestro laico. Allí su actitud brillante y
desenfadada causó considerable revuelo. Tuvo además la oportunidad de
impresionar a la muchedumbre con sus dotes musicales, pues cantaba en
lenguaje popular para esparcimiento de todos. Durante esta época, hacia
1115, conoció al amor de su vida, Eloísa, una joven excepcionalmente
inteligente, sobrina de Fulberto, canónigo de la Universidad de París.
Según las propias palabras de Abelardo:

> Ella, no ínfima por su belleza, era suprema por sus muchísimas
> letras. Y siendo esta prenda de la instrucción más rara en las muje-
> res, hacía a la niña tanto más valiosa, y le había dado gran fama en
> todo el reino. A esta, pues, consideradas todas las cosas que suelen
> incitar a los amantes, juzgué más apropiada para la unión amorosa

---

[25] Durante esa época, Pedro Abelardo fue conocido con el sobrenombre de Pedro *Golía* Abelardo y de ahí se derivó el término goliardía, que se refiere a unas asociaciones universitarias
en las que a la afición por la investigación y el estudio se unen el placer por la transgresión, la
ironía y la aventura.

conmigo, lo que pensé conseguir muy fácilmente. Tanto renombre tenía yo entonces y tanto me destacaba por mi juventud y belleza, que no temía repulsa alguna de cualquier mujer a quien juzgara digna de mi amor. Creí tanto más fácilmente que esta niña me correspondería cuanto más llegué a conocer su saber y amor por las letras, que nos permitiría, aun estando ausentes, hacernos mutuamente presentes a través de cartas mensajeras, y escribir con más atrevimiento que si habláramos, manteniendo así siempre gratos coloquios.[26]

La niña había perdido a sus padres, razón por la cual había pasado su infancia en un convento de monjas, y al salir fue a vivir con su tío Fulberto, quien pronto se dio cuenta de las extraordinarias dotes intelectuales de la joven. Abelardo se ingenió el modo de vivir en la casa de Fulberto. Se ofreció como tutor de la joven y le explicó al tío que viviendo en su casa podía dedicar mayor tiempo a los estudios y menos a las actividades domésticas. El canónigo confió su sobrina al afamado maestro de 36 años para que fuera el preceptor de la joven de 15 y continuara su educación:

> Pues al entregármela, no solo para instruirla, sino también para corregirla con energía, ¿qué hacía sino dar total licencia a mis deseos, y ofrecerme la ocasión, aunque fuera involuntaria, de ablandarla más fácilmente con amenazas y azotes, si no podía con halagos? Pero había dos cosas que le alejaban de sospechar algo vergonzoso: el amor a su sobrina y la fama de mi continencia en el pasado.[27]

Tardías pasiones encendieron el alma de Abelardo cuando se introdujo en casa de Fulberto como tutor de la muchacha. Eloísa profesó una profunda admiración por ese hombre apuesto y carismático, reconocido por todos, culto, interesante y divertido, que dedicó gran parte de su tiempo a enseñarle filosofía, matemáticas, música y a explicarle los

---

[26] Pedro Abelardo, *Historia calamitatum*.
[27] *Ibíd.*

pormenores de la naturaleza y del espíritu humano. La joven sintió tal placer de ver el mundo a través de los ojos de su maestro que pronto sus sentimientos hacia él se transformaron en una arrebatadora pasión. Durante dos años, entre 1117 y 1119, maestro y alumna vivieron un tórrido romance en secreto.

En su autobiografía, titulada *Historia calamitarum*, Abelardo reflejó aquellas sesiones de estudio en casa de Fulberto: "Los libros permanecían abiertos, pero el amor más que la lectura era el tema de nuestros diálogos, intercambiábamos más besos que ideas sabias. Mis manos se dirigían con más frecuencia a sus senos que a los libros". Lo vivido en esos años los marcó para siempre. Ni un instante de aquellas experiencias pudieron ser olvidadas el resto de sus vidas. Más de una década después, Abelardo, recluido en una vida monástica, reconoció a un amigo en una carta que en la pasión que vivió con Eloísa había experimentado todas las posibilidades del ardor amoroso y, en su frenesí, no se negaron ninguno de los extravagantes refinamientos que desearon en el furor de su pasión:

> [...] el amor desviaba los ojos hacia los ojos con más frecuencia que los dirigía hacia las palabras escritas. Para suscitar menos motivos de sospecha, el amor —no el furor— daba azotes de vez en cuando: con afecto, no con ira, para que así sobrepasaran en suavidad a cualquier ungüento. ¿Y qué más? Ningún paso de amor dejaron de dar los ávidos amantes, y añadieron cuanto el amor pudo imaginar de insólito. Y al tener poca experiencia de estos goces, con más ardor nos dábamos a ellos y menos se trocaban en hastío. Y cuanto más se apoderaba de mí el deleite, menos tiempo tenía para la filosofía y para dedicarme a la enseñanza.[28]

La pasión envolvió de tal modo a los incautos que ya no pensaron en otra cosa que en amarse desenfrenadamente. Abelardo fue perdiendo el interés por su trabajo; vivía agotado por falta de sueño y exceso de amor. Pero la felicidad pronto fue empañada por la tragedia. Los rumo-

---

[28] *Ibíd.*

res comenzaron a propagarse y, finalmente, Fulberto descubrió que el pecado habitaba agazapado bajo su techo: "¡Cuán grande fue el dolor del tío al enterarse! ¡Qué dolor el de los amantes al separarse! ¡Qué vergüenza me turbó! ¡Qué abatimiento me afligió ante la aflicción de la niña! ¡Qué ardientes congojas soportó ella a causa de mi vergüenza!".[29]

Tiempo después de haberse separado de Abelardo, en medio de agrios conflictos con Fulberto, Eloísa se enteró de su embarazo. Inmediatamente escribió a su amado, preguntándole lo que debía hacerse. Ante la inesperada situación, Abelardo aprovechó una ausencia de Fulberto, entró en su casa y se llevó consigo a Eloísa rumbo a la residencia de sus familiares en Bretaña. Allí, en el hogar de la hermana de Abelardo, la joven dio a luz un hijo, al que llamó Astrolabio. La madre escogió el nombre argumentando que la concepción del bebé se había producido la tarde en que estaba previsto que estudiasen el astrolabio.[30]

Al enterarse de lo sucedido, el corazón de Fulberto pareció naufragar entre la ira y el dolor. El canónigo exigió el matrimonio al corruptor de su sobrina. Abelardo aceptó, siempre y cuando se mantuviera en secreto para no perjudicar su reputación y su prominente carrera.[31] Tras el acuerdo, Abelardo regresó a su patria para recoger a su amante y hacerla su esposa, pero con inusual firmeza Eloísa rechazó la unión marital. Ella no deseaba casarse, ya que sabía de sobra que esto afectaría el futuro brillante y en ascenso de su amado filósofo, quien para entonces, en virtud de su actitud controversial y sus ideas, ya era víctima de envidias e infamias. Con lágrimas en los ojos, la joven arguyó que esa unión forzada sería una humillación para ambos, además de una gran pérdida para la Iglesia, al dejar de contar con uno de sus mejores exponentes. Como si fuera poco, la situación generaría un profundo malestar en todos los

---

[29] *Ibíd.*

[30] El astrolabio, literalmente del griego "buscador de estrellas", es un instrumento antiguo utilizado para observar y determinar la posición de las estrellas en la bóveda celeste.

[31] La posibilidad de un matrimonio indica que para ese momento el *clericus* Abelardo solo había recibido órdenes menores. El secreto para él es muy importante, porque no desea comprometer el lado público de su carrera con esta relación privada, que de todos modos desea conservar.

alumnos de Abelardo, que se verían defraudados por la ausencia de su maestro.

Se preguntaba la joven cómo podría alguien creer que ella adquiriría honra al desposarse con un hombre que con dicha unión perdía la propia. La enamorada, con insistencia, recordó a su amado citas que los santos de diversos siglos profirieron como advertencia sobre las amarguras matrimoniales y la terrible carga que representaba el yugo marital. Eloísa aborrecía la sola idea de dicha unión:

> Añadía ella, por fin, que me sería muy peligroso hacerla volver, y que le sería más grato —y para mí más honroso— ser llamada amante que esposa, a fin de que solo el afecto me guardase para ella, y no me obligara fuerza alguna de lazo nupcial. Y que, separados por algún tiempo, sentiríamos al encontrarnos goces tanto más gratos cuanto más espaciados.[32]

Al respecto, tiempo después escribió Eloísa a Abelardo:

> El nombre de esposa parece ser más santo y más vinculante, pero para mí la palabra más dulce es la de amiga y, si no te molesta, la de concubina o meretriz. Tan convencida estaba de que cuanto más me humillara por ti, más grata sería a tus ojos y también causaría menos daño al brillo de tu gloria.

> Dios me es testigo de que, si Augusto —emperador del mundo entero— quisiera honrarme con el matrimonio y me diera la posesión de por vida, de toda la tierra, sería para mí mas honroso y preferiría ser llamada tu ramera, que su emperatriz.

A pesar de los ruegos de la joven, la pareja volvió a París para cumplir lo acordado con Fulberto y dejaron al pequeño Astrolabio al cuidado de la hermana de Abelardo. En París, la boda se celebró en secreto, tras lo cual los enamorados se separaron y continuaron viéndose en las

---

[32] Pedro Abelardo, *Historia calamitatum.*

tardes. No obstante, el tío, preocupado por la honra de Eloísa y buscando compensación a su ignominia, empezó a divulgar la noticia del matrimonio. Violó así la palabra dada a Abelardo y generó en Eloísa una profunda ira y frustración. La muchacha lo negaba todo y aseguraba ante el Cielo que era falso. Su actitud irritó profundamente a Fulberto, quien no se cansó de reprocharla. Al enterarse del conflicto, Abelardo envió a Eloísa a una abadía de religiosas en las cercanías de París, la misma en la que la joven se había educado en su niñez. Allí le prepararon los hábitos religiosos, excepto el velo.[33]

La nueva huida de su sobrina colmó el límite de la paciencia de Fulberto y sus parientes, quienes se sintieron profundamente avergonzados, pensando que todo había sido un engaño tramado por Abelardo, quien había encerrado a Eloísa en un convento para liberarse de los problemas que ella pudiera causarle. Fue tal la indignación de los parientes de la muchacha que sobornaron a unos hombres, entre ellos al sirviente de confianza de Abelardo, para que cuando el filósofo estuviera dormido le amputaran los genitales. Pensaron que de ese modo se cortaría de raíz el instrumento de su pecado. Tras su sangriento y despiadado acto, los malhechores se dieron a la fuga. Dos fueron apresados, entre ellos el sirviente desleal y, como castigo, les arrancaron los ojos y cortaron los genitales. Fulberto fue sancionado con la confiscación de sus bienes. Aunque no se le pudo probar su participación directa en el crimen, el escándalo provocó su salida de París.

La ciudad quedó estupefacta con lo sucedido. Clérigos y alumnos no lograron salir de su sorpresa. En muchedumbre se congregaron alrededor de la casa de Abelardo para expresarle su dolor y condolencias por lo sucedido. Avergonzado, el lisiado reflexionó sobre su situación, su vida y sus heridas. Ahora era un castrado, un eunuco. Encerrado en su cuarto, no se sintió dispuesto a enfrentarse nuevamente al público, pues sabía que sería señalado por todos y sería objeto de burlas y chismorreos. En adelante, pensó, lo verían como un monstruo. En su desolación,

---

[33] Al parecer, en un principio los votos religiosos de Eloísa no fueron completos y no incluyeron el de castidad.

recordó que en la Biblia se advierte que Dios abomina a los eunucos y que aquellos a quienes se les han extirpado los testículos no tienen permiso de entrar a la iglesia, del mismo modo que los apestados y leprosos. También se repitió cien veces a sí mismo la sentencia bíblica del Levítico, donde se advierte que en sus sacrificios Dios no desea animales castrados.[34]

El abatimiento, la confusión y la vergüenza arrastraron a Abelardo a la soledad y el recogimiento. Tras cicatrizar sus heridas, buscó refugio en la abadía de Saint-Denis. Corría el año de 1118. Por su parte Eloísa, desolada por los sufrimientos de Abelardo y por la imposibilidad de consumar nuevamente su amor, siguió la sugerencia de su amado, de tomar el velo monástico y aceptar así el voto de castidad, aunque muchos le sugirieron que se abstuviera de hacerlo. Ambos, no obstante que sus juramentos los separaban para siempre, recibieron los hábitos sagrados y se entregaron por completo a la vida religiosa.

La existencia de Abelardo, a pesar de su religiosidad, jamás estuvo exenta de persecuciones, envidias y conflictos. Su inteligencia y carácter inquieto y espíritu perspicaz, sumado a lo controversial de sus ideas, incomodaron a otros clérigos, menos dotados que él, pero en ocasiones muy poderosos, que lo obligaron a llevar una vida errante.

Su obra *Theologia* fue declarada herética y quemada en 1121 y el monje fue condenado a arresto domiciliario en la abadía de Saint-Medard. Luego, buscó refugio en distintos sitios, siempre huyendo de sus perseguidores. Llegó a los alrededores de Nogent-sur-Seine, en Troyes, y allá fundó la escuela del Paráclito.[35] Entre 1123 y 1125, Abelardo reunió a centenares de alumnos y su fama se catapultó a pesar de sus controversias. En dicho lugar provocó nuevas polémicas, a tal punto que no pudo continuar enseñando. Finalmente, hacia el 1129, ofreció el Paráclito para que se hiciera allí un monasterio para Eloísa. En ese lugar, impregnado

---

[34] "No ofreceréis al Señor animal alguno con los testículos aplastados, hundidos, cortados o arrancados" (Levítico, 22, 24); "no entrará en la iglesia de Dios el eunuco, con testículos aplastados o amputados, o genitales cortados" (Deuteronomio, 23, 1).

[35] En griego significa aquel que es invocado. Usualmente se da ese nombre al Espíritu Santo en su aspecto de consolador de los fieles.

por las huellas de su amado, fue nombrada abadesa y pasó el resto de sus días.

El concilio de Siena confirmó la condena de Abelardo, que luego el papa Inocencio II reconfirmó. Desolado, Abelardo se retiró al monasterio de Cluny, en Burgundy, y desde allí su abad, Pedro el Venerable, intercedió por él hasta que le fue permitido volver a enseñar. A partir de 1130 la relación entre Eloísa y Abelardo se reanudó en forma de intensas epístolas: "Te agradezco tus frecuentes cartas, pues es la única manera de hacerme sentir tu presencia. Siempre que las recibo tengo el íntimo sentimiento de que estamos juntos", le escribió Eloísa a su amado.

En sus cartas, él la incitaba a la renuncia de lo terrenal y a buscar el amor de lo divino y espiritual, ajeno al pecado de la carne. En el tono de Abelardo se percibe el arrepentimiento cristiano: "Tú sabes a qué bajeza arrastró mi desenfrenada concupiscencia a nuestros cuerpos. Ni el simple pudor, ni la reverencia debida a Dios fueron capaces de apartarme del cieno de la lascivia, ni siquiera en los días de la Pasión del Señor o de cualquier otra fiesta solemne". Por otra parte, las misivas de ella eran apasionadas y ardientes. No creía en la existencia de la virtud y su fe siempre parecía vacilar. No duda en recordarle a su amado los fogosos momentos vividos:

> Allí hacia dónde me vuelvo aparecen ante mis ojos y aquellos deleites despiertan otra vez mi deseo […] Aun durante las solemnidades de la misa, cuando la plegaria debería ser más pura que nunca, imágenes obscenas asaltan mi pobre alma y la ocupan más que el oficio. Lejos de gemir por las faltas que cometí, pienso suspirando en aquellas que no puedo cometer más…[36]

Decidida a recordarle los momentos vividos y a mantener su actitud de amante, Eloísa desacraliza en sus cartas el velo que se había impuesto. Siempre le recordó a Abelardo que era un hombre de carne y que el motivo por el que ella había renunciado al mundo era su amor. El erotismo palpitó siempre en su sangre, la fuerza de la verdad que arroja

---

[36] Abelardo y Eloísa, *Cartas*.

sus palabras le ayudó a aplacar la maldición de su destino: "Para hacer la fortuna de mí la más miserable de las mujeres, me hizo primero la más feliz, de manera que al pensar lo mucho que había perdido fuera presa de tantos y tan graves lamentos cuanto mayores eran mis daños".[37]

Las cartas sobrevivieron como manifestación de un vínculo inquebrantable entre los amantes, prueba fehaciente de la intensidad de lo vivido. Ella se aferró a él con sus palabras y mantuvo su ardor intacto. Abelardo fue el amado, se dejó querer en la distancia sin dejar de recomendar a la apasionada darle un cauce espiritual al ardiente furor de sus palabras. Siempre inclinado por la razón y la lógica, trató de explicar de ese modo sus sufrimientos. Mientras que Eloísa vivió y argumentó con la fuerza avasalladora de las emociones, sus misivas se debatieron entre la ternura y la ira, la compasión y la impotencia. Resaltó lo absurdo de la vida, expresó el furor de su pasión mutilada y alimentó el fuego de sus recuerdos y de lo irrepetible de esos momentos. Fue la enamorada rebelde, sin remedio, que con sus cartas abrió el camino para desfogar su soledad y desespero:

> Tú pudiste resignarte a la cruel desgracia, incluso llegaste a considerarla un castigo al que te habías hecho acreedor por transgredir las normas. ¡Yo, no! ¡No he pecado! Solo amo con ardor desesperado; cada día aumenta mi rebeldía contra el mundo y crece más mi angustia. ¡Nunca dejaré de amarte! ¡Jamás perdonaré a mi tío, ni a la iglesia, ni a Dios, por la cruel mutilación que nos ha robado la felicidad![38]

En abril de 1142, el perpetuo inconformista contaba con 63 años y estaba enfermo. Reflejaba una serena melancolía y recordaba los momentos más significativos de su vida. Su espíritu combativo indiscutiblemente hizo significativos aportes a la lógica y a la dialéctica de su tiempo, tal como se habría de reconocer en siglos posteriores. Pero ninguno de esos recuerdos tiene la fuerza de aquellos que evocan las tardes de

---

[37] *Ibíd.*
[38] *Ibíd.*

amor con Eloísa, ni el valor de sus innumerables misivas que incansables le llegaron durante años.

Abelardo, con los ojos cerrados y la colección de cartas de su amada entre sus manos, repasó de memoria los párrafos más apasionados. Todos sus recuerdos recaen sobre Eloísa como si no hubiera existido nada más importante que los ardientes instantes vividos. Casi podía revivirlos. Todo lo demás se desvanece. Incluso el dolor y el sufrimiento, apozados durante años en su espíritu y su cuerpo. La sonrisa de Eloísa lo acompañaba a entrar en su última morada:

> Mas, yo te prometo que he de procurarte el descanso que no conseguiste en vida. Ni siquiera aquella Iglesia que tanto amaste ha sido justa contigo, te han condenado tus escritos, has sido perseguido y sufrido un sinfín de injusticias, solo por la valentía de expresar lo que piensas, sin importarte el desacuerdo con los poderosos, sean obispos, reyes, papas, santos o concilios.[39]

Al enterarse de la muerte de su amado, Eloísa pidió a Pedro el Venerable, abad de Cluny, el traslado de los restos de Abelardo al Paráclito, donde ella les dio sepultura. Veintidós años después ella murió y pidió ser enterrada en el mismo sepulcro de su amado y que se plantara un rosal sobre la tierra que los recubría.

Aunque la Revolución Francesa suprimió el Paráclito en 1792 y lo vendió en beneficio del Estado, el sepulcro de Abelardo y Eloísa se conservó. En 1817, los restos se trasladaron a una tumba común en el cementerio de Père Lachaise, en París, donde reposan actualmente.

---

[39] *Ibíd.*

Los amantes de Teruel

La historia de los amantes de Teruel ha sido transmitida de generación en generación.[40] Para unos es una hermosa leyenda, pero algunos investigadores, como José Luis Sotoca García,[41] consideran que fue una historia real. Este autor, en su obra *Los amantes de Teruel*, rescató los aspectos históricos del relato tradicional y les dio relevancia a diversos documentos históricos, como el que se encuentra en el libro de protocolos del notario Juan Yague de Salas, de 1619,[42] año en el que se dice que, tras estar perdido durante 300 años, reapareció un pliego en el que se lee: "En este año se hallaron los amantes de esta ciudad".[43] También se mencionan otros documentos históricos en los que se hace referencia a estos amantes, como "la copia de Lardies" y "el Pliego de San Pedro".[44] A estos se dice que tuvo acceso el escritor romántico Juan Eugenio Hartzenbusch, quien utilizó tanto documentos históricos como relatos legendarios para popularizar la historia en una de sus más famosas obras, conocida como *Los amantes de Teruel*, publicada en 1837.

Según los pliegos, los amantes vivieron en Teruel durante los primeros años del siglo XIII. Diego de Marcilla[45] estuvo enamorado desde

---

[40] Este relato aparece de forma muy similar en el *Decamerón* de Bocaccio, cuarta jornada, cuento octavo.

[41] Sotoca profundiza también en las obras literarias que la leyenda de los amantes de Teruel ha inspirado, por ejemplo la obra *Triste deleitación*, un documento de 1458, en el que se cita a los enamorados a *Marcilla y su dama*. También hace referencia a las obras de Pedro de Alventosa, Pedro Laynez y del poeta Antonio Serón. También en el Siglo de Oro, Tirso de Molina y Juan Pérez de Montalbán se inspiraron en la historia de amor, entre otros.

[42] Escritor español del Siglo de Oro que fue, además, escribano, notario y archivero del Consejo de Teruel, famoso por popularizar la historia de los amantes.

[43] En la actualidad, el libro de protocolos se encuentra en el Archivo Histórico Provincial de Teruel.

[44] Llamado así por ser encontrado en la parroquia de San Pedro de Teruel.

[45] En algunos documentos históricos aparece como Juan de Marcilla.

niño de Isabel Segura, una preciosa vecina suya que le correspondía a su amor. Con el pasar de los años la pasión de los jóvenes fue creciendo y Diego anhelaba hacer a Isabel su esposa. Ella deseaba lo mismo, pero no quería contrariar a sus padres, pues don Pedro Segura, padre de la muchacha, no aprobaba la relación, porque el pretendiente no tenía herencia y era un segundón sin los recursos económicos suficientes para igualar la fortuna de su hija. No obstante, Diego no se resignó a renunciar al amor de su vida, por lo que pidió al padre y a su amada un plazo de cinco años, con el fin de conseguir la fortuna y prestigio necesarios para ser aceptado en la familia de Isabel.

La joven accedió gustosa y el padre aceptó con cierta reticencia a darle al enamorado el tiempo que necesitaba. Diego partió a África en busca de aventuras, gloria y dinero. No escatimó esfuerzos para conseguir sus objetivos: luchó valientemente en batallas contra los moros y, pasados los cinco años, regresó exhausto a Teruel, rico y famoso. Corría el año 1217. La ciudad estaba alegre y engalanada para una boda. Los familiares de Marcilla lo recibieron con admiración, orgullo y profundo cariño. Su padre, feliz de volver a verlo, lo abrazó y festejó su llegada. No obstante, Diego se enteró, al cabo de poco tiempo, que las campanas de boda y el espíritu festivo de Teruel se debían al desposorio de su amada Isabel Segura con el prominente Pedro Fernández de Azagra.

A pesar del profundo amor que Isabel le profesaba a Diego, durante la ausencia de este la muchacha se había visto muy presionada por su padre para efectuar una boda adecuada. Don Pedro Segura no esperaba que el segundón volviera con fortuna alguna y, ante todo, deseaba ver bien casada a su hija. Por este motivo, al cabo de los cinco años pactados, ese mismo día se celebró el matrimonio con Azagra. La dócil muchacha no deseaba contrariar a sus padres, pero aún seguía enamorada de Diego. Aunque la melancolía y tristes pensamientos la embargaban, Isabel llegó al altar sin que en su rostro se notara emoción alguna.

La noticia de la boda hizo bullir en el corazón de Diego sentimientos contradictorios. A pesar de la felicidad de volver a ver a su familia, sobre todo a su padre, después de tanto tiempo, una dolorosa ira lo embargó hasta lo más profundo de su ser. Deseó volver a ver a Isabel. Necesitaba escucharle decir que no lo amaba y que pertenecía a otro hombre. Marcilla esperó a que sus propios parientes se retiraran a descansar tras la emocionante bienvenida que le ofrecieron. Pese a su fatiga por el viaje, fue a buscar a Isabel en su agasajo de bodas.

Diego logró pasar inadvertido en medio del jolgorio y esconderse en una de las habitaciones. Allí, agazapado tras unas cortinas, esperó el momento adecuado para hablar con Isabel. Por su parte, la joven, que ya había sido informada del regreso de su amado a Teruel, se encontraba muy nerviosa y poco dispuesta para una noche de bodas con Azagra. Al finalizar el convite, le suplicó a su marido que la dejara descansar esa noche. Tras insistirle, sin éxito, en lo mucho que deseaba estar con ella, Azagra aceptó no consumar la boda esa noche y al cabo de un rato se quedó dormido. Isabel se mantuvo despierta pensando en Marcilla.

El enamorado, que se había escondido en los cortinajes de la habitación, surgió de la oscuridad con sigilo y le reiteró su profundo amor a Isabel. El corazón de la muchacha palpitó desesperado. Isabel deseaba arrojarse en brazos de su amor, pero el pudor la contuvo. Con actitud impasible, respondió a Diego que ella no podía corresponder a su amor. Su dueño, aclaró, era su reciente esposo y ella no debía hacer nada que manchara su dignidad. Con los ojos anegados en llanto, Diego suplicó a su amada un único beso antes de partir, pero ella se negó aduciendo que no era correcto que una mujer de bien como ella pusiera en juego su honra ni el honor de su marido por la debilidad de una pasión.

El enamorado insistió, mas Isabel mantuvo su palabra y su virtud intactas. No dio a otro hombre lo que pertenecía a su marido. Incapaz de resistir semejante rechazo, luego de todos los padecimientos y esfuerzos sufridos por ella, Mancilla sintió un profundo desgarro en su corazón y cayó sin vida a los pies de aquella a la que suplicaba amor. Isabel, aterrada y conmovida, despertó a su esposo y le explicó lo sucedido. Ese hombre, ahora muerto, la amaba, pero ella había mantenido su honor intacto. Azagra, con sigilo, se deshizo del cadáver arrastrándolo hasta el portal de la casa de los Mancilla, para que sus familiares lo enterraran.

Al día siguiente de la fastuosa boda, fueron campanas fúnebres las que resonaron en Teruel. Isabel, vestida de luto, cubierto incluso el rostro con velo negro, asistió a la parroquia de San Pedro, donde Diego fue velado. Al ver el triste rostro inmóvil de su amado, la mujer no fue capaz de contenerse y estrechó su cuerpo en un profundo abrazo mientras besaba sus labios con fervor. En ese instante, mientras sellaba con sus labios un pacto de amor en el más allá, Isabel falleció.

Los familiares de los trágicos enamorados se conmovieron profundamente con los sucesos y decidieron enterrarlos juntos en un mismo sepulcro donde incluso en la actualidad pueden ser visitados. Para aquellos que dudan de la veracidad de estos hechos, la última parte del "pergamino de San Pedro" tiene una particular aclaración, según la cual en el ataúd del amante se halló un pergamino en el que se puede leer: "Este es Diego Juan Martínez de Marcilla que murió de enamorado".

Francesca de Rimini y Paolo Malatesta

Así bajé desde el primer círculo al segundo, que contiene menor espacio y dolores tanto mayores, que se truecan en alaridos. Allí tiene su tribunal el horrible Minos, que rechinando los dientes, examina mientras entran los culpables, y juzga [...] cuando se le presenta el alma de un pecador, le hace confesar todas sus culpas, y como es tan conocedor de ellas, ve qué lugar del Infierno le corresponde, y enrosca su cola tantas veces, cuantas indica el número del círculo al que la destina. En su presencia están siempre multitud de almas, que unas tras otras van acudiendo al juicio; declaran, oyen su sentencia y caen precipitadas en el abismo. [...]

Entonces comenzaron a hacerse perceptibles las dolientes voces; a tal punto que los agudos lamentos hirieron mis oídos. Me encontré en un sitio privado de toda luz, que rugía como el mar en tiempo de tempestad, cuando está combatido por vientos contrarios. El infernal torbellino, que no se aplaca jamás, arrebata en su furor los espíritus, los atormenta revolviéndolos y golpeándolos; y cuando llegan al borde del precipicio, se oyen el rechinar de los dientes, los ayes, los lamentos, y las blasfemias que lanzan contra el poder divino. Comprendí que los condenados a aquel tormento eran los pecadores carnales que someten la razón al apetito; y como en las estaciones frías y en largas y espesas bandadas vienen empujados por sus alas los estorninos, así impele el huracán a aquellos espíritus perversos, llevándolos de aquí allá y de arriba abajo, sin que pueda aliviarlos la esperanza, no ya de algún reposo, mas ni de que su pena se aminore. Y a la manera que pasan las grullas entonando sus gritos y formando entre sí larga hilera por los aires, del mismo modo ví que llegaban las almas exhalando sus ayes, a impulsos del violento torbellino.[46]

En su recorrido por el Infierno, en el círculo segundo, el de los lujuriosos, Dante[47] sintió un profundo asombro y un gran temor por los lastimeros quejidos de quienes fueron condenados por sus amores ilícitos. Virgilio, guía del viajero por el Infierno, le explicó cómo un terrible torbellino arrastra a esos pecadores de un lado a otro sin tener momento alguno de reposo ni alivio a su pena. Deambulan sin cesar, formando una inmensa legión de sombras en el aire mientras exhalan desgarradores gemidos que parecen inundarlo todo: "Y a más de mil sombras señaló, y me nombró a dedo, que Amor de nuestra vida les privara".[48] Recorriendo el sombrío y siniestro lugar, entre los múltiples condenados Dante encontró a una pareja que lo conmovió profundamente, a tal punto que se detuvo en el funesto lugar a escuchar su historia. La atormentada mujer, llamada Francesca, le explicó:

> El amor se apoderó del corazón de quien me acompaña y produjo en este una pasión irresistible por el hermoso cuerpo que me arrebataron de un modo que aún me ofende recordarlo.

> Amor, que a todo amado a amar le obliga, prendió por este en mí pasión tan fuerte que, como ves, aún no me abandona.

> El amor nos condujo a morir juntos y aquel que nos mató caerá en Caína.[49]

El doloroso asombro que produjo en Dante el sufrimiento de los amantes lo llevó a preguntarse cómo un dulce amor y la ebriedad del

---

[46] Dante Alighieri, *La divina comedia*, canto v, círculo segundo de los lujuriosos.

[47] El trágico destino de Paolo y Francesca fue inmortalizado por un contemporáneo suyo, Dante Alighieri, en *La divina comedia*.

[48] Dante, *La divina comedia*, Infierno, canto v.

[49] Caína es el lugar en el Infierno donde son castigados los traidores y asesinos de sus familiares.

placer los condujeron a tan lamentable estado. Sintió curiosidad por conocer detalles de su historia y comprender cómo se había encendido en ellos la pasión que los condenó eternamente. Francesca respondió a Dante: "ningún dolor es más grande que acordarse de tiempos dichosos en la desgracia"; no obstante, le relató su historia. Como muchos de los condenados que aparecen en *La divina comedia*, Francesca y su amado Paolo fueron personajes históricos que vivieron en la Italia del siglo XIII.

Durante esa época dos familias italianas, los Polentas de Ravena y los Malatesta de Rimini, se enfrentaban por el poder. Finalmente, Malatesta de Verrucchio, señor de Rimini, consideró oportuno casar a su hijo mayor y heredero, Giovanni, con Francesca, hija de Guido da Polenta, señor de Ravena.

Giovanni Malatesta era un muchacho inteligente y buen guerrero, pero poco afortunado en su apariencia física; era realmente feo, no muy simpático y de temperamento irascible. Para evitar que por la poca gracia del joven la propuesta matrimonial fuera rechazada, la familia decidió enviar a Ravena al atractivo y carismático hermano menor, Paolo, a pedir la mano de Francesca y arreglar los asuntos del matrimonio en nombre de Giovanni, quien era conocido por todos como Gianciotto.

Al ver a Paolo, Francesca se prendó de él, pues el joven reunía todos los requisitos de gallardía para ser adorado por las damas. Además de apuesto, era inteligente, alegre, de carácter decidido y tono jovial. Al enterarse de que no era él su prometido, Francesca sintió una gran desilusión. Por otra parte, Paolo ya estaba casado con Orabile Beatrice di Ghiaggiuolo y tenía dos hijos con ella. Sin embargo, al viajar juntos la atracción entre ellos se incrementó. Francesca disfrutó del trato amable, los modales refinados y la conversación culta de Paolo. Tras el alegre viaje, al llegar a la casa de su nueva familia, la joven vio la realidad que le esperaba y sintió desfallecer. El hombre con el que se había comprometido no se parecía en nada al admirado Paolo; junto a él su futuro esposo parecía un ser repugnante, de temperamento hosco y poco gentil. A pesar de su disgusto, a sus 16 años Francesca contrajo matrimonio con

Gianciotto y selló con su boda un acuerdo de paz que puso fin a una larga guerra de familias.

Francesca jamás vio grandeza alguna en su marido; tan solo le inspiraba miedo su carácter violento. A pesar del fracaso que para ella significó el matrimonio, comenzó a disfrutar de los placeres prohibidos que conducen al Infierno. Soñaba con Paolo, quien a su vez continuó dedicándole tiempo, miradas y tiernas sonrisas.

Durante muchos años el amor prohibido de la pareja creció en silencio hasta una tarde de 1285 en que, juntos, Paolo y Francesca, leían sobre el apasionado amor de Lanzarote, el caballero de Arturo, por la reina Ginebra. Mientras avanzaban en la lectura se fueron sintiendo invadidos por un impulso incontenible que les estremeció la piel. Sus ojos se encontraron y sus rostros palidecieron. La lectura del libro les insufló un deseo impetuoso que los arrastró a un beso trémulo en los labios. La lectura se interrumpió y se abandonaron a la pasión.

En ese instante, los sorprendió Gianciotto, quien desató toda la fuerza de su ira. Con furia desenvainó su espada y asesinó a la pareja que irremediablemente fue arrojada al Infierno, condenada a estar junta por toda la eternidad. Su amor fatal los hizo vivir cortos instantes de intensa felicidad y una condenación eterna. En el ánimo de los amantes no existió nada distinto a la pasión que se apoderó de sus espíritus. Arrastraron consigo culpa y castigo hasta el Infierno, donde fueron encontrados por Dante, quien se conmovió a tal punto con su lamento que él mismo sintió desfallecer.

La triste historia de Paolo y Francesca es, sin duda, uno de los más recordados episodios de *La divina comedia*, de Dante Alighieri. Ha inspirado tanto obras pictóricas como literarias, entre ellas el drama de *Francesca da Rimini*, de Gabriele D'Annunzio, publicado en 1902, y la *Historia de Rimini*, de Leigh Hunt, de 1816. El escritor argentino Leopoldo Lugones escribió un cuento titulado *Francesca*. Del mismo modo, compositores como Tchaikovski, Riccardo Zandonai y Rajchmáninov, entre otros, se inspiraron en la historia de Francesca da Rimini e incluso con su nombre titularon sus obras. Se dice también que la obra cumbre del escultor Rodin, titulada *El beso,* de 1888, estuvo inspirada en dichos amantes y que el poeta mexicano Amado Nervo también se refiere a ellos en su poemario *Perlas negras,* escrito a principios del siglo XX, al que pertenece el siguiente fragmento:

> El vals es vértigo: ¡valsemos!
> ¡Que viva el vértigo, mujer!
> Es un malstrom: encontraremos
> en su vorágine el placer.
> Valsar, girar, ¡qué bello es eso!
> valsar, girar, perder el seso,
> hacia el abismo resbalar,
> en la pendiente darse un beso,
> morir después... Valsar, girar...
> Paolo, tu culpa romancesca
> viene a mi espíritu; Francesca,
> unida siempre a Paolo vas...
> ¡Impúlsanos, funambulesca
> ronda! ¡más vivo! ¡mucho más...!
> Valsar, girar, ¡qué bello es eso!
> valsar, girar, perder el seso,
> hacia el abismo resbalar,
> en la pendiente darse un beso,
> morir después: valsar, girar...

Inés de Castro y Pedro de Portugal

Viajero, si un día llegas a Portugal y tus pasos te llevan ante la iglesia de Alcobaça, entra en este viejo templo de los monjes de Císter. Bajo las altas bóvedas de la nave mayor hallarás dos sepulcros que guardan desde hace seiscientos años los cuerpos de una dama española, Inés de Castro, y del rey Pedro I de Portugal. El rey mandó grabar en su sepulcro la historia de su amor a Inés, una historia trágica y sublime que llena de pasión la Edad Media y que vamos a resucitar. Las piedras de Alcobaça te piden una oración por el alma de Inés de Castro y del rey I de Portugal. Corría por las tierras de Castilla el año 1336 de nuestro Señor. [50]

Ese año se selló un fatídico acuerdo para casar a la noble Constanza de Castilla con el infante Pedro, heredero al trono de Portugal. De esa unión, convenida por las familias, se esperaba conseguir paz entre los reinos y fuerza unida para luchar contra los musulmanes que en esa época invadían la Península Ibérica. En un tiempo en el que los matrimonios prestigiosos se efectuaban por razones políticas y con el beneplácito de los padres, una pareja de enamorados se atrevió a desafiar las convenciones morales, políticas y sociales y pagó un alto precio por ello. No obstante, y a pesar de todos los detractores de su amor, la pasión que se profesó la pareja proscrita atravesó el umbral de la vida y se consolidó en la muerte.

---

[50] Voz en *off* con que inicia la película *Inés de Castro* (Faro Films y Films Lumiar), cinta de 1944 dirigida por el portugués J. M. Leitão de Barros, bajo la dirección artística del español Manuel García Viñolas. Se basó en la obra *A paixão de Pedro*, de Alfonso López Vieira de 1943. Citado en *Fascismo, kitsch y cine histórico español, 1939-1953*, de Luis Mariano González González.

Inés de Castro pertenecía a la nobleza de Galicia. Su padre Pedro Fernández de Castro era nieto del rey Sancho IV de Castilla y León, conocido como *El Bravo*. Pedro fue un valiente luchador contra los moros, ejerció como señor de Monforte de Lemos y contrajo matrimonio dos veces, pero ninguna con la madre de Inés. La niña fue producto de una relación extramarital con Aldonza Lorenzo de Valladares, quien pertenecía a la nobleza portuguesa y había nacido en Galicia. De esta unión ilícita nació en 1325 como hija bastarda doña Inés de Castro en la comarca de la Limia en Galicia.

Huérfana de madre a temprana edad, Inés fue enviada al castillo de Peñafiel en Valladolid para ser educada en el palacio del escritor y político don Juan Manuel, duque de Villena, junto con la hija de este, Constanza Manuel. Las muchachas, además de ser primas, se hicieron amigas y confidentes, a tal punto que cuando Constanza fue prometida a Pedro, hijo de Alfonso IV, rey de Portugal, pidió a Inés que fuera con ella en calidad de dama de compañía. El infante Pedro ya había estado casado en primeras nupcias con Blanca de Castilla y Aragón, pero dicho matrimonio jamás se consumó por la debilidad física y mental de la joven.

En 1339, las jóvenes llegaron a la corte de Portugal y el infante heredero, aunque comprometido con Constanza, sintió su corazón inflamarse de pasión por Isabel quien, a pesar de su noble estirpe, se expuso a las murmuraciones por responder intensamente al difícil amor que Pedro le ofrecía. El matrimonio entre Constanza y Pedro se llevó a cabo según lo acordado. Sin embargo, el respetuoso afecto que Pedro sintió por su esposa en nada se pareció a la agitada pasión que en él despertó Inés.

Los atormentados celos de Constanza generaron habladurías y compasión en la corte. La legítima esposa, mujer abnegada que sufrió en relativo silencio los avatares de un destino triste, con aire de padecida resignación, procuró mantener una actitud serena y aplomada ante la gente, aunque muchos alcanzaron a percibir las tribulaciones que la esposa, desamada por su esposo y traicionada por su amiga, vivía en su interior. Incluso llegó a pedir a Inés ayuda en el cuidado de sus pequeños con la errónea esperanza de lograr que tal compromiso la hiciera desistir del romance con su esposo.

A pesar del ardiente interés de Pedro por Inés, Constanza tuvo tres hijos con su marido: Luis, nacido en 1340, quien tan solo vivió ocho días; María, quien vino al mundo en 1342 y llegó a casarse con el infante Fernando de Aragón, y Fernando, en 1345, quien llegó a ser coronado rey de Portugal. Pocos días después del nacimiento de su tercer hijo y desilusionada del desamor que le fue dado vivir, Constanza murió durante el puerperio.

Tras la muerte de su esposa, Pedro intensificó su relación con Inés quien, a pesar de la viudez del infante, no fue aprobada por la corte ni por el rey Alfonso, quien envió a Inés al exilio. El monarca pensó equivocadamente que la distancia física mitigaría el ardor de los amantes.

Haciendo caso omiso a los reproches de su padre, el rey de Portugal, Pedro rescató a su amada del destierro y se fue a vivir con ella lejos de la corte. Durante ese tiempo tuvieron cuatro hijos: Alfonso, nacido en 1346, murió poco después de nacer; Beatriz, quien nació al año siguiente; Juan, en 1349, y Dionisio, en 1354. Ese mismo año, nueve después de la muerte de Constanza y habiendo convivido todo ese tiempo como amantes, a pesar de la franca oposición de varios miembros de la corte, Pedro finalmente se casó, en secreto, con el amor de su vida. Un matrimonio clandestino al que pocos servidores asistieron, por lo que la santificación de esa unión no pudo ser absolutamente comprobada. Nadie logró precisar con exactitud los detalles necesarios para que ese matrimonio fuera legítimamente aprobado.

Para ese entonces la pareja vivía en Coimbra, en una villa cerca al convento de Santa Clara, conocida posteriormente como Quinta das Lágrimas. Inmediatamente corrió el rumor del matrimonio, el rey de Portugal fue asediado por sus consejeros. Todos estaban preocupados porque, según argumentaban, ese matrimonio oscuro afectaría la sucesión del reino, ya que se producirían disputas entre el heredero legítimo de Pedro con Constanza y los bastardos engendrados por Inés. Pero en la corte de Portugal también estaban temerosos de la influencia de Inés y su familia en las decisiones de Pedro, quien era heredero directo al trono. Si Inés ascendía como reina de Portugal, su familia tendría demasiado poder y eso era algo que no consideraban conveniente ni estaban dispuestos a aceptar. Quienes con mayor cizaña instigaron al rey contra Inés fueron Alonso Gonzálvez, Diego López Pacheco y Pedro Cohelo, acérrimos enemigos de la familia de los Castro.

A pesar de lo aterrador de la decisión, el padre de Pedro, el propio rey Alfonso IV de Portugal, aceptó dar muerte a la amada de su hijo por considerar el suyo un amor impropio para las necesidades del reino. Aprovechando una ausencia de su hijo, quien había salido a una cacería, el rey, determinado a acabar con la vida de la infortunada amante, se dirigió al monasterio de Santa Clara, cercano a la Quinta das Lágrimas en Coimbra, donde se alojaba Inés con sus hijos cuando el infante Pedro se encontraba de viaje. Gonzálvez, Cohelo y López Pacheco acompañaron al monarca para dar fin a la vida de la dama gallega que con su amor desequilibraba un reino. No valieron las súplicas y los lamentos de Inés ni de los propios nietos del rey, que se abrazaban a su madre. En el jardín, la mujer fue cruelmente apuñalada y luego degollada en presencia de sus propios hijos. Estos infaustos sucesos ocurrieron el 7 de enero de 1355.

Cuando Pedro se enteró de lo sucedido a su amada, su dolor no tuvo límite y se enfrentó en encarnizadas batallas contra su padre. Su madre, la reina Beatriz, intercedió desesperada entre su marido y su hijo, pero tan solo consiguió una precaria paz. Tras dos años difíciles, el rey Alfonso murió en 1357. Su hijo ascendió al trono como Pedro I de Portugal y entonces tuvo el poder necesario para vengar a Inés. Persiguió con ferocidad a los instigadores de su muerte. De los tres, consiguió tener a dos de ellos bajo el poder de su ira, Gonzálvez y Cohelo, pero Diego López logró escapar.

Cuentan los que se han dedicado a recrear esta historia[51] que la venganza de Pedro fue terrible. Esperó a los hidalgos criminales en su palacio de Santarém, adonde llevaron a Gonzálvez y a Cohelo, agotados, atados

---

[51] Existen muchísimos estudios e interpretaciones literarias artísticas e históricas sobre este episodio, señaladas por Adrien Roig en su *Inesiana ou Bibliografia geral sobre Inés de Castro*. Para citar algunas, entre las más populares se encuentran *Corona de amor y muerte*, de A. Casona, 1955, y *D. Pedro e D. Inés*, de Antero de Figueiredo; *La Castro*, del poeta Antonio Ferreira; *Reinar después de morir*, de Luis Vélez de Guevara.

de pies y manos. Indignado por no haber podido capturar al tercero, el rey volcó su ira contra los que tenía enfrente. Los torturó con placer, como si sus aullidos de dolor le amortiguaran el suyo propio, como si de la sangre que veía brotar de los lacerados cuerpos de los asesinos de Inés pudiera brotar de nuevo su amada. En un estado de alucinación eufórica, el monarca quiso extender el sufrimiento de los capturados todo lo que le fue posible. Hierro candente, sogas y cuchillos fueron insuficientes para aplacar su insaciable sed de venganza. "¡Sus corazones!", gritó el enardecido rey, "¡quiero sus corazones en mi mano!". Los soldados acataron las órdenes de su gobernante y arrancaron de un tajo los órganos palpitantes de los torturados. Pedro, frenético, los tomó en sus manos, los estrujó buscando compensar así la muerte de su amada; luego, como una fiera herida, los despedazó a mordiscos desfogando así su odio, su ira y su dolor mientras la sangre chorreaba por la comisura de sus labios. Agotado por la orgía sangrienta, el monarca se retiró a sus aposentos privados con espíritu melancólico.

En 1360, el rey Pedro I de Portugal aseguró bajo solemne juramento, en la declaración de Cantanhede, que un año antes de la trágica muerte de Inés ambos habían contraído matrimonio en secreto. Aunque no se encontraron más pruebas que la palabra del monarca, con el juramento real Inés alcanzó, tras su muerte, el rango de reina y sus hijos fueron considerados legítimos.

Luego del reconocimiento de su amada como reina, Pedro ordenó exhumar el cadáver de Inés. La hizo engalanar con un hermoso traje y llevarla a la sala principal de su palacio, donde se encontraban dos tronos. Él se sentó en uno de ellos y los restos mortuorios de Inés fueron ubicados con cuidado en el otro, para que quien entrara tuviera la impresión de verla allí sentada. Un oscuro velo cubría su descarnado rostro y sobre su cabeza brillaba la corona real. Los brazos descansaban sobre las piernas y entre los suntuosos encajes del vestido eran perceptibles las huesudas y corroídas manos.

Cuando consideró que todo estaba dispuesto, el rey llamó a toda la corte, incluido su legítimo heredero, para efectuar una macabra ceremonia: ordenó que cada uno le rindiera a Inés los honores debidos a una reina. En silencio, los altivos hidalgos y demás miembros de la corte se inclinaron ante la muerta y besaron con cuidado su descompuesta y putrefacta mano. Todo se efectuó en la más rigurosa solemnidad, ya que ninguno deseaba contrariar la voluntad del irascible monarca, apodado *El Justiciero*:

> De otra manera entendí
> Que fuera Inés coronada,
> Mas pues no lo conseguí,
> En la muerte se corone.
> Todos los que estáis aquí
> Besad la difunta mano
> De mi muerto serafín.
> Yo mismo seré rey de armas
> ¡Silencio, silencio oíd!
> Esta es la Inés laureada,
> Esta es la reina infeliz
> Que mereció en Portugal
> reinar después de morir.[52]

Al considerar que su pueblo había reconocido a su amada como reina, Pedro dispuso para ella suntuosos funerales. En la iglesia de Alcobaça se esculpió para Inés un túmulo funerario en mármol blanco con una efigie coronada. Allí fueron trasladados sus restos en solemne procesión. Junto a esta tumba Pedro hizo construir su propia sepultura, de tal modo que los monumentos se tocaran los pies para que el día de la resurrección de los muertos, tras el Juicio Final, la primera imagen que él pudiera contemplar al levantarse fuera la de su amada Inés. El hermoso monumento funerario puede ser visitado en la actualidad.

---

[52] Luis Vélez de Guevara, *Reinar después de morir*, 1652.

Amores sombríos
a través de los siglos

Desde el siglo XIV, pero con particular énfasis durante los siglos XV y XVI, Europa comenzó a vivir un turbulento proceso de transformación cultural. Con la aparición de los burgueses y de la imprenta sucedieron profundos cambios sociales y económicos. La religiosidad adquirió un particular cariz siniestro con el establecimiento de la Inquisición en España, las guerras religiosas entre católicos y protestantes, la persecución a los herejes y la demonización de los turcos musulmanes. El mundo se ensanchó tras el descubrimiento de América, y las ansias de los aventureros por recorrerlo fueron más intensas. Fue época de navegantes, descubridores, banqueros y científicos, de intrigas palaciegas, de inquisición, torturas y hogueras. Las supersticiones y los miedos atávicos lucharon ferozmente contra la razón y el espíritu científico por apoderarse del alma humana. Muchos creyeron que la imperante razón estaba ganando la partida. Pero siempre existirá una fisura en el muro de lo racional para recordarles a los humanos que sus más absolutas certezas son frágiles y deleznables. Las moiras, tejedoras del destino de los hombres, con cierto sarcasmo incluyen la pasión amorosa y la muerte en sus vidas. Agazapadas, viven siempre al acecho, como una desgarradora realidad o como una fantasía latente, buscando el instante aciago para ilusionar a los mortales con un reflejo de amor y arrastrarlos a su condena.

A partir del Renacimiento, con la exaltación del individuo y el *humanismo*, curiosamente parecieron desatarse, o por lo menos permanecer en la memoria de la historia, unas desbordantes expresiones de amor *egoísta* en las que se hicieron más patentes la locura de los celos y las pasiones unilaterales obsesivas.

Se hizo, quizás, más evidente el halo oscuro tras la aparente bondad del autosacrificio. Aquel que se entrega espera siempre algo a cambio, quiere que su amado sienta el peso de su amor, de su dolor y de su pena, de su vida y, en algunos casos, de su muerte. Ya no es suficiente ofrecer el alma al ser amado, como lo hacían los caballeros medievales. Desde los albores del mundo moderno muchos de los amantes buscan arrastrar consigo, al menos en parte, a la víctima de su adoración. La pasión se fundió con el egoísmo y la destrucción.

En el escenario de relatos amorosos memorables comenzaron a tener mayor relevancia amores engendrados en un alma atormentada, similares a una enfermedad del espíritu que busca desesperadamente aferrarse a un amante para no caer en el abismo del hastío. Amores que llevan en sí mismos el sino de la locura y la destrucción, relaciones que se regodean en el delirio y la intensidad, amores extremos que oscilan entre la devoción casi mística y el odio descarnado. Más que amores malditos, son seres malditos los que aman. Malditos no solamente porque al amar contravengan normas establecidas, sino porque vivir esa ilusión de amor es quizás la única razón verdadera que tuvieron para justificar su existencia en un mundo gris. En muchos aspectos, al parecer dejando atrás los idealismos del amor cortés de la baja Edad Media, el amor, desde principios del capitalismo, comenzó a pasar factura.

Romeo y Julieta

Este es quizás el más popular de los amores malditos de la historia. Un amor imposible por culpa del odio existente entre dos prestigiosas familias y el fallido intento de la pareja por desafiar todos los obstáculos a su amor, que solo los condujo a la fatalidad. Escrita por William Shakespeare en 1597, es una de sus obras más famosas, junto con *Hamlet* y *Macbeth*.

No obstante, la trama tiene varios antecedentes, por lo que existen diversas teorías sobre los relatos de los siglos xv y xvi que inspiraron a Shakespeare.[53] Incluso relatos clásicos de la Antigüedad, como la historia de Príamo y Tisbe[54] (narrada por Ovidio en su *Metamorfosis*, de finales del siglo i a. C.), plantearon un conflicto similar, cuyas víctimas –jóve-

---

[53] Según algunos teóricos, Shakespeare se inspiró en un poema narrativo de un autor inglés, Arthur Brooke, quien murió en 1563. A su vez, es posible que Brooke se haya apoyado en la traducción francesa de un cuento del italiano Matteo Bandello (1485-1561). Otros aseguran que originalmente fue una leyenda de Siena que Masuccio Salernitano utilizó en el siglo xv como argumento de una narración de la cual se generó la tradición literaria. Se dice, según esta teoría, que quien transfirió por vez primera la acción de Siena a Verona y le atribuyó un origen histórico fue Luigi da Porto en su narración *Giulietta e Romeo*, escrita en 1524. Da Porto, quien fue hidalgo, escritor y soldado, sitúa el desarrollo de su historia entre 1300 y 1304. El mismo Da Porto infiere de un verso de la divina comedia de Dante la rivalidad entre los Montesco y los Capuleto. Dicha rivalidad es el obstáculo del amor entre los jóvenes. También Lope de Vega escribió un drama similar, titulado *Castelvines y Monteses,* y Luigi Groto es el autor de una historia parecida, *Adriana*.

[54] Según la leyenda, Príamo y Tisbe vivían en la ciudad de Babilonia, y sus casas estaban separadas solo por una pared. A pesar del profundo amor que se profesaban, no podían casarse por causa de una terrible enemistad entre sus respectivas familias. Aunque no podían hablarse en público, la pareja encontró un agujero en la pared por el que podían declararse frases de amor. Fue tan intenso su amor que acordaron escaparse. Tisbe llegó al lugar acordado y se sentó a esperar a Príamo, pero una leona llegó y obligó a la joven a buscar refugio. Al llegar al punto de encuentro, Príamo pensó que su amada había muerto en las fauces de la leona y se suicidó con su espada. Al salir de su refugio y ver muerto a su amado, ella misma se dio muerte con la espada de Príamo.

nes enamorados que no pueden vivir plenamente su amor por culpa de las desavenencias familiares– terminan muriendo. La vitalidad de este sufrimiento y su profundo arraigo en el corazón humano han mantenido vivos estos dolorosos relatos a pesar del paso de los siglos.

Shakespeare reformuló la historia y en el prólogo de su tragedia, presentado por el coro, aparece acuñado el término *star-crossed lovers*, que posteriormente fue utilizado para referirse a las parejas condenadas desde un inicio, aquellas con las cuales parece que los poderosos astros decidieron conjurarse en su contra. No tienen culpa de su desgracia; nacieron bajo un sino desfavorable y cargan irremediablemente con ello el resto de sus días. Son seres malhadados. Su hado, que habría de acompañarlos como su sombra cada instante de su vida, les fue adverso. Llevan sellado con sangre, en su corazón, el estigma de un amor maldito.

Siguiendo los esquemas clásicos, para los espectadores de Shakespeare, e incluso para los posteriores, en esta obra no importa el suspenso; son los matices emocionales de sus personajes y su dolor profundamente humano los que despertaron interés en esta obra en la que desde el inicio está sentenciado el desdichado final. El coro ubica la historia en la ciudad de Verona, al norte de Italia, donde se vive el conflicto entre dos familias de equivalente dignidad, los Montesco y los Capuleto.

Prólogo

Coro
En Verona, escena de la acción,
dos familias de rango y calidad
renuevan viejos odios con pasión
y manchan con su sangre la ciudad.
De la entraña fatal de estos rivales
nacieron dos amantes malhadados,[55]
Cuyas desgracias y funestos males
Enterrarán conflictos heredados.
El curso de un amor de muerte herido

---

[55] En la version original: *"...a pair of star-cross'd lovers, take their life"*.

y una ira paterna tan extrema
que hasta el fin de sus hijos no ha cedido
será en estas dos horas nuestro tema.
Si escucháis la obra con paciencia,
nuestro afán salvará toda carencia[56].

En un baile de máscaras se conocen los descendientes de las familias enfrentadas: Romeo, único heredero de los Montesco, quien entró disfrazado a la fiesta, y Julieta Capuleto. Al verse, los jóvenes se sienten inmediatamente atraídos. A pesar del interés que Romeo tuvo anteriormente por otra mujer, llamada Rosalina, nada se iguala a la pasión que inflama en su corazón Julieta Capuleto. Después de la fiesta los jóvenes no dejan de pensar el uno en el otro. Bajo el balcón de Julieta, Romeo la escucha confesar a la noche su pasión por él. Cuando la joven se percata de la presencia de Romeo, renuncia a los habituales escarceos de las jóvenes que intentan parecer interesantes, adoptando una actitud desdeñosa hacia el pretendiente. Todo lo contrario: en Julieta el amor se manifiesta de manera espontánea y natural y reconoce sin tapujos a su amado la pasión que él le inspira:

> ¡Oh, gentil Romeo, si me amas decláralo lealmente!; si crees que me he dejado vencer demasiado pronto, frunciré el entrecejo y pondré mala cara y te diré que no, y entonces podrás suplicarme; pero de no ser así, no sabré decirte que no por nada del mundo. Es verdad, apuesto Montesco, estoy demasiado enamorada y por ello mi conducta podría parecerte ligera, pero créeme, gentil caballero, en la prueba seré más sincera que aquellas que conocen mejor que yo el arte de la modestia.

Aunque ambos son conscientes del odio que divide a sus familias, la intensidad de su amor es tan fuerte que deciden casarse en secreto, bajo el auspicio del sacerdote fray Lorenzo. No obstante, la situación se complica. El mismo día de la ceremonia, Romeo encuentra a Teobaldo,

---

[56] Traducción Ángel-Luis Pujante (Austral, 1993).

biznieto de la señora Capuleto y primo de Julieta, quien, indignado por la presencia de Romeo en la fiesta, lo amenaza de muerte. Romeo rehúsa batirse con él, pero su mejor amigo, Mercutio, no comprende su actitud y decide pelear contra Teobaldo. Romeo trata en vano de separar a los contendientes, pero tan solo consigue dar ocasión a que Teobaldo hiera de muerte a Mercutio al apuñalarlo por debajo del brazo de Romeo. Agonizando, Mercutio lanza una maldición a ambas familias, y alcanza a decirla tres veces para que el conjuro, que pronuncia mediante un juego de palabras, se cumpla: "Pregunta por mí mañana, y me encontrarás en una sepultura". Romeo se ve arrastrado a vengar la muerte de su mejor amigo y en la lucha mata a Teobaldo. Indignado, el príncipe de Verona condena a Romeo al destierro, y su familia lo obliga a ocultarse en Mantua. Al día siguiente, tras haberse logrado introducir en la habitación de Julieta y vivir una fugaz noche de amor, Romeo huye de Verona.

En una de sus frases más sentidas, Julieta expresa el dolor de su difícil relación: "Romeo, Romeo, ¿por qué eres Romeo?". La joven hace referencia a la desgracia que les ha traído su nombre. Sin embargo, la respuesta de Romeo lleva consigo la fuerza del amor en el dolor: "¿Acaso lo que llamamos rosa, tendría un aroma tan dulce si lo llamáramos por cualquier otro nombre?".

Por otra parte, el padre de la enamorada, quien no está enterado de la boda secreta de su hija, desea que contraiga matrimonio con el conde Paris. La muchacha recurre desesperada a fray Lorenzo, el sacerdote que la casó clandestinamente, para pedirle consejo, ya que no desea romper su matrimonio con Romeo. Fray Lorenzo le sugiere a la muchacha que acepte la boda no sin antes beber una poción narcótica, que él le entrega, y que la sumirá en un sueño tan profundo, durante cuarenta horas, que todos la darán por muerta. El fraile se encargaría de avisarle a Romeo para que viniera a rescatar a su amada y llevarla a Mantua. Pero finalmente el enamorado jamás se entera del ardid, debido a que el emisario, fray Juan, no puede llegar a él con la noticia. Así, Romeo se entera de la muerte de su amada. Desesperado, compra un poderoso veneno y se dirige al sepulcro para ver a su amada por última vez. Allí se encuentra con el conde Paris, que estaba dejándole flores a su prometida muerta. Los hombres se enfrentan en un duelo del que Romeo sale victorioso. No obstante, el joven se siente desconsolado por todas las desgracias que le han sucedido desde que el amor apareció en su vida. Se refiere a sí mismo como "un tonto en manos del destino"[57], incapaz de tener control sobre lo que sucede. Al ver a su amada muerta, Romeo la abraza con un inmenso dolor, se lamenta y "desafía a las estrellas"[58] que se oponen a su felicidad. El desgraciado amante contempla el rostro de Julieta y sella su amor con un último beso. Junto a ella bebe el mortal veneno. Al despertar de su letargo, la joven ve a su amado muerto con la copa de veneno aún entre sus manos. Incapaz de soportar tanto dolor, se apuñala para encontrarse en la muerte con su amado.

Desde un comienzo, las titilantes del cielo que dirigían el destino de los amantes estaban en su contra. No los favorecieron.[59] Y ellos, pobres seres enredados en un amor desesperado, no hicieron otra cosa que tratar de desafiar a los impasibles astros buscando encontrar en la fuerza de su amor el poder para conjurar su destino. No escatimaron esfuerzo alguno. Tenían de su lado el ingenio y la astucia para rebelarse contra todo. En su ardiente sangre corrían la fuerza, el valor, el coraje y la entereza para luchar por lo que amaban. Sin embargo, el destino estuvo en su contra. Ni siquiera el inconmensurable poder del amor pudo desafiar lo que han sentenciado unas estrellas nefastas. Su única salida fue encontrarse más allá de esta vida en las regiones oscuras de los muertos, donde la luz de los astros no rige.

---

[57] Acto 3, escena 1.
[58] Acto 5, escena 1.
[59] Durante el siglo XVI estaba muy extendida la creencia sobre el influjo del movimiento de los astros en la vida cotidiana de los humanos. Otro importante autor de la época, Calderón de la Barca, utilizó también esta idea de oráculo nefasto para su personaje Segismundo en *La vida es sueño*.

Juana la Loca y Felipe el Hermoso

Juana I de Castilla, la tercera hija de los Reyes Católicos, Isabel I de Castilla y Fernando II de Aragón, nació en Toledo el 6 de noviembre de 1479. Es posible que sus comportamientos extremos fuesen un legado familiar. Su madre, Isabel la Católica, consagrada a la oración cristiana desde la más tierna infancia, sintió que los ruegos y plegarias hechos en su niñez, en los que pedía a Dios hacerla un instrumento suyo, se materializaron años después en las mazmorras inquisitoriales que ella patrocinó. La llama de amor divino, que guió la vida de la madre de Juana la Loca, fulguró en las hogueras de los autos de fe y dio luz a los húmedos y oscuros socavones llenos de alimañas donde los acusados de ser herejes e infieles aullaron de dolor mientras eran torturados y lacerados hasta dejarles la piel en carne viva.

La infancia de Juana estuvo marcada por el fervor católico y la intolerancia religiosa.

Pero por otra parte, la abuela de Juana, Isabel de Portugal, viuda de Juan II y madre de la reina Católica, fue una mujer atribulada que murió loca en 1496, confinada en el castillo de Arévalo, donde decía oír extrañas voces y ser perseguida por el fantasma de don Álvaro de Luna, contra quien ella intrigó porque tenía mucha influencia sobre su marido, el rey. Tal fue el odio de Isabel de Portugal por el condestable Álvaro, que por instigaciones suyas este terminó decapitado por orden del monarca en 1453. Durante los más de 40 años que sobrevivió Isabel al valido del rey, la espectral imagen de su víctima se le fue haciendo cada vez más aterradora.

Juana llevaba en su sangre los fantasmas de su abuela y el fervor fanático de su madre. Su piadosa educación la impulsaba a flagelarse y a dormir en el suelo. Incluso, siendo niña, sintió la vocación de hacerse monja. Pero sus padres tenían pensado para ella otro futuro más político: la habían confiado a la tutoría de Beatriz Galindo, quien la educó con esmero, le enseñó a leer y escribir en latín y la instruyó en religión, urbanidad y buenas maneras en la corte. Cuando a sus 16 años Juana fue comprometida en matrimonio, era una joven encantadora, hermosa, dulce, dócil y graciosa; sabía montar a caballo, bailar y tocar varios instrumentos musicales, entre ellos el clavicordio.

Felipe, el hombre escogido por los Reyes Católicos como marido para su hija Juana, representaba el sello de una poderosa unión que los monarcas españoles ansiaban. Era hijo del emperador del Sacro Imperio Romano Germánico, Maximiliano I de Habsburgo y María de Borgoña, cuyo apoyo a España era una protección contra el poderío de la dinastía de los Valois en Francia. Siguiendo el mismo interés, los Reyes Católicos pidieron la mano de la segunda hija de Maximiliano y María y hermana menor de Felipe, Margarita de Austria, para su hijo varón, Juan, quien murió poco después del matrimonio, cuando su esposa estaba embarazada.

El prometido de Juana había nacido en la ciudad de Brujas, en Flandes, en 1478, y ostentaba numerosos títulos nobiliarios, como duque de Borgoña, Brabante, Limburgo y Luxemburgo; conde de Flandes, Habsburgo, Holanda, Zelanda y Henao, Artois y Tirol, y señor de Amberes y Salinas. Con obediencia, Juana aceptó a su futuro esposo sin siquiera conocerlo. Seguía así las costumbres de la época.

El 19 de agosto de 1496, desde la playa de Laredo en Cantabria, Juana partió para desposarse hacia Flandes, a bordo de un navío portugués conocido como *Carracas*. La acompañó una majestuosa comitiva con la que Isabel y Fernando deseaban impresionar a su futuro yerno.

Tras un azaroso viaje, Juana pudo ver por fin a su futuro esposo, conocido luego como "el Hermoso", según algunos por la popularización de un comentario que hizo sobre él Luis XII, rey de Francia, quien al verlo en 1501 en compañía de su esposa, Juana, exclamó: "He aquí un hermoso príncipe". Los cronistas concuerdan en apuntar que Felipe era sumamente vanidoso y amante del buen vestir.

El matrimonio entre los príncipes se llevó a cabo el 21 de agosto de 1496. Se adelantó cuatro días por la intensa atracción que sintieron los jóvenes al verse. Felipe decidió apresurar la boda para consumar cuanto antes su unión.

Es opinión común que D. Felipe era de una arrogante figura, apuesto caballero y muy amigo de vestir con esplendidez. Añádase a esto un carácter amable, por lo cual todos lo apreciaban. Estas cualidades fueron las que le granjearon el renombre de Hermoso. La infanta Doña Juana, era por el contrario extremada y enérgica; pero no obstante, se apoderó de ella una pasión tan vehementí-sima, que desde el instante que le vio le amó con ciega idolatría. El cariño de Doña Juana hacia Felipe el Hermoso se aumentaba más cada día, por el modo de vivir que observaron, y por el buen comportamiento del archiduque, que como joven, no pensaba en otra cosa que en los placeres; así es que continuamente se hallaban en torneos, saraos y otras diversiones, con las cuales crecía más la pasión de su joven esposa, contemplando la gallardía y la destreza en las armas de su Felipe. Su marido era el objeto de sus adoracio-nes, en él tenía depositado su corazón, y para él únicamente vivía; el joven archiduque pagaba este cariño a Doña Juana con todo el calor de su corta edad, y las galantes maneras de un príncipe, de suerte que la infanta se contaba por uno de esos seres más felices, y mucho más cuando llegó a notar que pronto iba a ser madre.[60]

Tras una apasionada temporada, Juana quedó pronto embarazada de quien sería su hija Leonor. Se dice que desde entonces Felipe volvió a sus devaneos amorosos en la corte, muy frecuentes antes de su boda. Ante las infidelidades de su marido, Juana no actuó con la prudencia y la discreción que su rango exigían en dichos casos. Presa de unos enfure-cidos celos, la desgraciada mujer no dudó en exigirle fidelidad en medio de azarosos escándalos públicos. A pesar de la incómoda actitud de su mujer, el Hermoso no corrigió su comportamiento. Los obsesivos celos de Juana fueron aumentando. Veía en todas las atractivas damas de la

---

[60] Anónimo. *Historia de la célebre reina de España doña Juana, llamada vulgarmente la loca.* Madrid: Imprenta de D. José María Marés.

corte flamenca posibles amantes de su marido. Además, Juana no terminó de aceptar las costumbres de la vida en la corte de su esposo, que eran mucho más alegres y festivas que la ceremoniosa y lúgubre Castilla en la que había nacido la archiduquesa. Los alegres banquetes, que tanto disfrutaba Felipe, no hacían más que incrementar su inseguridad, y veía en cada reunión posibilidades de nuevos encuentros amorosos de su esposo con un sinfín de mujeres. Ni siquiera su segundo embarazo aplacó sus furibundos celos y asistía rigurosamente a todos los saraos y fiestas de la corte para poder vigilar el comportamiento de su marido.

El 24 de febrero de 1500 nació el segundo hijo de la pareja, del que se rumoró que vino al mundo en un retrete del palacio de Gante donde se ofrecía una fiesta. Juana, a pesar de su avanzado estado de gestación, había decidió asistir para seguirle los pasos a su esposo y fue sorprendida por el nacimiento de su hijo. En la corte flamenca, ávida de intrigas y chismes, los rumores sobre el estado mental de la princesa española no se hicieron esperar: "Empezaba por esta época ya Doña Juana a sumirse en la desesperación; porque desde que la fortuna parecía inclinar todo el favor al recién nacido, empezaba a desvanecerse como por ensalmo la felicidad de la madre del emperador Carlos V"[61].

Tras la muerte de los herederos de los Reyes Católicos —Juan, quien murió en 1497; Isabel, fallecida en 1498, y su hijo, el infante Miguel, en 1500, todos anteriores en la línea de sucesión a Juana—, el trono de Castilla apareció en el destino de la atribulada mujer, aunque de su sanidad mental todos comenzaban a dudar.

Los Reyes Católicos pidieron a don Juan de Fonseca, obispo de Córdoba, que viajara a Flandes para notificar a los archiduques lo sucedido y explicarles que debían viajar lo más pronto posible a España para oficializar su sucesión al trono español. Don Juan de Fonseca partió pronto a cumplir su misión, pero un nuevo embarazo de Juana y las ocupaciones de Felipe en Flandes retrasaron la presencia de los archiduques en España hasta finales de 1501. La pareja partió poco después del nacimiento de su hija Isabel.

---

[61] *Ibíd.*

Los soberanos de España recibieron a sus futuros sucesores con amabilidad y cariño; no obstante, la conducta de su hija generó constantes indisposiciones a sus padres. Finalmente, en 1502, en Fuenterrabía, los archiduques fueron oficialmente proclamados príncipes de Asturias y Gerona, títulos que corresponden a los herederos de Aragón y Castilla.

A pesar de los homenajes constantes a la pareja, esta continuaba viviendo entre los estrepitosos estallidos de celos de Juana y sus apasionadas e intensas manifestaciones de adoración a su marido, del que no quería desprenderse. Felipe procuraba sobrellevar el temperamento de su mujer, ya que aunque no estaba enamorado de su esposa, veía muy cercana la atractiva corona española.

De sus continuos asedios a su marido, Juana quedó de nuevo embarazada, y en marzo de 1503 nació en Alcalá de Henares el cuarto hijo de la pareja, el infante don Fernando, quien sucedería después a su hermano, el emperador Carlos V, en el imperio de Alemania.

Pero Felipe no quiso vivir en la austera corte española, y decidió marcharse de allí argumentando asuntos de Estado. Juana le imploró no partir sin ella, pues debía esperar a recuperarse del nacimiento de su hijo. No fueron suficientes los ruegos de doña Juana para que el archiduque se quedara en España: el marido retornó a su corte, pero a partir de esa ausencia de su esposo se intensificó la ansiedad de amor de la madre de tantos reyes.

Con la partida de su marido, Juana cayó en una profunda depresión. Su inestabilidad emocional aumentó, sus celos se hicieron cada vez más obsesivos, imaginó que toda mujer deseaba arrebatarle al hombre que adoraba, y deliraba imaginando a Felipe durmiendo con una mujer distinta cada noche. Cayó en una profunda melancolía que la hacía parecer ausente, como si tuviera el alma en otra parte. Luego le sobrevenían episodios terribles de angustia en los que llamaba a alaridos a su esposo. En España comenzó a creerse lo que en Flandes se aseguraba: Juana estaba loca de amor.

En la corte flamenca el archiduque comenzó de nuevo con sus infidelidades y amoríos. Una hermosa rubia española, admirada por todos, que formaba parte de las damas del palacio, llamó poderosamente su atención y pronto se convirtió en una de sus amantes favoritas.

Los rumores llegaron hasta España, donde el sufrimiento de Juana no tuvo límites. La archiduquesa sintió que su marido le había clavado un puñal en su corazón y aullaba de dolor.

La fiebre de su amor enfermo invadió a Juana, quien por sus celos sufrió indecibles tormentos que la llevaron al delirio. La archiduquesa dejó de interesarse por sus hijos; solo pensaba en su marido.

Su rostro adquirió una expresión triste y agónica; su mirada se tornó errante, y profundas cuencas aparecieron alrededor de sus ojos. Deambulaba sola, y la imagen de su amado se le aparecía de forma tan real que lo colmaba de insultos y luego de ruegos, ante el asombro de toda la corte que, sin comprender su corazón, tan solo veía a la archiduquesa implorando amor al aire.

Juana permaneció en España, retirada en el castillo de la Mota de Medina del Campo, donde dio rienda suelta a su delirio; no comía, no se bañaba, hablaba sola e insultaba a todos por naderías. Desde allí escribió a su madre notificándole que deseaba partir lo más pronto posible a Flandes para recuperar el amor de su esposo y alejar de él a la lasciva rubia española. La reina Isabel la Católica, conocedora de la pasión que en su hija despertaba su marido, se preocupó por las escandalosas y delirantes escenas de celos y amor que Juana sería capaz de protagonizar, por lo que decidió evitar que partiera, esperando a que sus ánimos se calmaran. La archiduquesa continuó escribiendo a su madre para que la autorizara partir, pero al no conseguir respuesta favorable, decidió escaparse. Sin embargo, doña Isabel, avisada de la fuga, inmediatamente envió a don Juan de Fonseca para que le impidiera partir.

En nombre de la reina, el obispo Fonseca instó a Juana a no salir y quedarse en sus aposentos. La archiduquesa, indignada, gritó que todo era un complot contra ella, una conspiración instigada por su infiel esposo que no deseaba su regreso. El obispo de Córdoba insistió, con razón, en que todo lo hacía en nombre de la reina, pero Juana no le creyó, y replicaba con altas voces que era su sagrado deber estar junto a su legítimo marido. Juan de Fonseca no tuvo otra opción que encerrar a Juana contra su voluntad en el palacio.

Viéndose prisionera, Juana se agarró de los barrotes y gritó imprecaciones contra el obispo, contra su madre y contra su esposo. Sus alaridos e insultos estremecieron a todos los cortesanos e irritaron al obispo, quien partió indignado a contar a la reina detalles de lo sucedido.

La reina Católica, agobiada por su propia enfermedad, los asuntos de la corte y la situación de su hija, partió hacia el castillo de la Mota de Medina del Campo para ver a Juana. Al encontrarla, constató que el comportamiento de su hija era angustioso. A la sugerencia de Isabel de permanecer más tiempo en España, la exacerbada Juana solo respondía entre lágrimas y arrojándose al suelo con desesperación, gritando que nada en el mundo le impediría volver al lado de su esposo, el padre de sus hijos.

Finalmente, Fernando, esposo de Isabel y padre de Juana, dándose cuenta de lo que sucedía con la mente de la archiduquesa, consideró prudente dejarla partir a Flandes, con la esperanza de apaciguar su espíritu, ya que de lo contrario se verían obligados a reconocer oficialmente su locura, lo que tendría graves repercusiones en la sucesión del trono de Castilla. El rey don Fernando mandó alistar una armada en el puerto de Laredo y otorgó el permiso de partida de su hija a Flandes. Pocos momentos tan intensos de felicidad tuvo Juana en su vida como cuando se alistó para el reencuentro con su marido.

El 15 de marzo de 1504, doña Juana llegó al puerto de Laredo, pero el terrible clima le impidió embarcar. La archiduquesa volvió a desesperarse, gritó a los vientos que estaban en su contra y se imaginó que todo el universo conspiraba contra ella para impedirle volver a los brazos de su marido. A mediados de abril consiguió zarpar y nueve días después llegó a Vergas, distante tres leguas y media de Brujas, donde Felipe la aguardaba.

Al verlo, Juana sintió que renacía. Por un instante olvidó todo lo sufrido. Poco después partieron de Brujas a Bruselas. A pesar de los intentos de Felipe por ocultar su amor por la rubia y de la aparente tranquilidad de doña Juana, los esposos llevaban una doble vida: él, en los brazos de su amante; ella, escudriñando los rincones para atraparlo *in fraganti*. La archiduquesa se dedicó a hacer pesquisas, espiar e interrogar a los dependientes del palacio, que se alimentaban de intrigas, chismorreos y enredos. Escudriñó hasta poder constatar que su marido continuaba deseando con vehemencia a la rubia española, con la que mantenía apasionados encuentros amorosos. Al confirmar la infidelidad, Juana desató sus salvajes celos y se vivió un escándalo sin precedentes en Bruselas.

A pesar de las pruebas que su esposa decía tener, Felipe, agobiado por el temor a los escándalos de su esposa que hacían su vida insoportable, negó todo con aplomada sangre fría. Le aseguró que ella era su amada esposa y que no debía sufrir por él. La archiduquesa, por su parte, se debatía entre la ira de sus celos y la ternura que le inspiraban las dulces palabras de su marido. Juana quería creerle a Felipe, pero sentía que el archiduque continuaba deseando intensamente a su amada de hermosa cabellera.

En adelante la única idea en la mente de la archiduquesa fue vengarse de la mujer que le había arrebatado el amor de su marido, al que continuaba idolatrando. Él era la razón de su vida, lo que más amaba en la Tierra, y otra mujer se llevaba sus caricias. Una tarde, Juana tropezó con la amante de su esposo y tomando en sus manos unas tijeras que siempre llevaba consigo, se abalanzó sobre la joven para arrancarle su preciada cabellera. En medio un terrible griterío, Juana no se detuvo hasta dejar a su rival completamente rapada y con el rostro y el cuerpo cubiertos de arañazos y magulladuras.

El incidente fue comidilla general de la corte durante mucho tiempo. Además, la ira de Felipe al ver la agresión de su esposa contra su favorita no se hizo esperar. Colmó a la archiduquesa de palabras ofensivas, la trató con sumo desprecio y le dejó claro que su mera presencia se le hacía insufrible. Juana, en su contrariada mente, no esperó trato semejante de su esposo. Prorrumpió en agudos lamentos y tomó por costumbre golpear a altas horas de la noche las paredes esperando así contrariar las horas de pasión de Felipe con otras mujeres. Las estrafalarias escenas continuaron; en diversas oportunidades acusó, en público, a Felipe, de acostarse con todas las damas de la corte. Martín de Moxica, tesorero de Juana, llevó un diario en el que anotaba todos los incidentes relacionados con el extraño comportamiento de la archiduquesa para notificárselo a sus padres.

Estas noticias preocupan a la reina Isabel de Castilla, quien vivía su propia enfermedad mortal. Su hija Juana era la única heredera del reino de Castilla y a ella la debía suceder don Carlos, su nieto; pero dadas la circunstancias mentales de Juana, la reina Católica elaboró una cláusula en la cual aclaró que si su hija se hallare imposibilitada y su nieto Carlos no hubiere cumplido los 20 años, debía gobernar, como regente, don Fernando de Aragón, hasta que Carlos llegara a la mayoría de edad.

El 26 de noviembre de 1504 Isabel falleció víctima de un cáncer. La asamblea de nobles, tras leer su testamento, aceptó jurar fidelidad a doña Juana y a don Felipe. Todos reconocieron los derechos de la reina doña Juana, si bien era clara su incapacidad para el gobierno. La presencia de los archiduques se hizo de nuevo necesaria en España.

A las crisis emocionales de Juana, causadas por las infidelidades de su marido, se le añadieron las presiones políticas generadas por los intereses enfrentados de su adorado esposo y de su padre, que deseaban ser regentes en su nombre. Ninguno dudaba de la incapacidad de Juana para gobernar, pero ambos deseaban manipular la situación a su favor para suceder en el poder a Isabel la Católica. Suegro y yerno se enredaron en una agria disputa, y Castilla se dividió en dos bandos, unos consideraban que Fernando debía ser regente y continuar con los ideales y el espíritu de la reina Isabel, mientras que los opositores creían más oportuno a Felipe como regente de España, ya que era posible que les retornara a los nobles ciertos privilegios que los Católicos habían suprimido.

Por su parte, Juana se encontraba dividida entre el cristiano deber de honrar a su padre, el astuto Fernando de Aragón, del que se dice fue modelo inspirador de *El príncipe*, de Maquiavelo, y la obsesiva devoción que le profesaba a su marido. Nadie tiene clara su opinión, ya que en unas ocasiones, cuando la ira de los celos la invadía, aseguraba estar de acuerdo con la regencia de su padre; en otras, deseaba complacer ilimitadamente a su amado marido y concederle cuanto se le antojara, incluida la regencia de España.

Juana quedó de nuevo encinta, posiblemente debido a las ansias políticas de Felipe. A finales de 1505 nació María, futura esposa del rey Luis de Hungría y Bohemia. Por fin, en la primavera de 1506, tras una breve estancia en Inglaterra, Juana y Felipe desembarcaron en España. Al llegar, un gitano le pronosticó al archiduque un trágico destino: "Seguid camino, príncipe infortunado. No permanecerás mucho tiempo entre nosotros. Te llevarán por Castilla unas veces vivo y otras veces muerto".

A pesar del triste presagio, a ojos de todos Felipe se veía como un deslumbrante príncipe encantador, vanidoso y consentido, amante de las fiestas y los placeres, y encontró muy satisfactorias las celebraciones en su honor. Juana, ansiosa por recibir muestras de afecto de su marido, no pensó en otra cosa que dejarlo gobernar a su antojo. No obstante, Felipe se vio siempre bien dispuesto a rodearse de las hermosas y frívolas damas de la corte, por lo que los ataques de Juana no demoraron en volver a estallar. La nueva víctima de su odio fue su hermanastra, Juana de Aragón, hija ilegítima de don Fernando y esposa del condestable de Castilla, Bernardino de Velasco, de quien eran huéspedes los archiduques en la Casa del Cordón. A pesar de todos los agasajos que allí se dieron en su honor, Juana sufrió de forma indecible el tener que pasar los días en el palacio de su atractiva hermanastra. Una noche, finalizado un banquete, el archiduque salió a ejercitarse e invitó a uno de sus guardias a un partido de pelota hasta altas horas de la noche. Tras el juego, agotado y sudoroso el archiduque bebió de un trago un jarro de agua helada. Horas después Felipe padeció altas fiebres. Juana no se separó de la cabecera de su lecho.

La situación del archiduque empeoró, pero el rostro de Juana no dejó entrever emoción alguna, a pesar de que la enfermedad devoraba a su marido rápidamente. El 25 de septiembre de 1506 Felipe el Hermoso murió en la Casa del Cordón, 18 días después de su llegada a España. Tenía veintiocho años.

Un solemne cortejo fúnebre, acompañado de coros y antorchas, homenajeó a Felipe el Hermoso en el patio de la Casa Real. Al entrar en el salón señorial, donde pocos días antes Felipe disfrutaba animadas fiestas, las antorchas se apagaron y tan solo cuatro lúgubres cirios iluminaron el recinto. En el centro fue ubicado el féretro real y en su interior se encontraba el cadáver de Felipe; acomodado sobre mullidos cojines y almohadones, vestía un hermoso traje de los que gustaba lucir, y sus pulidas manos, cruzadas sobre el pecho, portaban una cruz de oro. A su rostro pálido apenas llegaba la temblorosa luz de los cirios. Todo era silencio en la lúgubre habitación; la reina inmóvil no desprendía su mirada del cadáver.

Como un fantasma sin saciarse nunca de contemplar la faz de cera, y las hermosas manos cruzadas sobre el pecho sosteniendo el crucifijo, la Reina parecía como fascinada. De cuando en cuando arreglaba un pliegue del vestido del soberano, o cambiaba la posición de los cirios, para que iluminasen mejor el cadáver, retirándose luego unos pasos a la sombra, no apartando nunca los ojos de la inmóvil figura.

Pasaban las horas, se extinguían lentamente los cirios, una aurora gris y espectral iluminaba tenuemente el salón, y la reina continuaba ojerosa junto al cadáver de su marido, contemplando con ojos de espanto la rígida faz, como si esperara que por un milagro conseguido a fuerza de oraciones, aquellos ojos pudieran abrirse de nuevo a la luz del día.[62]

El cadáver real fue trasladado a la Cartuja de Miraflores, donde Juana ordenó que le confeccionaran vestimentas de luto de estilo religioso. Diariamente bajaba al sepulcro de su amado, donde permanecía horas mimándolo con ternura y besando sus pies con devoción, pero sin derramar una lágrima. La turbada esposa contaba seis meses de embarazo cuando se enfrentó a la inesperada muerte de su amado, lo que terminó de enajenarla por completo.

Luego, la reina se encerró en sus aposentos durante varios días. La mayor parte del día permanecía en una habitación oscura, abstraída en sus pensamientos. El cardenal Cisneros, que había sido cercano asesor de la reina Isabel, se encontraba muy angustiado por los asuntos de Estado, ya que muchos dependían de la firma y voluntad de Juana. El 20

---

[62] Starkie Walter, *La España de Cisneros.*

de diciembre de 1506 la viuda llegó de nuevo ante el féretro de su marido y tras la acostumbrada misa en su honor, juró no descansar hasta hacer reposar los restos de su esposo en la iglesia de Granada. Arguyó que deseaba atender la solicitud de su amado, expresada en su testamento, en la que decía querer que sus restos mortales acompañaran a Isabel en Granada, pero su corazón debía ser enviado a Bruselas, como finalmente se hizo. Juana, con ocho meses de embarazo, partió por los campos en un macabro peregrinaje de amor, acompañada de un solemne cortejo de personalidades del reino en dirección a Torquemada.

> Iba vestida con largo traje de lana negra cuyas mangas cubrían sus manos y la seguían sirvientes llevando antorchas encendidas. Tras ellos iban el nuncio del Papa, los embajadores del Emperador, y de don Fernando, y varios obispos y clérigos. Llegados todos al monasterio la reina ordenó que se desenterrase el cuerpo de su marido porque quería llevarlo consigo en el largo viaje.[63]

Sus acompañantes trataron de disuadirla de tan macabra idea, argumentándole que tal propósito iba contra los sagrados preceptos de la Iglesia y la voluntad del propio rey, pero fue tal la indignación de la soberana, que se cumplieron cabalmente sus órdenes. Constantemente Juana deseaba contemplar los restos, ya irreconocibles, de su amado. Tras pasar largo tiempo absorta en su observación, ordenaba que volviera a ser encerrado en el cofre de plomo y madera donde reposaba. Cumplido dicho propósito, el cofre era envuelto de nuevo en sus paños de oro y tapices de seda, para continuar su peregrinación en un carro fúnebre que arrastraban cuatro caballos negros. Además, la viuda había decidido viajar en las noches, ya que, según decía, sin luz en su alma no deseaba ver más el sol. Tras los portadores de antorchas y del carro fúnebre, viajaba la reina, demacrada, con actitud agonizante y vestida de luto como si ella misma estuviera cubierta por una mortaja. A su paso los campesinos que veían la procesión rompían a llorar con ella.

---

[63] *Ibíd.*

La procesión descansaba casi en cada capilla que encontraba a su paso para celebrar una misa de difuntos, como si el rey acabara de morir. Luego, el ataúd permanecía custodiado por guardias hasta la partida siguiente. En cada parada de su triste camino, Juana hacía abrir el cajón para observar a su amado y convencerse de que se encontraba a su lado. Era imposible tratar de persuadir a la soberana de alejarse del cadáver.

Se dice que al llegar la procesión a las afueras de la localidad de Torquemada, la reina decidió que el cajón fúnebre quedara depositado en un convento del camino. No obstante, al ver a las monjas, sus celos se encendieron de nuevo y ordenó que el cadáver fuera sacado de allí por lo que los restos de don Felipe el Hermoso pasaron esa noche al aire libre. Fue allí mismo, en Torquemada, donde la soberana dio a luz a la hija póstuma de Felipe, Catalina, el 14 de enero de 1507. Aunque el prestigioso cardenal Cisneros deseaba regresar a Burgos para ocuparse de importantes asuntos del reino, se vio obligado a acompañar a la reina en su macabra peregrinación, ya que si la reina moría en el parto, los enviados del emperador Maximiliano, padre de Felipe el Hermoso, podrían conspirar para que la regencia de España pasara a manos del emperador alemán. A pesar de estar en tal alto riesgo el destino de España, muchos de sus más importantes hombres se vieron obligados a acompañar a la enamorada viuda en su lamentable procesión.

Tras el nacimiento de la infanta Catalina, Juana recobró pronto la salud, pero su obsesión por su amado permaneció inalterable. Ningún ruego consiguió separarla del cadáver de Felipe. Las advertencias de Cisneros y las súplicas de los cortesanos para que atendiera los asuntos del reino no obtuvieron ningún resultado. La lúgubre procesión continuó hacia Hornillos y de allí siguió a Tórtoles de Esgueva. Una noche en que se velaba, como de costumbre, el itinerante ataúd de don Felipe, la capilla en la que se encontraba comenzó a arder y casi se incendian los restos mortuorios. Fue tal la desesperación de Juana, que en adelante exigió que el ataúd permaneciera en su propia habitación para cuidarlo personalmente.

Fernando de Aragón, el padre de Juana, finalmente se dispuso a encontrarse con su hija en la pequeña ciudad de Tórtoles. Al verla en tan lamentable situación, no pudo contener el llanto: Juana tenía el rostro cadavérico y la mirada errante y hostil; parecía un ser salvaje envuelto en unos mantos negros. Ella, al ver las lágrimas de su padre, dijo: "¿Lloráis, padre de mi corazón? Vuestra hija no puede ya imitaros. Cuando sorprendí a la querida de mi esposo, se me agotaron las lágrimas. ¡Considerad cuál sería mi tristeza".[64]

De Tórtoles, Juana y su séquito partieron hacia Santa María del Campo, y luego, el 10 de octubre de 1507, llegaron a Arcos de la Llana. En esta localidad permaneció casi 18 meses, hasta febrero de 1509, custodiando el cadáver de su esposo y cuidando de sus hijos Catalina y Fernando. Durante ese año y medio Juana sostuvo largas conversaciones con el cadáver de su esposo: "¿Por qué no me respondéis, Felipe?", le decía: "¡Calláis!... todavía me seréis infiel!"[65].

Al enterarse por los cortesanos de todo lo que sucedía, el angustiado Fernando, no sin dificultad, convenció a su hija para que fijara residencia en el palacio de Tordesillas. Los restos de Felipe quedaron en el contiguo Monasterio de Santa Clara para que ella pudiera verlos desde su habitación.

No obstante, el traslado a Tordesillas no fue del agrado de Juana, quien odiaba al anciano Luis Ferrer, encargado su cuidado. La soberana se sumió en la más profunda tristeza de amor. Deseaba torturar su cuerpo, padecer su viudez; se acostaba en el suelo, se escondía en la oscuridad y se encerraba en una habitación durante largas temporadas hasta que el aire se enrarecía. Cuando hacía frío, no aceptaba las pieles y objetos de abrigo que le proporcionaban, y se obstinaba en andar sucia y mal vestida. Por temporadas no deseaba comer ni beber; su habitación olía mal y no deseaba que se la arreglaran. La soberana tenía momentos de un gran delirio, tras los cuales gozaba de instantes de buena razón, en los que se lamentaba porque su corona real le había sido usurpada. Se decía prisionera de sus enemigos que la habían encerrado en un calabozo hediondo bajo la custodia de un carcelero despreciable.

---

[64] *Historia de la célebre reina de España doña Juana, llamada vulgarmente la Loca*, óp. cit.
[65] *Ibíd.*

Por sugerencia del cardenal Cisneros, don Luis Ferrer, considerado por Juana su carcelero, fue jubilado y sustituido por don Fernando Ducos de Estrada, caballero que con sus finos modales en poco tiempo logró que Juana comiera y bebiera, que durmiera en su lecho, que se aseara y se vistiera, y hasta que mudara de habitación, porque ya la suya parecía un maloliente muladar. En mejores condiciones de vida, los accesos de locura de Juana se hicieron menos constantes, y entonces se pudo retirar de su lado el cadáver de don Felipe para que por fin el muerto pudiera finalizar su peregrinar por los campos y descansar en paz en Granada.

Tras el fallecimiento de Fernando el Católico, el hijo de Juana, Carlos V, se posesionó como monarca y mantuvo la reclusión de su madre. La noticia de la muerte de su padre empeoró la vida de la miserable mujer, que en adelante invocó sin cesar los nombres de su esposo y de su padre, con estremecedores gritos. Nadie deseaba permanecer a su lado. Todo en ella inspiraba horror: sus ojos perdidos e inyectados en sangre, su demacrado rostro y su desaliñado cabello la hacían parecer una sombra espectral. En ese estado desolador pasó los 46 años restantes de su vida en el palacio de Tordesillas, acompañada de sus recuerdos de amor y de sus celos. En el amanecer de un Viernes Santo, el 12 de abril de 1555, culminó la larga y penosa existencia de Juana.

Así terminó esta soberana española, poseída de una pasión aunque lícita, exagerada. Se vuelve a repetir, que si el archiduque hubiera existido, habría espiado terriblemente su crimen solo con ver el incomparable daño que había causado a una reina que no tuvo otro delito que adorarlo con ciega idolatría. ¡Ejemplo terrible, para después de conocido procurar refrenar las exageradas pasiones, que no traen otro resultado que males sin cuento, como se podrá conocer por el retrato que se ha trazado de la reina de España, DOÑA JUANA LA LOCA.[66]

Sus restos descansan en paz junto a los de su amado Felipe, en el panteón de la Catedral de Granada.

---

[66] *Ibíd.*

Orika y don Francisco de Casas

Según la leyenda,[67] a principios del siglo XVII Benkos Biohó era monarca absoluto en las islas Bijagós[68], un recóndito archipiélago en el golfo de Guinea. Fue un feroz guerrero de sangre real que vivía a expensas de su poder, su valor y su fuerza, acompañado de su esposa, la reina Wika, y sus dos pequeños hijos, la hermosa princesa Orika y el chiquillo Sando Biohó, su heredero.

Una trágica noche, enemigos de una tribu cercana incursionaron en su territorio y lo secuestraron a él junto con su familia y varios de sus valientes hombres para venderlos a traficantes de esclavos portugueses. Cada uno de ellos fue llevado por la fuerza hasta el navío que los alejaría para siempre de su tierra y los olvidaría en las lejanas costas del Caribe.

En el barco, los prisioneros, encadenados con grilletes que laceraban dolorosamente sus piernas, vivieron las miserables condiciones del encierro, asfixiados por el insoportable hedor de sus cuerpos sudorosos, enfermos y sanguinolentos. Muchos de los más fieros hombres de Biohó, atrapados en el navío, se sintieron impulsados al suicidio. No obstante, la actitud del monarca, impasible y altiva, digna portadora de la estirpe real y merecedora de la protección de sus dioses, les dio fuerza a sus acompañantes e impulsó a su familia para imitarlo. El inalterable temperamento del rey africano impresionó de tal modo a sus compañeros, que incrementó la admiración de sus hombres hasta convertirla en

---

[67] Esta historia, conocida también como la leyenda de Arcos, fue rescatada de la tradición oral y de relatos populares, y difundida a comienzos del siglo XX por el historiador Camilo Delgado, quien utilizó el seudónimo "Dr. Arcos" para publicar su obra de recopilación de *Historia, leyendas y tradiciones de Cartagena*. También es mencionada en el *Manual de amores coloniales*, de Rafael Acevedo y Cortés, publicado en Sincelejo en la primera década del siglo XX.

[68] Este archipiélago en la actualidad forma parte del territorio de Guinea Bissau, ubicado al oeste de África.

sagrada devoción. Los que lograron sobrevivir a las infames condiciones de la travesía por el Atlántico, aseguraron que les fue posible gracias a la fuerza que Benkos Biohó les insufló.

Finalmente, los desgraciados tripulantes desembarcaron en Cartagena de Indias, donde fueron herrados y marcados con un acero candente en su lastimada piel. Biohó, conocido desde entonces también por el nombre cristiano de Domingo tras un forzado bautizo, fue obligado a separarse de su familia y enviado de regreso al mar a trabajar arduamente en navíos bajo las órdenes de Juan de Palacios. Por su parte, la reina y los príncipes fueron a servir, como esclavos, al capitán Alonso de Campos, quien trabajaba bajo las órdenes del gobernador don Gerónimo de Suazo Casasola. El trabajo de Benkos endureció aun más su férreo carácter y su temperamento indómito, mientras que Wika y los niños trataron de adaptarse a las nuevas condiciones de vida en la vistosa casa del capitán de Campos, donde a pesar de lo ignominioso de su situación no eran tratadas con dureza.

Orika, quien empezaba su adolescencia, se sintió profundamente atraída por don Francisco de Campos, el apuesto hijo de su amo. La otrora princesa disfrutaba atendiéndolo, sirviendo su comida y ordenando su ropa. Con una soberbia que permitía entrever su ancestro real, Orika sonreía al joven mordiéndose los labios con un desparpajo entre inocente y malicioso. Don Francisco, joven militar que solía batallar con brío, coraje y valor contra tribus enteras de indios salvajes reticentes al dominio español, sentía disminuir su arrojo ante la morena. Al muchacho, profundamente perturbado, le hervía la sangre cuando veía a la hermosa princesa de piel de ébano calmar el calor tropical bañándose desnuda, a la intemperie, cerca de los matorrales en los patios de su estancia, como correspondía a los esclavos. Casi incapaz de pensar en otra cosa que no fuera la piel de Orika, durante días enteros observó absorto los gráciles y sensuales gestos y movimientos de la que era casi una niña. Ella, por su parte, se emocionaba con solo verlo, hasta tal punto que sentía que el corazón se le estallaba. Con cautela, el tímido joven fue acercándose con más confianza a la piel morena de la princesa, que se estremecía con su cercanía, hasta que llegaron a compartir escurridizos besos y suaves caricias.

Según la leyenda, "los ojos de la princesa Orika languidecieron de amor, sus labios se tornaron tristes y su sed de amor por el joven militar la hubiera conducido a la tumba, a menos que su padre el rey Benkos-Bioho no la hubiera retirado de la casa de sus amos llevando a cabo un movimiento de alzamiento rebelde contra la esclavitud".[69]

Benkos Biohó, quien jamás olvidó su condición de fiero monarca, apenas tuvo oportunidad organizó en Cartagena un alzamiento con un número considerable de esclavos. Entre todos consiguieron arcabuces y flechas, sometieron a sus guardias y escaparon. Para sobrevivir, saquearon haciendas y atracaron a incautos que se atravesaron en su camino. Luego, Biohó se instaló junto con sus hombres en el arcabuco de la ciénaga de la Mantuna, ubicada al sur de Tolú, y allí construyeron el palenque de la Mantuna.

Era tal el brío y la osadía de Benkos Biohó, que poco después de su rebelión regresó a Cartagena y entró a la casa de Alonso de Campos para llevarse consigo a su familia. El corazón de Orika sintió desgarrarse de dolor al tener que partir junto con su padre, sin tener la oportunidad de ver por última vez a su amado; sin embargo, en silencio la joven siguió, obediente, las instrucciones de su progenitor. La princesa vivió desde entonces en un palenque o pueblo de esclavos rebeldes, construido entre la maleza y atrincherado detrás de palizadas. Día a día fueron llegando nuevos prófugos a ese nuevo reino de la Mantuna creado por Biohó, quien fue conocido como el rey del arcabuco.[70]

Intimidado por la insospechada fuerza que iban adquiriendo los sublevados, quienes además habían conseguido hacerse con armas de fuego, y alarmado por los daños y la destrucción que causaban los cimarrones en las estancias y haciendas que continuaban robando para su subsistencia, el gobernador Gerónimo de Suazo Casasola organizó una expedición para acabar con el palenque, en la que fue nombrado como segundo al mando Francisco de Campos, el amado de Orika, quien, por

---

[69] Leyenda de Arcos.
[70] *Arcabuco* significa maleza, monte cerrado y espeso.

su experiencia en expediciones contra los indios, fue considerado indispensable para sofocar los alzamientos cimarrones.

Orika pronto oyó pronunciar entre los seguidores de su padre el nombre de su amado, como uno de los jefes enemigos. Wika, la madre de Orika, quien no profesaba hacia los blancos el odio que sentía su marido, comprendió en el instante de una mirada los sentimientos de angustia que se apoderaron del corazón de su hija. Finalmente los españoles dieron alcance a los alzados. Biohó, a la cabeza de los suyos, atacó con tal vigor a los perseguidores que consiguió derrotarlos. Los españoles se vieron obligados a huir sin percatarse de que don Francisco, su segundo comandante en jefe, había sido herido en un pie, por lo que lo dejaron a merced de los enemigos, quienes lo capturaron. Sin dar marcha atrás en el territorio recorrido, los cimarrones se instalaron en un nuevo lugar cercano a un río. Ese asentamiento posteriormente fue conocido como el palenque de San Basilio. Hasta allí fue conducido don Francisco de Campos, con su herida del pie hecha una úlcera viva, y encerrado bajo custodia en uno de los bohíos.

Al enterarse de la situación de su amado, a quien nadie había hecho curación alguna, Orika se armó de valor y ante la mirada de aprobación de su madre, suplicó a su temido padre que la dejara atender y cuidar el herido. Argumentó que si deseaba mantenerlo vivo como rehén, era necesario curar sus laceraciones. Con cierto desdén y sin conocer las verdaderas motivaciones de su hija, Biohó permitió a la hermosa morena cuidar del desgraciado.

Varias tardes de ternura vivieron Francisco y Orika encerrados en el bohío. Con inmejorable dedicación, la princesa atendió a su paciente, hasta que le cicatrizó la herida, y con cierta dificultad él pudo volver a caminar. La pasión de Orika había crecido enormemente con los cuidados profesados y decidió urdir una trama para conseguir la libertad de su amado. Una cálida noche, con cierto temblor en la piel y en los labios, la princesa susurró al oído del militar cautivo: "Amor mío, eres libre". El convaleciente, consternado ante tal prueba de amor, ya que sabía de sobra que al organizar su escape, durmiendo con bebedizos a uno guardias, Orika arriesgaba su propia vida, exclamó: "No puedo creerlo, ya que primero está el odio de tu padre a nuestra raza... Benkos-Bioho no te perdonaría jamás".[71]

Angustiado por el futuro incierto de su benefactora, invitó a la princesa a huir con él. Ella, emocionada, aceptó muy gustosa acompañarlo. A pesar de su aparente fragilidad, la joven tenía el temple de su padre y estaba acostumbrada a vivir en el monte. Con sigilo, la pareja salió en la oscuridad abriéndose paso entre los matorrales. Pero los guardias que habían bebido el soporífero de Orika no eran los únicos apostados por el cauteloso Benkos Biohó. Al escuchar pasos entre la maleza, uno de los centinelas dio la señal de alarma, y el fuego de los arcabuces no se hizo esperar. Francisco, fue herido en el pecho y la princesa lo llevó agonizante bajo la sombra de un frondoso árbol donde exhaló su último suspiro.

Pronto los guerreros de Biohó encontraron a la pareja. El propio rey del arcabuco llegó hasta el lugar para constatar lo sucedido. De sus ojos brotó un brillo acuoso y fulminante que por un instante permitió ver el sentimiento que le produjo ver el cuerpo inerte del blanco cubierto por las lágrimas de amor de su hija.

Como castigo y escarnio público, la princesa fue sometida por su padre a una ordalía en la que se pretendía probar si había traicionado a su pueblo. Esta era una tradición originaria de Guinea, en la que el hechicero de la tribu daba al acusado un bebedizo hecho de haba del Calabar para probar la rectitud de sus actos. No es seguro si en este caso el brujo utilizó las semillas originales traídas de África escondidas entre las enmarañadas greñas que cubrían su cabeza o utilizó un sucedáneo americano, como la higuera del diablo. De cualquier modo, Orika conocía su destino y, con la misma altivez de su padre en la mirada, bebió sin oponerse la poción que el hechicero le ofreció, con la convicción de estar pronto acompañando al hombre que amaba. De sobrevivir a la ingesta, la joven sería considerada inocente. Pero lentamente los mortales efectos del tóxico se hicieron sentir ante los ojos anegados de lágrimas de su madre, que veía impotente esfumarse el espíritu de su hija. Mientras la joven moría, los hombres del palenque hicieron resonar sus tambores a los que con rítmicas voces acompañaron entonando "Culpable, culpable, culpable"...

---

[71] Leyenda de Arcos, óp. cit.

La verdadera historia
de *madame* Bovary

Muchos de los estudiosos de la obra cumbre de Gustave Flaubert, *Madame Bovary*, aseguran que el escritor francés del siglo XIX se inspiró en la vida turbulenta de Delphine Couturier,[72] y que incluso llegó a contar su historia aconsejado por sus amigos Louis Bouilhet y Maxime du Camp, quienes, tras escuchar la lectura de *La tentación de san Antonio*, de Flaubert, protestaron debido a su excesivo lirismo. Por esta razón Du Camp le sugirió tratar "un tema corriente, uno de esos episodios burgueses de que tan llena está la vida burguesa y se obligase a tratarlo en tono natural". A esta idea Louis Bouilhet añadió: "¿Por qué no escribes la historia de Delamare?". Flaubert exclamó: "¡Magnífica idea!".[73]

Los hombres hacían referencia a una tragedia que en su momento desató un escándalo local: la dramática historia de Eugène y Delphine Delamare, a quienes Flaubert bautizó como Carlos y Emma Bovary.

Delphine era la hija menor de un granjero acaudalado que poseía propiedades en el poblado de Blainville-Crevon. Fue educada en un convento de la comunidad ursulina en Rouen. A temprana edad se aficionó por las apasionadas historias románticas que estaban en furor y llegaban a la gente en forma de novelas por entregas en las revistas y magazines populares. Estas historias, cuyas protagonistas vivían inflamadas y difíciles relaciones amorosas, despertaron la imaginación y los sueños de Delphine, quien a sus 17 años se interesó por la idea de casarse con un hombre mayor, viudo, que ejercía como médico rural y atendía a su familia. El matrimonio se llevó a cabo pese a la oposición de su padre, que esperaba para ella un hombre con más fortuna. Pero las dificultades

---

[72] Conocida también como Delphine Delamare tras su matrimonio con Eugène Delamare.
[73] Irving Wallace, *Las ninfómanas y otras maníacas*.

impuestas por su familia tan solo incrementaron el deseo de la joven por la boda, que la convirtió en la segunda *madame* Delamare.

El hombre aceptado por Delphine fue Eugène Delamare, un viudo que había estudiado medicina con el padre de Flaubert, pero que jamás logró destacarse como alumno, por lo que no consiguió superar varios exámenes, ni disponía de recursos económicos para costear clases complementarias. En consecuencia, tuvo que resignarse a permanecer como practicante médico autorizado, un *officier de santé*. Algún tiempo después de ejercer dicho oficio, Delamare contrajo matrimonio con una viuda varios años mayor que él, con quien se instaló en Ry.[74] Al morir su esposa, Delamare conoció a Delphine. La joven era una muchacha atractiva de cabellos rubios y unos ojos que parecían cambiar de color según la luz. Los tres colores de sus ojos serán, bajo la pluma de Flaubert, uno de los detalles característicos de *madame* Bovary: "Lo más hermoso de ella eran sus ojos; a pesar de ser pardos, parecían negros por el espesor de las cejas, su mirada era franca y de cándido atrevimiento"[75].

El practicante médico se impresionó con la belleza de Delphine desde el momento en que la vio y en adelante la amó profunda e irremediablemente, a su modo.

Un cuello blanco, vuelto, circundaba su garganta. Sus cabellos, cada uno de cuyos negros aladares era tan compacto que parecía de una sola pieza, estaban partidos por una raya sutil que seguía la curva del cráneo y dejando ligeramente al descubierto la punta de la oreja, iban a confundirse en dos bandas, cada una de las cuales parecía una sola pieza; estaban partidos por una raya sutil que seguía la curva del cráneo y dejando ligeramente al descubierto la punta de la oreja, iban a confundirse en la nuca formando un rodete voluminoso, después de ondularse en las sienes que el médico rural era la primera vez que veía en su vida. Sus mejillas eran

---

[74] Ry es una comuna o población, de Francia en la región de Alta Normandìa, departamento de Sena marítimo, en el distrito de Rouen

[75] Gustave Flaubert, *Madame Bovary*.

rosadas. Colgados de su corpiño llevaba, como si fuese un hombre, unos lentes de concha.[76]

Pero el entusiasmo inicial de haber contraído matrimonio con un hombre maduro, estudioso de la medicina, del que creyó estar enamorada, pronto se fue desvaneciendo, pues no halló junto a él la emoción que había leído en los libros. Las palabras *pasión, intensidad, placer, embriaguez, felicidad*, que con tanta frecuencia aparecían en sus lecturas, le seguían siendo muy ajenas en su vida diaria. Su marido la desilusionó y pronto comenzó a parecerle tedioso y aburrido, así como opresiva la vida rural de la pequeña comunidad de Ry. Delphine se asfixiaba en su monotonía. Soñaba con la vida de sus heroínas tantas veces leídas; añoraba pasión, seducción, deseo. Quería un amante impetuoso, ardiente, audaz y temerario que la estrechara en sus brazos y la hiciera vivir momentos inolvidables. Pero día a día lo que la mujer encontraba a su lado era un esposo simple, un ser mediocre de conducta rutinaria y, por lo tanto, insoportablemente predecible. Incluso las manifestaciones de afecto con ella le parecían insípidas, cubiertas con esa pátina de tedio de la que sentía que estaba cubierta toda su vida conyugal. A los ojos de Delphine, todo en su marido exhalaba un cierto vaho de cobardía y tibieza que le resultaba profundamente desagradable. Según las palabras que Flaubert pone en su protagonista, la romántica mujer se había casado con un hombre de conversación "monótona y uniforme como una acera […]. No sabía nadar ni manejar las armas ni tirar la pistola"[77]. Además, durante las noches roncaba.

A pesar de estar casada, Delphine siguió soñando. Ansiaba a un hombre capaz de ejecutar con destreza múltiples actividades, entre ellas la de iniciarla en los secretos de la pasión. Con frecuencia se cuestionaba por qué se había casado, y comenzó a preguntarse si el destino hubiera podido depararle otro hombre, ya que no creía que todos pudieran ser iguales. Se imaginó en otros parajes viviendo una vida más apasionada e intensa, con emociones nuevas en brazos del marido que no tuvo.

---

[76] *Ibíd.*
[77] *Ibíd.*

Pensó que sus compañeras de convento sí debieron llegar a los brazos de varones atractivos e interesantes que las hacían vivir en la bulliciosa y excitante vida de la ciudad entre bailes y teatros, tan distantes y ajenos a su apacible vida de campo.

La maldición del hastío inundó la vida de Delphine. Día tras día, entre lágrimas, se preguntaba si sería eterna su calamidad. "La vida para ella era fría como una buhardilla cuya ventana diera al Norte, y el hastío, araña silenciosa, tejía su tela en las sombras de todos los rincones de su corazón"[78]. El futuro se le presentaba como un túnel oscuro sin salida.

Pero Delphine, que valoraba su juventud, inteligencia y belleza, decidió buscar su sueño; entonces, impulsada por el desprecio a la vida que llevaba, acentuó su actitud desdeñosa hacia su marido. Inflamada de pretensiones luminosas, provocativas y sensuales, comenzó a derrochar dinero en vestidos y costosos adornos para su casa, entre los que se contaban unas llamativas cortinas de rayas negras y amarillas que por su excentricidad fueron una molestia para la madre de Eugène y causa de chismorreo en todo el vecindario. Del mismo modo, contrató criadas que debían tratarla refiriéndose a ella en tercera persona, lo cual causó sorpresa general, y en su suegra, indignación. Con ínfulas de ser la protagonista de una maravillosa historia, Delphine comenzó a llevar una vida artificiosa y desordenada que terminaría por arruinar su hogar. Eugène Delamare, que no tenía clara conciencia de lo que sucedía, pues quería complacer a toda costa a su esposa, se fue hundiendo en las deudas que su mujer acumulaba.

Finalmente, tras haber dejado a su marido en bancarrota, las compras no fueron suficientes para satisfacer su espíritu anhelante de emociones. Entonces comenzaron a aparecer hombres en su vida. Su primer adulterio fue con un vecino suyo, un fornido campesino llamado Louis Campion, con quien vivió intensos y efímeros momentos de pasión. Luego aparecieron un galante oficial de notaría y varios militares. Encuentros secretos en habitaciones, en hoteles, en el campo, todos espejismos de un amor que no existía. Por ese espejismo Delphine abandonó

---

[78] *Ibíd.*

a su marido y a su pequeña hija, así como todo aquello que había sido su vida hasta entonces.

La madre de Eugène Delamare trató de hacerle abrir los ojos a su hijo sobre la actitud de su esposa, a quien siempre había considerado una presuntuosa extravagante, pero todo fue en vano. Él, a pesar de respetar profundamente a su madre, idolatraba a su esposa y no aceptaba que nadie le hablara de su conducta. Delphine, por su parte, continuaba buscando emociones en brazos de amantes cada vez más esquivos y decepcionantes. Seguía persiguiendo su ilusión de amor como quien se desespera por atrapar un rayo de luna. Tras cada ruptura caía en una profunda melancolía de la que procuraba salir invitando de nuevo a antiguos amigos a veladas en su casa a las que nadie asistía, lo que la sumía en una depresión aún más profunda.

Finalmente, tras nueve años de matrimonio desgraciado y con el alma destrozada por el cúmulo de desilusiones vividas, el 6 de marzo de 1848, acosada por sus acreedores, desesperada y destruida, Delphine consumió, ante los espantados ojos de su hijita, una dosis letal de arsénico. Se dice que la niña le imploró a su madre para que le dijera lo que había tomado y que solo tras muchos ruegos consiguió que le confesara la verdad.

A su muerte, Delphine contaba con 27 años. En su certificado de defunción no se explicó la causa de su fallecimiento ni se llevó a cabo ninguna investigación al respecto. Su cuerpo fue enterrado en terreno consagrado como si su muerte hubiera sucedido por causas naturales. Meses después del suicidio de su esposa, el viudo, conocido por todos debido a su oficio, ahogado en las deudas que le había dejado su mujer, comenzó a enterarse de la verdadera vida de su esposa. El practicante de médico, hombre gordo y bonachón, sintió invadir su alma de un profundo sentimiento de tristeza y vergüenza. Hasta ahora se había creído un hombre satisfecho con la vida, estimado e incluso respetado por sus conocidos. Pero en su amargura creyó descubrir que tal vez lo que reflejaban las sonrisas de sus vecinos y pacientes, que él interpretaba como aprecio y cordialidad, lo que en realidad dejaban entrever era sorna, desprecio y lástima. Se dijo a sí mismo que ningún ser a lo largo de la

historia había sido tan despreciado como el cornudo, el marido engañado que no quiere ver lo que es comidilla de todos. Incapaz de soportar
todos los detalles de las infidelidades de su mujer de las que poco a poco
se iba enterando, Delamare, a causa del desengaño, perdió el sentido de
su vida. Dejó en manos de su madre a su pequeña y adorada hija, en
quien, hasta ese momento, había puesto toda su ilusión. Luego, sumido
en el más profundo abismo del dolor y el deshonor, se suicidó el 17 de
septiembre de 1849.

La novela escrita por Flaubert, inspirada en los Delamare, fue publicada por Maxime du Camp con el título de *Madame Bovary* en la *Re-
vue de Paris* entre octubre y diciembre de 1856, en seis entregas. Pronto se
desató un escándalo, pues la obra fue considerada inmoral y Flaubert fue
acusado de desacreditar a Francia describiendo mujeres con un comportamiento que, según muchos, en realidad no existían. Al parecer, nadie
quería aceptar la existencia de esposas insatisfechas e infieles, infectadas
con el veneno de romanticismo.

No obstante, la novela superó las censuras y obtuvo aprobación de
la crítica. Por algún motivo Flaubert no reconoció públicamente que se
hubiera inspirado en los Delamare, quizás para no ofender a los parientes vivos o porque consideraba que su obra trascendía la historia real.

Curiosamente, 50 años después de la muerte de Delphine, Eleanor
Marx Aveling, hija de Carlos Marx y primera traductora al inglés de
Madame Bovary, se suicidó (por un desengaño amoroso) de la misma
manera que la protagonista, a la edad de 43 años.

En la actualidad, la pequeña población de Ry cuenta con diversos
locales como el Mercado de Emma o el restaurante Le Bovary, que evocan
la historia de Flaubert. Del mismo modo, se ofrecen recorridos turísticos
por los lugares supuestamente más frecuentados por los esposos y que
inevitablemente terminan frente al sepulcro de Delphine Delamare.

La Dama de las Camelias

La historia pasional de una célebre prostituta muerta de tisis a los 23 años —conocida como Alphonsine Plessis en su turbulenta infancia, como Marie Duplessis durante su esplendor y como condesa de Perregaux por su matrimonio— inspiró al escritor Alejandro Dumas para crear a Margarita Gautier, la protagonista de *La Dama de las Camelias*.

La inolvidable Dama de las Camelias, recordada así debido a su fascinación por estas flores que portó diariamente hasta su lecho de muerte, fue una mujer conocedora del placer, la belleza y el refinamiento, experta en manipular el deseo impetuoso que despertó en los hombres su encanto y su belleza, pero para quien vivir una verdadera pasión de amor siempre se encontró más allá de su alcance y de sus fuerzas. Desde mediados del siglo XIX permaneció inmortalizada en los registros de los seres que condensan su vida en el trágico sueño de las ilusiones de amor. Varios retratos de los artistas de la época y de amigos, entre ellos el pintor Eduardo Vienot, buscaron inmortalizar su hermosura. En todos aparece acompañada de sus características flores, portándolas en el velo que cubría su cabeza o prendidas de su pecho. Sus ojos, según los retratos y la descripción de Dumas, eran profundos, de mirada soñadora, lánguida y enamorada, y sus labios dejaban entrever una expresión de ternura.

Muchos hombres, artistas y figuras importantes del París del siglo XIX se conmovieron ante su hermosura, y varios se sintieron impulsados a abandonarlo todo por ella. Incluso el compositor Franz Liszt la conoció y se sintió profundamente perturbado por ella. "Fue una excepción entre las mujeres de su género, por su gran corazón, por su fácil y amena conversación y por el señorío de su personalidad".[79] El escritor Théophile Gautier dijo de ella: "¿Quién no ha admirado, en un destacado palco

---

[79] Mario Stefano, *Cortesanas célebres*.

del teatro, a esta muchacha exquisitamente seductora que es la Duplessis y el perfecto óvalo de su rostro realzado por unos ojos negros sombreados deliciosamente?".[80]

Una mujer cuya hermosura iluminaba todo a su alrededor, con mirada dulce, asombrada o inquieta, algo en ella era irresistible: la mezcla de su candor y su provocativo deseo. Su belleza evocaba nostalgia; un dolor oscuro y recóndito la acompañaba desde niña y había impregnado su piel con un halo de melancolía. La que ante los ojos de los nobles e intelectuales del refinado París de la época se desenvolvía con tanta gracia y propiedad e impresionaba por su aparente aureola de inocencia había nacido en condiciones miserables, pues su niñez fue desgraciada y su padre a muy temprana edad la había obligado a prostituirse. Desde entonces, vendiendo su cuerpo e ilusionando a los hombres con delirios de amor que no sentía, logró satisfacer sus caprichos de mujer vanidosa y encumbrarse en la refinada sociedad parisina.

A pesar de las tormentas de pasión que desató en los hombres, a la Duplessis el amor se le escabullía entre las manos. Esa fue su maldición.

Alphonsine Plessis nació en el pequeño pueblo Nonant-le-Pin, en la baja Normandía, el 15 de enero de 1824. Se dice que su abuela paterna había sido prostituta, y su abuelo, un sacerdote de vida poco santa que por supuesto jamás reconoció a su hijo Martín Plessis. El tal Martín fue conocido por los campesinos como "Martín el Brujo" y llevó una vida ambulante de charlatán y buhonero alcohólico. En oscuras circunstancias se casó con la madre de Alphonsine, Marie Deshayes, quien procedía de una familia muchísimo más respetable, del otrora poderoso linaje de los Du Mesnil-d'Argentelles. La imponente familia materna de Alphonsine, desde principios del siglo XVIII, por los avatares del destino vio mermarse considerablemente su fortuna y continuó empobreciendo dramáticamente hasta llegar a la miseria tras la Revolución Francesa. Del matrimonio entre Martín "el Brujo" Plessis y Marie Deshayes nacieron dos hijas: Delphine, la primogénita, y Alphonsine, la menor, posteriormente conocida como Marie Duplessis. Pocos años después, hacia 1829,

---

[80] *Ibíd.*

la madre, desesperada por las condiciones de vida que tenían y el maltrato que su marido le prodigaba, abandonó el hogar y se fue a trabajar como criada en casa de unos amigos de su abuela, dejando a sus hijas en casa de un primo suyo, propietario de una granja. La mujer nunca volvió a ver a sus hijas, ya que murió de tuberculosis poco tiempo después, cuando Alphonsine apenas contaba con ocho años. La pequeña siguió viviendo en casa de su primo que la dejaba vagar por los campos a su antojo. Se dice que a los 12 años Marie se encaprichó con un joven campesino y "abandonó su virtud, junto con las enaguas, bajo los zarzales de un seto".[81] Horrorizado con la conducta desenfadada de la jovencita, el primo se la devolvió a su padre. El buhonero, al darse cuenta de la lascivia que despertaba su hija entre sus amigotes, comenzó a venderla a unos y otros. Durante un año la disfrutó un viejo solterón, llamado Plantier; luego la joven se fue a buscar su propia vida en las calles. Fue moza de taberna y obrera en una fábrica de paraguas en Gacé.

Hacia 1839 Alphonsine llegó a París en compañía de unos gitanos circenses a quienes su padre la había vendido. Muchos de ellos le temían un poco porque creían que la desdichada sufría mal de ojo. A sus dieciséis años era una joven harapienta y sucia que no sabía leer ni escribir, pero que no obstante tenía claro que de entre todos los oficios que había desempeñado, definitivamente el negocio que le resultaba más lucrativo era la prostitución. Para entonces, los libertinos estudiantes del barrio latino eran todos amigos suyos y algunos llegaron a disfrutar de la angelical hermosura de su rostro y su cadencioso cuerpo de bailarina exótica por no más de una bolsa de comestibles callejeros. Entre los hombres que le ofrecieron un cucurucho de patatas fritas se encontró Nestor Roqueplan, quien fue uno de los más asombrados al comprobar el vertiginoso ascenso de la joven, ya que al año siguiente la mujer que se volvió a encontrar en la ópera y a la que casi no reconoce, en nada se parecía a la zarrapastrosa muchachita a la que había ayudado a apaciguar el hambre.

En su vertiginoso ascenso, la joven había pasado de brazos del propietario de un restaurante, un viudo gordo llamado Nollet, quien le

<hr>

[81] Irving Wallace, *Las ninfómanas y otras maníacas.*

alquiló un apartamento en la *rue* de l'Arcade, a los del conde Ferdinand de Monguyon, quien se deslumbró con su hermosura a la salida de un teatro e inmediatamente se dispuso a conquistarla. Luego, en un baile, fue admirada por Agenor de Guiche, futuro duque de Guiche-Gramont y posteriormente ministro del Exterior de Napoleón III. Guiche se enamoró perdidamente de Alphonsine y se dedicó a consentirla e impresionarla. La llevó a lujosos balnearios en Alemania y le compró costosos obsequios. Guiche se esforzó en convertir a su amante en la mujer más exquisita y seductora de París, para lo que no escatimó gastos. Le alquiló una nueva vivienda en un lugar más selecto, contrató un tutor que la instruyó en humanidades, literatura, historia, música y pintura, y refinó sus modales enseñándole a atender a prestigiosos invitados y a presidir una cena. Entonces Alphonsine cambió su nombre por Marie, ya que le agradaba compartir el nombre con la Virgen, y su apellido Plessis por Duplessis, que le sonaba más aristocrático. Además, según aseguró con cierta gracia, estaba antojada por comprar una propiedad en Nonant, conocida como Du Plessis.

Agenor de Guiche enloqueció de deseo por su amante y anhelaba que todo París lo viera y lo envidiara. Incluso se rumoró que en 1841 Marie tuvo un hijo suyo, que inmediatamente fue dado en adopción por Guiche, quien no deseaba consternar a su prestigiosa familia con un bastardo.

Pero pronto los parientes cercanos de Agenor comenzaron a reprenderlo por el derroche de afecto, dinero y admiración que públicamente le profesaba a la prostituta. No obstante, él sentía que la amaba demasiado y no quería abandonarla. Con angustia y dolor Guiche le explicó a Marie la presión que su familia ejercía sobre él y lo difícil de su situación. Marie, a pesar de responder con una de sus más encantadoras y comprensivas sonrisas, sintió un profundo hastío, pues la aburrían los intangibles conflictos de ese hombre que ante todos era un derroche de imponencia y ahora, ante ella, aparecía dubitativo, temeroso de los juicios de sus allegados por pasar horas junto a ella. Con una gran dulzura Marie le pidió al duque dar por terminada la relación. Él, descorazonado, le argumentó que la amaba, que no deseaba perderla; ella contestó que lo sabía, pero en el fondo tenía la certeza de estar cansada de él, anhelaba algo que no sabía qué era, pero deseaba otra cosa…

A pesar de todo el esplendor que le ofreció Agenor , la joven no lo amó, y tras el deslumbrante inicio de la relación, a Marie le comenzó a sobrevenir el tedio. Toda la vida los hombres que la habían admirado le habían hablado de las violentas pasiones que ella les despertaba, pero que ella jamás había podido sentir. Aprendió a contestar a sus amantes en el tono preciso para que ellos se sintieran halagados, pero en el fondo de su corazón jamás había conocido el encanto o el dolor de una intensa pasión, y a veces la tristeza de esa ausencia se reflejaba en sus ojos.

Marie prefirió no pensar en eso y tras la ausencia de Guiche buscó enloquecidamente el placer de la diversión. No se interesaba por la razón de sus actos, simplemente los llevaba a cabo por un capricho infantil con el que solía arrastrar todo a su paso. Con ese impulso, aceptó un gran número de amantes con los que se paseaba por los jardines del Tívoli. Ostentando su llamativo carruaje azul tirado por caballos de pura sangre, frecuentaba el Café Inglés, La Casa Dorada, la Ópera… Durante ese período fue reconocida por las camelias que portaba, blancas en los días del mes en que se encontraba dispuesta a recibir a sus admiradores y rojas en aquellos días en que le era imposible atenderlos. Todos sus apasionados amigos eran aristócratas, hombres refinados y cultos que, en ausencia de las mujeres de bien, sus esposas, derrochaban encanto y competían entre sí por impresionarla, tornándose en los seres más ingeniosos, agradables, divertidos y generosos, que le hacían pasar momentos extremadamente divertidos. A la mayoría de ellos los había conocido en el prestigioso y elitista Jockey Club de París, en el que se dice que la aceptaron como socia. Ferdinand de Montguyon, Roger de Beauvoir, Henri de Contandes, Eduardo Delessert, Olimpio Aguado, Pierre de Castellane y Adrien de Plancy se encontraron entre ellos. Según el periódico *Le Figaro*, siete de sus ardientes galanes se organizaron para mantenerla entre todos y a cada uno de ellos correspondía una noche de la semana para disfrutar de su compañía. Como símbolo del afecto colectivo que le tenían, le regalaron un majestuoso tocador de siete cajones.

Marie Duplessis vivía entonces en una elegante *suite* en el número 11 del *boulevard* de La Madeleine, por el que pagaba 3.200 francos oro de alquiler anual. El piso contaba con un gran recibidor, varios salones y habitaciones para el servicio. Las paredes estaban revestidas con magníficas sedas, los salones ostentaban muebles de palisandro y sofás cubiertos con tapices de Beauvais en las esquinas; había plantas raras en recipientes cuidadosamente lacados. Adornos de plata maciza y porcelanas de Dresde se encontraban por todas partes; en el comedor una majestuosa mesa de roble era adornada con terciopelo verde y vajillas de porcelana. Sobre la famosa mesa de tocador de siete cajones se encontraban los volúmenes de Lord Byron, Molière, el abate Prevost, todos encuadernados lujosamente en cuero. La habitación personal de Marie, lugar de descanso, placer y trabajo, tenía un enorme espejo veneciano, en el que se reflejaba su enorme lecho de palisandro que descansaba sobre una preciosa alfombra de flores. Al lado derecho de la cama se encontraba un reloj de bronce decorado con pájaros de porcelana de los que se decía que habían pertenecido a *madame* de Pompadour.

En su casa, Marie celebró amenas cenas y tertulias en las que participaban escritores, filósofos, poetas, actores y demás genios, de los que ella se sentía ansiosa por rodearse. Personajes como Alfred de Musset, Charles Dickens, Alexandre Dumas (padre) o Eugène Sue fueron algunos de sus asiduos invitados. Todos ellos la conocían por el sobrenombre de "la Divina Marie", para entonces la prostituta mejor pagada de todo París. Su belleza se encontraba en su cúspide. Según recordó Jules Janin, "Era alta, muy delgada, con el cabello negro y una tez blanca y rosada. Tenía la cabeza pequeña; tenía alargados ojos esmaltados como los de una japonesa, pero eran muy resplandecientes y vivos. Sus labios eran más rojos que las cerezas, sus dientes eran los más bonitos del mundo. Parecía una figurilla de porcelana de Dresde".[82]

Todos sus admiradores coincidían en que había algo muy virginal en su expresión, a pesar de la vida disoluta que llevaba. El mismo Janin dice que ella "iluminaba toda la casa con una sola mirada de sus bellos ojos. Su actitud corresponde a su lenguaje, su mirada a su sonrisa, su

---

[82] *Ibíd.*

vestido a su persona, y en vano se buscaría en las más altas cumbres sociales una criatura cuyo adorno, hábito y palabra estuvieran en armonía más perfecta".[83]

Marie encontró entretención en la compañía del vizconde Edouard de Perregaux, quien había pertenecido a la caballería francesa de África. Era un hombre que no distinguía el bien del mal, irreverente, divertido y libertino. Al igual que tantos, Perregaux se enamoró perdidamente de la cortesana y derrochó su fortuna por el placer de satisfacer los caprichos de su amada. Pero en muy poco tiempo los excesivos gastos de Marie llevaron a Perregaux a la bancarrota y sus abogados le recomendaron retirarse a Londres para reorganizar sus cuentas. Marie no lo extrañó demasiado. Para 1844 contaba con 20 años y muchos amantes. El siguiente en costear la mayor parte de sus gastos en el *boulevard* de La Madeleine fue el conde de Stackelberg, a quien conoció en el balneario de Bagnères. El aristócrata había sido embajador ruso en Viena, estaba casado y, a sus 80 años, era un hombre muy rico. En la novela *La Dama de las Camelias* aparece como el duque de Mauriac, si bien en la obra literaria su relación tuvo un carácter platónico y el anciano hizo amistad con la prostituta porque ella se parecía a una hija que había perdido, pero en la vida real no fue así. Según el propio Dumas, "El conde a pesar de su avanzada edad, no era un Edipo que buscara una Antígona, sino un rey David que buscaba una Betsabé".[84] Pero el noble anciano, a pesar de pagar las facturas de Marie y de satisfacer todos sus lujosos caprichos, no complacía la intensa sensualidad de Marie. En los momentos en que Stackelberg se encontraba con su esposa, la joven departía alegremente con otros hombres. Durante una de esas noches alegres apareció el que la inmortalizó en su obra, Alejandro Dumas (hijo), quien cuando conoció a la hermosa tan solo tenía en su haber el ser hijo de su afamado padre, el autor del *El conde de Montecristo* y *Los tres mosqueteros*.

Gracias a la intervención de un amigo, Eugène Dejazet, y de Clémence Prat, una sombrerera alcahueta de vida disoluta, amiga de Marie, Dumas tuvo la oportunidad de participar en una cena de amigos íntimos,

---

[83] Mario Stefano, *Cortesanas célebres.*
[84] Irving Wallace, *Las ninfómanas y otras maníacas.*

una noche en que el conde Stackelberg había decidido permanecer con su familia. Dumas y Eugène acompañaron a Marie en su *suite* hasta altas horas de la noche, tocaron melodías en su piano, se sirvieron champán y Clémence contó historias picantes. En medio de la alegre velada y tras unas carcajadas, Marie experimentó un fuerte acceso de tos que la obligó a retirarse un momento a su habitación. La tuberculosis ya anidaba en su cuerpo. Su tos constante venía acompañada de sangre y en su rostro se marcaban las huellas mortecinas de la debilidad. No obstante, sus admiradores aseguraban que su belleza no se vio desmejorada, sino que, por el contrario, su mirada adquirió un mayor brillo y su languidez le dio un toque de frágil sensualidad. Dumas, conmovido ante el lamentable espectáculo de la hermosa en cuya tos se evaporaba su vida, enamorado de ella como la mayoría de los hombres que la conocía, le suplicó que le permitiera volver a verla, le declaró su amor y sus ansias de cuidarla. El diálogo que sostuvo con *La Dama de las Camelias* lo reprodujo fielmente en su novela, y en las respuestas de Marie se refleja la maldición de amor que la joven llevaba consigo a la par con su enfermedad:

—¿Con que estás enamorado de mí? Dilo sin rodeos, es mucho más sencillo.

—Es posible, pero si tengo que decírtelo algún día no será hoy.

—Será mejor que no lo digas nunca.

—¿Por qué?

—Porque solo pueden resultar de ello dos cosas… O yo no aceptaré, en cuyo caso me guardarás rencor; o aceptaré, en cuyo caso tendrás una amante triste: una mujer que está nerviosa, enferma, triste o alegre con una alegría más triste que la pesadumbre, una mujer que escupe sangre y gasta cien mil francos al año. Esto está muy bien para un anciano rico como el duque, pero muy mal para un joven como tú, y la prueba es que todos los amantes jóvenes que he tenido me han abandonado muy pronto.[85]

---

[85] Alejandro Dumas. *La Dama de las Camelias.*

La evidente nostalgia de soledad en el alma de la mujer impresionó profundamente el corazón del poeta.

Dumas y Marie sostuvieron un tormentoso romance que duró casi un año y terminó tal cual ella lo había vaticinado. Los celos del escritor por los amantes presentes, pasados y futuros de la joven terminaron por llevarlo al borde de la locura. Insistió en que la muchacha debía dejar de ver al conde ruso, a lo que ella respondió, con cierto aire de cinismo, que lo haría si Dumas pagaba todas sus cuentas. El escritor se arruinaba por ella, pero aun así no podía satisfacer sus caprichos ni cancelar todas sus deudas.

La tuberculosis de Marie empeoró. Sus amigos intelectuales le recomendaron un famoso doctor, llamado David Ferdinand Koreff, que había tratado a Stendhal, George Sand, Heine y Delacroix. El médico experimentaba con la hipnosis y el magnetismo animal, pero nada dio resultado; las condiciones de salud de Marie empeoraron cada día más. Por insistencia de Dumas, quien pretendía cumplir su promesa de cuidarla, dejó su vida nocturna, empezó a salir de paseo con él e incluso hicieron planes para pasar una temporada en el campo. Pero al cabo de una semana de quietud, proximidad a la naturaleza, frescura y tranquilidad, Marie sintió que se aburría terriblemente y sin importarle lo que Dumas pudiera pensar al respecto, decidió regresar precipitadamente a París en busca de emociones, colores y luces brillantes por efímeros que fueran. Pasada cualquier novedad, a Marie todo la aburría, como si llevara en su sangre el hastío. Vivía con la conciencia de quien sabe que duerme con la muerte agazapada en una esquina de su habitación: "Como debo vivir menos tiempo que los demás, me he prometido vivir más aprisa".[86]

Ante su lacónica perspectiva de la existencia, todos los caprichos de Marie junto con sus sensuales excesos adquirían un matiz diferente: eran luces de bengala en medio de una noche oscura. Los artificios del placer parecían desvanecer las miserias de su vida.

Tras el regreso a París, una noche en la que Marie le había argumentado a Dumas sentirse indispuesta y querer pasar la noche sola, el

---

[86] Alejandro Dumas *La Dama de las Camelias*

escritor vio entrar un nuevo amante en la *suite* de la cortesana. La indignación del enamorado no tuvo límites y con profundo malestar le escribió un mensaje:

Mi querida Marie:

No soy ni lo suficientemente rico como para amarte como yo desearía ni lo suficientemente pobre para ser amado como tú deseas. Olvidemos, por tanto, tú un nombre que debe serte casi indiferente y yo una felicidad que se ha hecho imposible para mí. Es inútil que te diga cuánto lo siento, porque sabes cuánto te quiero. Adiós, pues. Tienes un corazón demasiado tierno para no comprender por qué te escribo esta carta y demasiada inteligencia para no perdonarme el que te la haya escrito.

Mille souvenirs. A. D.[87]

Marie Duplessis no respondió la carta. Intuía que le quedaban pocos meses de vida y estaba decidida a vivirlos intensamente. Creyó vivir el amor con el afamado músico Franz Liszt, quien en su treintena era toda una sensación en Europa. Al conocerla, el artista quedó deslumbrado con su conversación elocuente y soñadora. Vivieron un romance durante el cual Liszt la consentía y la llamaba Mariette. Posteriormente, tras la muerte de la joven, el músico confesó que Marie Duplessis fue la primera mujer de la que estuvo enamorado y que su amistad con ella fue lo mejor de París. También, refiriéndose a Marie, Liszt expresó las memorables palabras: "En general no soy partidario de una Marion Delorne o una Manon Lescaut. Pero Marie Duplessis era una excepción. Tenía mucho corazón, una viveza de espíritu completamente ideal y la considero única en su clase. Dumas la comprendió muy bien. No tuvo que hacer gran cosa para crearla de nuevo: era la más absoluta encarnación de la feminidad que jamás ha existido".[88]

---

87 Irving Wallace, *Las ninfómanas y otras maníacas*
88 *Ibíd.*

Pero a pesar de su amor, la fama lo aclamaba. Liszt se preparó de nuevo para otra de sus giras por Europa y Marie, sintiendo la muerte cercana, se aferró con desesperación a su amado, escribiéndole un mensaje de amor poco usual en ella: "Sé que no viviré. Soy una muchacha extraña y no puedo proseguir esta vida que es la única que sé cómo llevar y que no puedo resistir. Llévame contigo. Llévame donde quieras. No te molestaré. Dormiré todo el día, al anochecer me dejarás ir al teatro y por la noche podrás hacer conmigo lo que quieras"[89]. No obstante, Liszt no partió con ella, aunque le prometió que viajarían juntos a Constantinopla. Desde Alemania el músico le escribió: "Te llevaré a Turquía, que es un país que se parece a ti, cálido y oloroso, con sus minaretes al borde de las olas". Marie quiso ilusionarse. Se mandó a hacer vestidos y compró maletas para su viaje, pero este jamás llegó a realizarse. Su enfermedad se agravó y Liszt, aunque no la olvidó, se encontró siempre muy ocupado para cumplir ese sueño. La joven buscó más que nunca adormecer sus sentidos en los placeres fugaces para aturdir su alma desgarrada por la tristeza y la soledad. Una especie de suicidio por desenfreno.

El conde de Perregaux, antiguo benefactor suyo, volvió a solicitar su compañía, suplicándole que despidiera a sus otros amantes. Sorprendida, Marie le dijo no comprender para qué querría ella hacer eso, a lo que el conde contestó que deseaba hacerla su esposa. Sorprendida e impulsada por otro de sus arrebatos y casi con tono curioso, decidió aceptar la propuesta. La pareja partió a Londres y en la Oficina de Registro de Kensington se casaron el 21 de febrero de 1845. Pero Perregaux, previniendo las represalias que su familia tomaría en contra suya al enterarse de con quién se había casado, evitó completar el papeleo de tal modo que la unión no fue reconocida en Francia. De cualquier modo a Marie no le importó. Realmente no le interesaba el matrimonio, no amaba a Perregaux y poco tiempo después se separaron aunque ella conservó el título de condesa y en adelante exhibió el escudo de armas de Perregaux en su vajilla y en sus papeles de cartas personales.

La implacable tuberculosis continuó consumiéndola hasta el punto en que su delgadez y sus ojeras la hacían parecer como un hermoso ser

---

[89] *Ibíd.*

de ultratumba, una amada de la muerte. Sus días y sus noches comenzaron a ser cada vez más fríos y solitarios. Una nostalgia mortecina invadió su elegante suite. La mayoría de truhanes que otrora la asediaron la habían olvidado o no se atrevieron a visitarla por temor a contagiarse. Completamente abandonada, Marie yacía en su esplendoroso lecho, contemplando con ojos brillantes una imagen de la Santa Virgen que se encontraba sobre el tocador de siete cajones cerca a la cual se encontraba un ramillete de camelias blancas.

No obstante, Perregaux no la olvidó y al recibir una nota de Marie implorado su perdón, el conde llegó a su lado para acompañarla en sus últimos instantes.

Un destello de agradecimiento brilló en los ojos de la moribunda, conmovida por la presencia de Perregaux. Ahora podía morir más tranquila. Según Theophile Gautier, "durante tres días, comprendiendo que resbalaba hacia el abismo que a todos nos espera, agarró fuertemente la mano de su enfermera, como si no quisiera soltarla jamás. Pero al final se vio obligada a soltarla cuando el ángel de la muerte llegó. En un último esfuerzo de juventud, retrocediendo ante la destrucción, se levantó de la cama como si quisiera huir; después dejó escapar tres agudos gritos y cayó para siempre"[90]

Marie Duplessis murió en la madrugada del 3 de febrero de 1847 a la edad de 23 años. Sus pompas fúnebres se celebraron en la iglesia de La Madeleine y muy pocos asistieron a su entierro. En el féretro su cuerpo descansaba rodeado de camelias. Perregaux le costeó una costosa lápida de mármol en la que se puede leer la inscripción:

Aquí yace
Alphonsine Plessis
Nacida el 15 de enero de 1824
Muerta el 3 de febrero de 1847
De profundis

---

[90] *Ibíd.*

Todos sus bienes fueron subastados para pagar a sus acreedores. Muchos de sus antiguos amantes, entre ellos Alejandro Dumas, que se encontraba en España cuando murió Marie, asistieron a la subasta. Sus libros, como *Manon Lescaut,* que tenía una dedicatoria firmada, sus joyas, sus zapatos usados y sus chales fueron vendidos por un alto precio. También salieron a la luz pública de la subasta sus retratos y algunas de las cartas de amor que le escribieron.

Pero quizás Dumas recibió el mayor legado e, inspirado en su recuerdo, cinco meses después de la muerte de Marie él comenzó a escribir *La Dama de las Camelias* y la terminó en cuatro semanas. La primera edición, de 1.200 ejemplares, se vendió completamente, pero Dumas, quien anhelaba un mayor éxito, la adaptó al teatro. Casi cinco años después de la muerte de Marie la obra se presentó en las tablas. El público ovacionó la obra y Dumas se consagró como escritor. Se rumora que entre los asistentes se encontraba Giuseppe Verdi, quien, inspirado en el drama, compuso su obra *La traviata*[91], estrenada en Venecia en 1853. Su guión a su vez fue la base de varias películas homónimas posteriores.

La intensidad de emociones, a favor y en contra, que despertó la novela de Dumas inmortalizó el recuerdo de su protagonista. Dejando de lado su éxito, la obra, por su tema inmoral, fue incluida en el epígrafe de *Omnes fabulae amatoriae,* en el índice de los libros prohibidos.

Fue la esencia del dolor de Marie escondido tras su encandelillada vida lo que expresaron los artistas, logrando conmover lectores y auditorios. Ese mismo dolor que Marie había confesado a una reconocida actriz amiga suya a quien admiraba mucho, Judith Bernat. Cuando la actriz le preguntó a la joven por qué se vendía, Marie se ocultó el rostro con las manos y tras un breve suspiro contestó:

¿Por qué me vendo? Porque el esfuerzo de una muchacha trabajadora jamás me hubiera proporcionado el lujo que tan irresistiblemente anhelo. A pesar de las apariencias, te lo juro que no soy codiciosa ni corrompida. Quería conocer los refinamientos y los placeres del gusto artístico, la alegría de vivir en una sociedad

---

[91] Significa "la extraviada".

elegante y cultivada. Siempre he escogido mis amigos. Y he amado ¡Oh!, sí, he amado sinceramente, pero nadie ha correspondido jamás a mi amor. Este es el verdadero horror de mi vida. Es malo tener corazón cuando se es una cortesana. Se puede morir de eso".[92]

---

[92] Irving Wallace, *Las ninfómanas y otras maníacas*.

Camila O'Gorman
y Uladislao Gutiérrez

Acabo de saber que mueres conmigo.

Durante el gobierno de Juan Manuel de Rosas,[93] el militar argentino que durante dos oportunidades en el siglo XIX ejerció el poder en su país y fue reconocido como "el Restaurador de las Leyes", se vivió un espíritu conservador en el que las actitudes que atentaran contra la moral vigente, el respeto a las jerarquías y la obediencia, fueron consideradas malignas, esto es, afrentas contra la sociedad, merecedoras de ser duramente castigadas por el gobierno. Si bien algunos no simpatizaban con tales ideas, un importante sector de la sociedad sí compartía esos valores y consideraba que el gobierno de Rosas representaba la defensa del bien y que bajo su protección deberían encontrarse la religión y el respeto al orden vigente, valores a los que dicho sector tradicionalista consideraba los principales baluartes de su sociedad.

En esa atmósfera, durante el segundo gobierno de Juan Manuel Rosas surgió una historia de amor maldito entre Camila O'Gorman y Udalislao Gutiérrez. La fuerza de su pasión fue capaz de transgredir las convenciones sociales que se consideraban inamovibles, pero su desafío los hizo pagar un alto precio.

---

[93] Juan Manuel de Rosas (1783-1877) lideró la política argentina de 1829 a 1852. Fue gobernador de Buenos Aires en el periodo 1829-1832 y de nuevo en 1835-1852. En ese entonces no existía un gobierno nacional, pero el cargo de gobernador de Buenos Aires era de gran influencia por ser era la más próspera y avanzada de las catorce provincias de la Confederación Argentina. En Buenos Aires, Rosas gobernó con facultades extraordinarias que el cuerpo legislativo le confirió. Su régimen se caracterizó por el destierro de los intelectuales argentinos más destacados de aquella época debido al terror que pesó sobre la población en general, pero especialmente contra los unitarios que conspiraban contra el régimen federal de su gobierno, ya que Rosas, para mantenerse en el poder, trató eliminar la oposición mediante un temido grupo extraoficial de policía, conocido como *la Mazorca*.

Camila fue la quinta hija de Adolfo O'Gorman y Joaquina Ximénez Pinto. Vino al mundo en 1828, en el seno de una de las más prestigiosas y poderosas familias de Buenos Aires que llevaba en su sangre ascendencia mixta: irlandesa, francesa y española. Dos de los hermanos de Camila fueron hombres de reconocido prestigio; uno de ellos, Eduardo, buscó una posición en la Orden Jesuita en una época en la que tener un sacerdote en la familia era símbolo de respetabilidad; el otro, fue oficial de policía y su compromiso con la institución lo llevó a ser fundador de la Academia de Policía de Buenos Aires. Durante su adolescencia la pequeña Camila fue considerada una digna representante de su familia, refinada en sus modales, apariencia y educación y, por supuesto, muy cuidadosa de su comportamiento. La virtuosa joven era, además, invitada frecuente a los ágapes celebrados en el palacio presidencial, ya que era amiga muy cercana de Manuelita Rosas, la hija del gobernante.

En 1847, cuando Camila contaba con dieciocho años, Uladislao Gutiérrez, un compañero de seminario de su hermano Eduardo, fue nombrado párroco de la iglesia de Socorro a pesar de contar tan solo con veinticuatro años. Es posible que el hecho de ser sobrino del gobernador de Tucumán le ayudara a conseguir tal privilegio. Entre los feligreses del Socorro se encontraba la familia O'Gorman. La joven Camila pronto quedó impresionada con el carismático religioso, tan distinto de los almidonados personajes de sociedad con los que ella trataba. En el brillo de sus ojos rebosaba la fuerza de unas convicciones profundas mezclada con la melancólica dulzura en la mirada de aquellos que han decidido dedicar su vida al bienestar de otros. La bondad y sencillez del clérigo, su carácter, su sonrisa franca y abierta, en tiempos en que expresar ideas propias era un riesgo, contrastaba profundamente con la artificiosidad de los allegados y familiares de Camila. Las opiniones de Uladislao siempre se manifestaban a favor de la vida, de los oprimidos y de la libertad. Si bien lo protegía de la censura oficial su hábito religioso, no pasaba inadvertido su espíritu espontáneo y libre.

Fue ese talante humano lo que arrebató de amor a Camila O'Gorman, quien, después de algunas conversaciones, se sintió profundamente fascinada por su confesor, confidente y guía espiritual. Por su parte, para el sacerdote no pasó inadvertida la joven alta de cabello castaño y ojos oscuros, de carácter alegre, espontáneo y franco. La belleza de Camila, así como su particular inteligencia y personalidad fueron posiblemente un legado de su abuela Anita Perichon, una controversial mujer que fue amante del virrey Liniers.

Pronto fue evidente, tanto para la muchacha como para el religioso, que entre ellos existía una fuerte atracción. No obstante, durante un tiempo trataron de ocultarse a sí mismos la emoción que crecía en ellos. Sin embargo, la fuerte tensión producida por la pasión que día a día iba en aumento no tardó en manifestarse en su espíritu y en su piel. El más ingenuo y casto roce de sus manos les producía un incontrolable destello de sensaciones ardientes, casi dolorosas. A pesar de querer evitar hacer visible su amor, Camila buscó cada vez con mayor asiduidad las oportunidades para consultarle asuntos espirituales o acompañarlo a obras de beneficencia. Para ambos, la simple sensación de saber cercana la presencia del otro daba tal brillo maravilloso a los instantes, que los hacía irradiar fulgurantes miradas. Si bien, la joven en realidad deseaba asistir a los pobres, el recibir una sonrisa del sacerdote la llevaba a percibir con profunda intensidad la gracia de la gratitud divina.

Día a día se fue haciendo más difícil sofocar la pasión que comenzaba a incendiarlos. Por este motivo el sacerdote padeció un indescriptible tormento en su alma. Él estaba casado con la iglesia, le pertenecía a Dios y eso era algo que jamás se había cuestionado, pero ahora todas sus certezas comenzaban a tambalear ante la mirada de Camila, ante su rostro y su tierna dulzura. Sin embargo, el hombre de Dios anhelaba con todo su corazón ser fuerte y no sucumbir ante el deseo de la carne, por lo que se refugió en la oración para no sentir su alma arder en el abismo del pecado.

Camila, por su parte, a pesar de los destellos de inocencia que irradiaba su rostro angelical, sus finos modales y aparente docilidad, tenía un espíritu fuerte y libre. El suyo era un temperamento obstinado al que impulsaba un corazón pertinaz cuya fuerza superaba por mucho la de su razón. Ella deseaba a Uladislao y lo amaba a pesar de las evidentes dificultades que existían para consumar su amor.

Así, ella se dispuso a desafiar los designios de Dios o de la sociedad que hacían de su amado un objetivo prohibido. Varias mañanas seguidas y en ocasiones también en las tardes, buscando que Uladislao la escuchara, Camila frecuentaba el confesionario, como si fuera la más pecadora mujer en busca de arrepentimiento. Finalmente, en alguno de sus encuentros la joven confesó al religioso, sin tapujos, que lo amaba. El clérigo, estupefacto, sintió su vida derrumbarse en un instante; reprendió a la joven por su locura y le suplicó que se alejara de él.

Pero los servicios religiosos continuaron y ambos sabían que inevitablemente volverían a encontrarse. El sacerdote rezó cada noche con toda la fuerza de su devoción para poder mantener su templanza cuando se enfrentara al fatídico instante en el que debía poner a prueba su aplomo. Camila estaba arrodillada frente a él, esperando su bendición. Un escalofrío de deseo, placer y temor recorrió la sangre del hombre de Dios, que a partir de ese momento intuyó que todo era cuestión de tiempo y que sus fuerzas terminarían por flaquear si ella continuaba insistiendo en esa absurda locura de amor, buscando verlo a solas e inquietando su espíritu. Él terminaría por sucumbir en sus brazos, acarreando así la destrucción de ambos. En ese instante cruzaron sus miradas, el sacerdote se sintió tambalear cuando tuvo la terrible certeza de ver brillar su perdición en la fuerza inquietante de la mirada casi infantil de esa mujer.

Tal como el religioso lo había imaginado, Camila insistió con maliciosa ternura en verlo. Para ella, él era su primer amor; la muchacha que aún no sabía nada de hombres intuía que su felicidad se escondía tras los labios del sacerdote. Obstinada en su amor, le hizo llegar misivas anónimas, que él sabía de sobra a quién pertenecían, en las que le imploraba verlo, asegurando que necesitaba tan solo conversar con él. Si bien en varias ocasiones el sacerdote no respondió ni acudió a las citas, sí llegó hasta algún lugar cercano desde el cual podía ver a la joven ansiosa esperando su llegada. Desolado, observaba la profunda tristeza de ella al comprobar que él definitivamente no aparecería ese día. Él también sufría, la adoraba con desesperación, pero no quería pecar, no quería perder la gracia de Dios ni hacer caer a su amada en el oprobio.

Una tarde, finalmente, Uladislao no pudo contenerse y volvieron a encontrarse. Los ojos profundos y sinceros de Camila le revelaban su amor. Angustiado, el sacerdote intentó razonar con ella, explicarle que su amor no tenía futuro, era un túnel sin salida posible. Pero la joven le replicó con argumentos sobre el amor con tanta franqueza e ingenuidad como si en realidad ella no entendiera la dimensión de la falta que le proponía cometer.

Camila era inteligente e inquisitiva, y con su profunda convicción de amor logró confundir los argumentos sobre los que Uladislao sostenía su vocación religiosa. Mientras la observaba, el sacerdote se preguntaba cómo una jovencita con un placentero porvenir asegurado se arriesgaba a perderlo todo por compartir con él un futuro que nada bueno presagiaba. Conmovido por la ternura, mientras la estrechaba en sus brazos, el religioso le repitió sin cesar a la joven que estaba loca y que de continuar así solo se acarrearían infortunio y desgracia. Ella tenía que comprender de algún modo que nadie jamás comprendería el amor que se sentían, nadie. Tras un suspiro propio de aquellos que saben de sobra que la amonestación que reciben es justificada, pero aun así no van a cambiar de opinión, la joven replicó que su pasión por él le impedía dormir y respirar y que lo necesitaba cerca para poder vivir. Si no lo tenía a su lado, ella sencillamente no sabía para qué vivir. Uladislao besó con fervor los labios de su amada, pero un instante después sintió su alma desgarrarse de dolor por profanar los hábitos sagrados. Tomó el rostro de la mujer entre sus manos, le dio un último beso y le pidió, de nuevo, que desapareciera de su vida para siempre. Pero eso era ya imposible; un pacto tácito se había sellado entre ambos con ese beso.

Preparándose para dar el sermón, Uladislao se sintió impregnado de pecado, como si su alma se hubiera manchado para siempre. Cuando quiso orar, el rostro de Camila apareció en su mente y casi no logró concentrarse al hablar ante los feligreses; temía equivocarse al hablar, no se hallaba a sí mismo. Tan solo podía revivir continuamente el ardor de los labios de Camila sobre los suyos.

Algunos días después, un sacerdote viejo y perspicaz se acercó con franqueza al enamorado y le recordó que el demonio podía adquirir apariencia femenina y que desde la antigüedad los padres de la Iglesia advirtieron sobre la relación de complicidad que desde los albores de la creación ha existido entre la mujer y Satán. El suspicaz anciano le enfatizó a Uladislao sobre el peligro que representaba para cualquier hombre, pero sobre todo para uno consagrado a Dios, ese peligroso ser capaz de arrastrar al más virtuoso de los hombres con su mirada o con sus lágrimas a lo más profundo del averno. Aunque indiscutiblemente esa especie de demonio que es la mujer nunca es tan peligrosa como cuando sonríe.

La errática y distraída actitud de Camila tampoco pasó inadvertida ante sus familiares. El padre, un tanto inquieto por su hija, aunque no tenía un motivo claro para reprocharle, consideró entonces la posibilidad de una boda con algún hombre importante, argumentando que una mujer joven, libre y soltera es un foco de desorden para la sociedad, un cabo suelto que necesita ser atado porque de lo contrario pone en riesgo su futuro, el prestigio de sus familiares y la estabilidad de toda la comunidad. Era, por lo tanto, de vital importancia que la mujer entrara al convento o al matrimonio, para que así llevara una vida ordenada, tal como debe ser. Para el padre de Camila el orden y la institucionalidad era lo que debía primar en una sociedad conformada por hombres de bien.

A pesar de las solemnes ideas que su progenitor expresaba con tono de incuestionable autoridad, Camila tenía sus propios pensamientos. No quería un matrimonio arreglado, y en lo profundo de su corazón, aunque no lo decía en su casa en voz alta, no creía que los sacerdotes debieran sentirse obligados a mantenerse comprometidos eternamente con Dios, en caso de haber cambiado de opinión. Consideraba que podían seguir siendo hombres muy buenos, virtuosos y amar a una mujer. La joven, con bastante liberalidad para su época, creía que los religiosos eran, sobre todo, seres humanos con derecho a ser perdonados por arrepentirse de la vida religiosa que escogieron, sin que por eso perdieran para siempre la gracia divina ni estuvieran condenados vivir como parias estigmatizados por Dios y la sociedad.

Mientras tanto, las noches para Uladislao continuaron siendo un martirio. Durante ese tiempo el sacerdote rezó con más desesperación que piedad, buscando exorcizar el deseo que inflamaba su sangre. La culpa lo indujo a verse a sí mismo en el fulgurante abismo de la condena eterna. Creyó entonces que necesitaba purificarse antes de que fuera demasiado tarde, y para conseguirlo buscó desesperadamente reprimir el intenso deseo que hervía en su alma por Camila. Aterrado, mortificó su carne, flagelándose hasta sangrar, y creyó así conseguir sacar de su cuerpo el lujurioso demonio que se había anidado en él.

Cuando volvieron a encontrarse, Camila le planteó las dudas que le había generado su situación. Ella deseaba saber por qué el amor entre ellos era pecado, y por qué, si la vocación de él era el amor, amarla a ella era una falta tan terrible. ¿Por qué un Dios de amor habría de condenarlos por amarse?

No hubo necesidad de las respuestas, Uladislao había conseguido algún dinero con el fin de partir hacia algún lugar remoto con su amada.

Envueltos en una vertiginosa ilusión de amor, finalmente decidieron huir de Buenos Aires, casarse y emprender camino para radicarse en Río de Janeiro. Para poder conseguir sus objetivos, planearon cambiar sus identidades.

El 12 de diciembre de 1847 la pareja escapó, llevando consigo dos caballos, con dirección a Corrientes. En su primer descanso del viaje, se amaron con toda la furia de su pasión reprimida.

Pero en Buenos Aires, tras un espasmo de diez días en los que el asombro y el temor al escándalo dejaron paralizados a los familiares de Camila y a los clérigos cercanos a Uladislao Gutiérrez, las reacciones no se hicieron esperar. Poco tiempo después, todo Buenos Aires estaba conmocionado y en las calles y reuniones no se hablaba de otra cosa. Rosas, el gobernante, sintió que dicho acto era un desafío a su autoridad y se molestó mucho por haber sido informado más de una semana después de ocurrido el incidente, si bien el denunciante ante el gobernador fue el propio padre de Camila, Adolfo O'Gorman, quien en medio del dolor y la indignación, sintiendo destrozados su honor y prestigio familiar, escribió una carta al brigadier general Juan Manuel de Rosas el 21 de diciembre de 1847, de la que se extrae este texto:

Exmo. Señor:

[ ] Quiero elevar a su superior conocimiento el acto más atroz y nunca oído en el país, y convencido de la rectitud de V. E. hallo un consuelo en participarle la desolación en la que está sumida mi familia, pues la herida que este acto ha hecho es mortal para mi desgraciada familia, el clero en general de consiguiente no se creerá seguro en la República Argentina. Así señor, suplico a V. E., dé orden para que se libren requisitorias a todos los rumbos para precaver a esta infeliz se vea reducida a la desesperación y conociéndose perdida se precipite en la infamia.

El individuo es de regular estatura, delgado de cuerpo, color moreno, ojos grandes, pardos y medio saltones, pelo negro y crespo, barba entera pero corta, de doce a quince días; la niña es muy alta, ojos negros y blanca, pelo castaño, delgada de cuerpo [ ].[94]

Tal como lo mencionaba el padre de Camila, los miembros más destacados de la institución eclesiástica sintieron también que la afrenta había sido directamente dirigida en contra de la Iglesia, ya que la alta sociedad de Buenos Aires les estaba exigiendo a ellos una explicación de lo sucedido. Además, "las gentes de bien" querían que se llevara a cabo un castigo ejemplar que impidiera que aberraciones como esta volviesen a suceder. Por este motivo, destacados miembros del clero sumaron su queja ante el gobierno para que este se dispusiera a perseguir, capturar y castigar ejemplarmente a los culpables de semejante crimen tan atroz.

Así lo expresaba Miguel García, provisor y vicario del obispado de Buenos Aires, al general Rosas:

22 de diciembre de 1847

[ ] Un suceso tan inesperado como lamentable ha tenido lugar en estos últimos días. Mientras tanto, el suceso es horrendo y tiene penetrada mi alma el más acerbo sentimiento. Yo veo en él establecidos la ruina y el deshonor, no solo del que lo ha cometido,

---

[94] Citado por Lelia Area en su trabajo *Entre la familia y la barbarie: el caso Camila O'Gorman.*

sino también de la familia a que la joven pertenece; pero lo más lamentable son la infamia y el vilipendio que trae aparejados para el Estado Eclesiástico.

Por el amor que V. E. le tiene a la religión, yo le ruego quisiera ocuparse de esta desgraciada ocurrencia, dignándose adoptar medidas que estime conveniente, para averiguar el paradero de aquellos dos inconsiderados jóvenes, para que su atentado tenga la menor posible trascendencia por el honor de la Iglesia y la clase sacerdotal.[95]

Por su parte, Mariano Medrano, obispo diocesano, le expresó al gobernante:

Estamos llenos de dolor, y en medio de las angustias en que nos vemos sumergidos, no se nos ocurre otro arbitrio que aquiete algún tanto nuestro corazón, que el de suplicar a V. E. si es que de superior grado, el que se designe ordenar al Jefe de la Policía, despachen requisitorias por toda la ciudad y campaña para que en cualquier punto donde los encuentre a esos miserables, desgraciados e infelices, sean aprehendidos y traídos, para que procediendo en justicia, sean reprendidos y dada una satisfacción al público de tan enorme y escandaloso procedimiento.

También confío en que con su discreción y sabiduría se puedan atenuar sus resultados haciéndolos menos trascendentales al público.

Prestigiosos personajes, de diversos estamentos, sintieron que cuanto más enérgico fuera el castigo, la moral se vería más protegida de nuevas agresiones.

No obstante, entre los allegados al gobernador las posiciones eran diversas. Por una parte, su hija, Manuelita Rosas, permanecía estupefacta por la osadía de su íntima amiga que la llevó a tomar semejante decisión. Pero por otra, la cuñada de Rosas, María Josefa Ezcurra, de

---

[95] *Ibíd.*

quien se rumoraba que pertenecía a *la Mazorca*,[96] medió en este caso a favor de Camila.

El gobierno extendió una circular a todo el territorio de la Confederación Argentina, en la que se describía con detalles el aspecto físico de los prófugos y se ordenó su captura en todo el país. Los opositores al gobierno, los unitarios, encontraron en la situación una buena oportunidad para cuestionar duramente las políticas imperantes.

La trascendencia del incidente no estaba solo en el amancebamiento de un cura; a ese escándalo inicial lo agravaba el hecho de haber arrastrado a la deshonra a una joven perteneciente a una prestigiosa familia. Para algunos, ella era víctima de un religioso abusivo y disoluto; para otros, la mujer era la culpable de dañarle al sacerdote su vocación.

En febrero de 1848, los prófugos se hallaban en Paraná y habían conseguido pasaportes falsos a nombre de Máximo Brandier y Valentina Desan, esposos.

En su interminable peregrinar, la pareja llegó a la pequeña ciudad de Goya, en la provincia argentina de Corrientes con su nueva identidad. Allí se tomaron un descanso y se prepararon para su recorrido a Brasil. Para sobrevivir, abrieron la primera escuela para niños de ese lugar. Vivieron cuatro meses de intensa pasión en los que Camila quedó embarazada, pero el 16 de junio de ese mismo año, un sacerdote irlandés reconoció a Gutiérrez. Aunque negaron su verdadera identidad, inevitablemente el rumor se propagó y pronto la pareja fue descubierta.

Los impíos amantes fueron arrestados en la provincia de Corrientes. El gobernador Benjamín Virasoro certificó su captura el 20 de junio de 1848. Engrillados como los más temidos criminales, los capturados partieron el 9 de julio de Goya hacia Rosario. Luego, en San Nicolás de los Arroyos, ante un juez de paz quedó constancia de la declaración de la enamorada:

---

[96] Mazorca, el temido cuerpo extraoficial de "justicia" conformado por fanáticos devotos de Rosas. En ocasiones la Mazorca exterminó a tiros o a cuchilladas en las calles o calabozos a sospechosos de ser opositores al régimen de Rosas.

Camila O'Gorman hija de D. Adolfo O'Gorman y de Da. Joaquina Ximénes / Natural de Buenos Aires / Edad de 21 años / Estado soltera / Domicilio: Buenos Aires / Sabe leer y escribir de ello firma a continuación / color blanco rosado / pelo castaño / Es sana / Viste vestido de muselina fondo blanco bastones / Pañuelo de cachemir guarda punzó / calza botín de género / Se remite a consecuencia de ser remitida a este juzgado por el Señor Comandante del Regimiento Nº 3 Coronel D. Vicente González con el reo Presbítero Don Uladislao Gutiérrez que la llevó seducida hasta la Provincia de Corrientes / Preguntada por la causa de su prisión dijo que por haberse evadido de casa de sus padres en compañía de D. Uladislao Gutiérrez con objeto de contraer matrimonio con él, por cuanto estaba en la presunción de que no era presbítero, y que no pudiendo dar de este una satisfacción a la sociedad de Buenos Aires lo indujo a salir del país para que se efectuara lo más pronto posible estando uno y otro satisfechos a los ojos de la Providencia / Que si este suceso se considera un crimen lo es ella en su mayor grado por haber hecho dobles exigencias para la fuga pero que ella no lo considera delito por estar su conciencia tranquila – CAMILA O'GORMAN.[97]

Tras haber declarado públicamente la tranquilidad de su conciencia, a pesar de sentirse responsable de haber incitado al sacerdote, Camila y su amado fueron trasladados, de forma separada, en dos lúgubres carretas y engrillados hasta la prisión de los Santos Lugares, en ese entonces dirigida por Antonino Reyes. Allí pasaron tres lacónicos días incomunicados el uno del otro. El avanzado estado de embarazo de la condenada hizo que se le notificara al gobernante la preñez de la mujer. No obstante, Rosas ordenó ejecutar a los condenados. Camila recibió bautizo para su criatura por la boca.

Ante la conmoción general, incluso de su propia hija, Manuelita, de la que se dice que abogó con insistencia por su amiga, el gobernante Rosas argumentó:

---

[97] *Ibíd.*

Nunca como ahora necesito ser implacable [...]. Se trata de la moral del pueblo, de los principios en que se basa la sociedad, de las normas sagradas de la religión. Y debo poner freno a las malas pasiones [...]. ¿Qué sería del hogar, del ara del templo, y dónde iríamos a parar si actos de esta naturaleza quedaran impunes? Por una mujer que olvidó sus deberes, habrá cien mil que los cumplan, por un hijo adúltero que ya no vendrá al mundo se salvará una generación, por un sacerdote que ha manchado sus hábitos, el clero ha de mantener sus virtudes y su prestigio. Hay que mantener sin sombras los altares de la sociedad y de la religión, si no queremos que el desenfreno y el libertinaje arrasen con todo.[98]

Antes de morir, Uladislao fue visitado en su calabozo por Reyes. El que hasta hace poco era un carismático hombre de fe, era ahora un abandonado del mundo, de Dios y de los hombres. El director de la cárcel percibió de inmediato la ansiedad del pobre hombre por conocer el destino de su amada de la que se encontraba incomunicado hacía varios días. El reo, en su calabozo aislado, al enterarse de que partiría junto a su mujer a la morada eterna, buscó algo con qué escribir una nota y pidió el favor de que le fuera entregada a Camila: "Camila mía: Acabo de saber que mueres conmigo. Ya que no hemos podido vivir en la Tierra unidos, nos uniremos en el cielo ante Dios. Te abraza... Tu Gutiérrez".

En la mañana del 10 de agosto de 1848 cada uno de los condenados salió de su celda y fue llevado al patio de fusilamiento. Se vieron por última vez durante algunos minutos y se despidieron. Luego, les fueron vendados los ojos y un grito desgarrador resonó en el recinto. Uladislao suplicaba compasión por el embarazo de Camila. Se dice que durante un momento algunos soldados se rehusaron a disparar contra la mujer, pero finalmente los disparos resonaron y los amantes proscritos buscaron encontrarse en otra vida.

---

[98] *Ibíd.*

Paul Verlaine y Arthur Rimbaud

Algunas relaciones son un encuentro de espíritus apasionados e intensos, egoístas y destructivos. Se atraen, se complementan, se odian, se repelen, se aman y se destruyen uno al otro, lenta y continuamente, como si amarse y devorarse fueran una misma cosa, como si el deseo por el otro estuviera impregnado de un componente destructivo letal, terrible, corrosivo. Son fieras que en sus besos arrancan a jirones el alma, la vida y la piel del otro, como condenados a buscar en los despojos del ser amado las respuestas a la ansiedad de su alma tempestuosa.

Existen muchas versiones, relatos y leyendas sobre la compleja vida y personalidad de cada uno de estos dos poetas. Algunos han hecho énfasis en su carácter ateo, místico o revolucionario, así como en su decadencia o en su vivencia de la poesía. La mayoría de las reconstrucciones de la vida y obra de estos dos "seres malditos" se han visto exaltadas por el tórrido romance que vivieron. Entre las biografías que existen sobre estos personajes se destaca la de Jean-Jacques Lefrère, quien en su exhaustiva investigación sobre Arthur Rimbaud, escudriñó en la vida de estos individuos buscando vislumbrar de algún modo el germen de su pasión, su locura y genialidad. Lefrère recopiló diversas informaciones, documentos y testimonios en busca de confirmar o descartar teorías, leyendas y suposiciones que desde la época en que vivieron se han creado alrededor de estos personajes, particularmente en torno a la segunda parte de la vida del enigmático Rimbaud, en la que, para sorpresa de aquellos que conocían su talento poético, el autor de *Una temporada en el infierno* decidió no volver a escribir. No obstante, Lefrère sugiere que ciertos documentos fueron adulterados y, por ejemplo, algunos escritos de Rimbaud fueron quemados por su hermana Isabelle, quien los consideró inmorales. Del mismo modo, algunas de sus cartas fueron adulteradas por un biógrafo que las consideró "mal escritas".

Arthur Rimbaud fue un personaje escurridizo, oscuro, inquietante. A pesar de contar tan solo con dieciséis años cuando conoció en 1871 a Paul Verlaine, quien era ya un poeta reconocido de veintisiete años, Arthur ya llevaba varias fugas de su hogar a cuestas, experiencias todas muy difíciles porque no tenía un céntimo ni un lugar concreto adónde ir. Al parecer, llegó a tener que dormir en las calles y buscar comida en los basureros. En su alucinante deambular entre la lucidez y la demencia, se cree que en la última de sus huidas de casa, antes de conocer a Verlaine, fue violado por unos soldados y que esa dolorosa experiencia turbó su alma hasta tal punto que desde entonces no pudo dejar de sentir una *tanática* atracción por explorar los fondos abisales de la degradación.

No obstante, desde antes de ese turbulento año de 1871, Rimbaud ya venía explorando desde su infancia los senderos de la locura con la que parecía acercarse a la trascendencia poética y a la genialidad. Había nacido en 1854 en el seno de una familia campesina de clase media al noreste de Francia, en Charleville. Su padre, Frédéric Rimbaud, fue un capitán del Ejército que se casó con Vitalie Cuif, con quien tuvo cinco hijos a los que abandonó cuando Arthur tenía seis años. Desde entonces el pequeño se sintió asfixiado por el riguroso régimen de vida familiar que exigía su madre, una mujer autoritaria y de difícil trato, la cual es factible que estuviera un poco trastornada, al igual que sus hermanos. La locura de Rimbaud ya venía navegando en su sangre. En el colegio se destacó por su talento literario y su habilidad con el latín. Sus escritos permitían entrever el revoloteo de su espíritu inquietante y profundo, que no pasó inadvertido ante sus profesores. Una particular influencia tuvo en Arthur su maestro de retórica, Georges Izambar, quien en 1870 lo impulsó a desarrollar su talento. Ese mismo año, en julio, Francia declaró la guerra a Prusia, lo que inspiró a Arthur a escribir *Muertos del Noventa y Dos*. Continuó escribiendo y ganó un premio con *La alocución de Sancho Panza a su asno*. Pero el joven poeta que a sus 15 años parecía la encarnación de un ángel caído, por la belleza de sus facciones, su genialidad y su rebeldía, no soportó continuar viviendo en su ciudad natal, que sentía muy estrecha para él. Utilizó los francos que recibió como parte del galardón por sus escritos para huir de casa rumbo a París, a pesar de la tensa situación que se vivía por la guerra. Pero el billete que pudo comprar con sus escasos recursos solo era válido hasta Saint Quentin, razón por la cual el joven Arthur fue detenido y puesto en prisión. Frustrado, escribió cartas a sus allegados pidiendo perdón en tono lastimoso; conmovido, su profesor Izambard le envió el tiquete de regreso a casa. Pero el joven solo resistió en el hogar materno diez días antes de emprender una nueva fuga, esta vez rumbo a Bélgica, con la esperanza de trabajar en el periódico que dirigía el padre de un amigo suyo. Pero su actitud irreverente y sus modales arriesgados e insolentes lo único que consiguieron fue que se le negara el empleo. Pronto, el niño rebelde de nuevo se sintió extenuado; sin dinero, imploró por ayuda a amigos y familiares. Izambard no quiso sentirse cómplice del fugitivo, por lo que consultó a la madre del joven sobre lo que debía hacerse en esa oportunidad. Vitalie consideró que su hijo debía devolverse caminando o ser repatriado por la Policía sin que eso repercutiera en gastos para nadie. De nuevo en Charleville a finales de 1870, Arthur continuó escribiendo. En enero de 1871 su ciudad fue ocupada por el ejército alemán. Los recurrentes paseos del joven entre ruinas y despojos de batalla le inspiraron a componer diversos poemas como *La deslumbrante victoria de Sarrebuck*, *El mal* y *El durmiente del valle*.

A pesar de sus momentos de inspiración, Charleville continuaba hastiándolo, por lo que a finales de febrero el poeta se fugó de nuevo a la añorada París, que encontró devastada por la guerra. Pero esa caótica desolación lo atrajo profundamente. Como siempre, sin dinero, deambuló y escribió entre los escombros de la ciudad. De esta época datan las referencias que existen sobre la violación que sufrió, víctima de los soldados del cuartel de la *rue* Babylone en París. En el tono amargo de su poema *El corazón robado* se revelan vestigios de su amargura.

De regreso en Charleville, el joven de aspecto angelical había cambiado; tenía, según algunos, el halo de un demonio. Apareció con aspecto zarrapastroso, llevando siempre en sus labios una pipa bocabajo; no quería asearse ni peinarse, blasfemaba por las calles, escribía en las paredes de las iglesias "A la mierda con Dios" y sacudía su cabeza piojosa ante los curas para asustarlos. Como un mendigo, esperaba en puertas de bares y cafés que algún alma compasiva lo invitara a una copa y cuando lo conseguía contaba historias alucinantes sobre sus conquistas sexuales de mujeres callejeras. Pero también pasaba largas horas en la biblioteca leyendo y escribiendo cartas a sus amigos Paul Démeny e Izambard, en las que reflexionaba sobre el espíritu de la poesía. Durante esta temporada se dedicó al estudio exhaustivo de libros de magia, ocultismo e iluminismo que lo impulsaron a desarrollar sus nuevas teorías poéticas sobre la calidad de *vidente* del poeta, quien debería ser un transmisor o un médium de la divinidad. "Yo soy otro" escribió en su *Carta del vidente* a Démeny, en la que explicaba su método para lograr dicha trascendencia. En esta misma línea, consideró que las drogas también constituían un estimulante para fundirse con la divinidad y llegar a convertirse en una de ellas, lo que acabaría con la terrible ruptura existente en el alma humana entre el bien y el mal. Ese, según él, era un estado al que se podía acceder atravesando los abismos de la degradación y el sufrimiento. "Voy a revelar todos los misterios: misterios religiosos o naturales, muerte, nacimiento, porvenir, pasado, cosmogonía, la nada. Soy maestro en fantasmagorías".[99]

Por iniciativa de un amigo, Arthur escribió a Paul Verlaine, poeta a quien admiraba, enviándole unos versos suyos. Verlaine recibió la misiva en agosto de 1871 y se entusiasmó profundamente con el poema de Rimbaud *El barco ebrio*, hasta tal punto que animó al joven a trasladarse a París, para lo cual le mandó dinero y le ofreció hospedaje. "Venga, querido, alma grande, se os llama y se os espera", le expresó Verlaine al joven poeta en su misiva de respuesta, sin saber lo que el destino le depararía tras semejante ofrecimiento.

Para la época en que conoció a Rimbaud, Verlaine, que al igual que Rimbaud era hijo de un militar, estaba tratando de equilibrar su vida familiar burguesa y su afición por la bohemia. Estaba casado, y su joven esposa, Mathilde, de diecisiete años, acababa de dar a luz. La pareja vivía en el hogar de los padres de ella, quienes eran aficionados al arte y la música (la madre de Mathilde era profesora de música y entre sus alumnos se encontró Debussy). Esa inclinación artística de sus suegros indujo a

---

[99] Arthur Rimbaud, *Una temporada en el infierno*.

Verlaine a invitar al joven y desconocido poeta a su casa. Evidentemente Paul Verlaine había crecido en un hogar más acogedor que el de Arthur y estaba acostumbrado a los placeres de la vida burguesa. No obstante, carecía de la extraordinaria belleza física de Arthur y de su arrebatadora personalidad. Sobrio podía ser un personaje amable y cariñoso, pero bajo el efecto del alcohol —y hacía un tiempo se había alcoholizado— solía convertirse en un ser salvaje y violento; incluso en una ocasión, enceguecido por una borrachera, intentó asesinar a su madre.

Arthur llegó a París a finales de septiembre, sucio, andrajoso y maloliente, al respetable hogar de los suegros de Verlaine. Además de su deplorable aspecto, el temperamento insolente, hostil y salvaje del jovencito desalentó profundamente a toda la familia, menos a Verlaine, quien quedó fascinado con él. Los días que Arthur vivió en esa casa fueron contados, pero sus secuelas sin duda perduraron. Tras salir del hogar de los suegros de Verlaine, Arthur se trasladó a una habitación que pertenecía a un amigo de Paul, pero también la destruyó y fue echado de allí. Tras encontrarlo como un mendigo en la calle, Verlaine lo rescató de nuevo y alquiló una buhardilla para el muchachito. La fuerte atracción que los unía pronto los convirtió en amantes. Paul ya había tenido en el pasado otras relaciones con hombres, pero jamás con la misma intensidad. Juntos comenzaron a llevar una vida de interminables juergas y borracheras, acompañadas alucinantes experiencias con hachís y ajenjo. La pareja se fue aislando de la sociedad, lo que puso cada vez más en evidencia el turbio carácter de su relación. Aunque Verlaine presentó a Arthur a sus amigos, casi todos artistas reconocidos, Rimbaud se burlaba de todos y de sus obras con cinismo, e incluso llegó a atacar a uno de ellos con un bastón de espada. Por estos comportamientos salvajes de su entrañable amigo, que todos intuían como la pasión sodomita de Verlaine (en esa época el término *homosexual* no se utilizaba), el reconocido poeta dejó de ser invitado a la mayoría de eventos sociales, y su tempestuosa relación no tardó en convertirse en rumor general. En un periódico se publicó que el poeta Verlaine iba en compañía de *mademoiselle* Rimbaud.

El de Paul y Arthur fue un encuentro de temperamentos enfermizos, intensos, brutales, apasionados y destructivos. Arthur disfrutaba haciendo sufrir a Verlaine, lo asustaba y lo agredía emocional y físicamente. En alguna ocasión, en aras de practicar un experimento, lo acuchilló repetidamente en las manos. Pero anhelaban la mutua compañía, y la fuerte atracción sexual que los unía los llevó a vivir encendidos momentos de pasión carnal. En ocasiones llegaron a tratarse con ternura...

Ambos arrastraban consigo el espíritu del romanticismo, por lo que buscaron sin cesar el genio poético en la exaltación de sí mismos o en las oscuras profundidades de lo misterioso, lo irracional y lo aberrante. Quisieron transgredir el orden establecido y sumirse en la orfandad de los renegados de Dios para naufragar en la embriaguez de los sentidos que los llevaba a las cúspides alucinantes del delirio. Se burlaron a sus anchas del espíritu racional que, aseguraban, no les había servido a los hombres realmente para nada.

En alguna ocasión Rimbaud propuso incendiar el Louvre, ya que los cuadros célebres le parecían auténtica basura y consideraba la pintura en general definitivamente inferior a la literatura. Esta actitud insultante y sarcástica fascinaba, pero producía temor a la vez.

Durante esta época continuaron escribiendo, pero, por supuesto, el débil equilibrio emocional que Verlaine había buscado conseguir con su matrimonio se hizo trizas. Con frecuencia, tras pasar largas horas con Rimbaud, Verlaine llegaba a casa de sus suegros completamente borracho e iracundo, y trataba con violencia a Mathilde; la golpeaba fuertemente e incluso llegó a intentar quemarle el pelo.

En una de estas ocasiones, en enero de 1872, Paul, completamente ebrio, desató una discusión por un café que consideró mal servido y, enfurecido, agarró a su hijo de tres meses y lo estrelló contra una pared. El pequeño se salvó porque lo protegieron las cobijas que lo envolvían. Luego, intentó estrangular a Mathilde. Los suegros, desesperados por la situación, echaron a Verlaine de su casa. Pero al poco tiempo apareció arrepentido, jurando cambiar su conducta para siempre y asegurando que no volvería a ver a Arthur, a quien Mathilde consideraba el causante de toda su desgracia. Paul siempre se debatió entre el amor a su esposa y la enigmática atracción que ejercía Arthur en él. Es posible que en realidad y a su modo enfermizo deseara estar con Mathilde, pero la seducción que ejercía Rimbaud sobre él lo arrastró inevitablemente al abismo. "Ahora estoy maldito, tengo horror a la patria. Lo mejor es dormir, completamente ebrio, sobre la playa", escribió Rimbaud.[100]

El 7 de julio de 1872, Verlaine salió a buscar una medicina para Mathilde, quien sufría de fuertes dolores de cabeza. En el camino, se encontró con Rimbaud, quien le dijo estar hastiado de París y le propuso que viajaran juntos a Bélgica. Paul lo siguió, sin equipaje y sin decir nada a su esposa. Ese mismo día los poetas partieron rumbo a Arras y luego a Bélgica. Pocos días después, Verlaine envió una nota a su mujer en la que le aseguró estar viviendo una pesadilla y le prometió regresar algún día.

Con el profundo desasosiego que producen las partidas sin despedida, Mathilde viajó con su madre a Bruselas en busca de Paul. Al parecer la pareja se encontró y tuvieron una noche apasionada en la que Mathilde convenció a Verlaine de regresar con ella. El marido disoluto siguió a su mujer, pero en el recorrido de regreso a casa el poeta se arrepintió y se bajó del tren. A su casa volvió seis años después y por tan solo unos minutos.

En adelante, la relación entre Rimbaud y Verlaine transcurrió entre Londres y Bruselas. Se caracterizó por el maltrato, los lamentos, las lágrimas y la locura. Vivieron juntos un tiempo en Londres y luego se separaron en medio de un terrible escándalo para al cabo de unos meses estrecharse en un tórrido reencuentro que sería la antesala de un nuevo conflicto. En el furor de sus constantes estallidos de ira, muchas veces se atacaron mutuamente con la punta asomada de un cuchillo enrollado en una toalla.

Mathilde comenzó el proceso de divorcio dispuesta a revelar a todos los detalles de la tempestuosa relación de su marido con otro hombre.

Sintiendo una profunda crisis literaria y mística, cuestionándose incluso su teoría del vidente e intuyendo que por medio de la degradación llegaría definitivamente a la demencia, pero no a la divinidad, Rimbaud dejó unos días a Verlaine en Londres para instalarse en la granja de su

---

[100] *Ibíd.*

madre en Roche, donde comenzó a trabajar febrilmente en su obra *Una temporada en el infierno.*

Pero la necesidad o el deseo de estar juntos era mayor a sus fuerzas, y para el verano de 1873 los poetas vivían, de nuevo, juntos en Londres. Se dice que para entonces la actitud de Rimbaud era tan salvaje, que Verlaine salió corriendo del lugar donde se encontraban, sin equipaje ni nada, buscando un barco que lo llevara de nuevo al continente. Paul tenía la esperanza de congraciarse con su esposa, pero ya era demasiado tarde.

Destrozado por el abandono de su amigo, Rimbaud le escribió a Verlaine apasionadas cartas suplicándole que volviera junto a él. "Vuelve, vuelve, amigo mío, mi único amigo. Te juro que seré bueno", le decía en medio del desasosiego que la soledad le producía.

Por su parte, Verlaine, en Bruselas, también estaba destrozado y envió cartas a su madre, a Mathilde y a la hermana de Rimbaud, entre otros, en las que aseguraba que pronto se suicidaría. Finalmente, su madre llegó para brindarle apoyo. El 8 de julio de 1873 Paul envió por telégrafo un mensaje a Rimbaud solicitándole que fuera a Bruselas, ya que quería despedirse de él antes de enlistarse como soldado en las filas carlistas españolas. Arthur viajó inmediatamente para encontrarse con su amigo. Pero en cuanto se vieron todas sus emociones comenzaron de nuevo a arder. Bebieron, lloraron, gritaron, pelearon y se amaron furiosamente como solían hacer. Poco después Verlaine ya no quería enlistarse en las tropas españolas, sino continuar en los brazos de Rimbaud; pero este ya había saciado su sed de pasión tres días después del encuentro y de nuevo quería dejarlo.

Enceguecido por la borrachera y por la angustia de verse de nuevo sin su amante, Verlaine disparó dos tiros contra Rimbaud de los cuales uno atinó en la mano y el otro se perdió en la pared. La policía se enteró del asunto. Arthur lo denunció, y el 8 de agosto de 1873 Verlaine fue condenado a dos años de prisión, pena máxima para el delito de lesiones personales. El castigo se vio agravado tras considerase la naturaleza de la amistad entre los dos hombres de la que existían testimonios de testigos y denuncias de la esposa de Verlaine. El juez fue inmisericorde, ya que la abierta homosexualidad no era aceptada. Durante el proceso judicial en su contra, Verlaine fue sometido a un humillante examen médico legal, en el que se concluyó que existían signos recientes de sodomía activa y pasiva.

Según el relato de un testigo que aparece en un informe policial de 1873 y que Jacques Lefrère reproduce parcialmente en su trabajo, Verlaine en una ocasión exclamó: "'Tenemos amores de tigres' y, diciendo esto, mostraba a su mujer su pecho tatuado y herido de las puñaladas que le había aplicado su amigo Rimbaud: estos dos seres luchaban y se destrozaban como dos bestias feroces, por el placer de reconciliarse"[101].

Tras curarse la herida de bala en un hospital, Rimbaud fue expulsado de Bélgica. Regresó a la granja de su madre en Roche, donde en medio de la soledad y una crisis agonizante terminó de escribir *Una temporada en el infierno,* una de las obras más representativas del simbolismo, en las que se plasman emociones de su tormentosa vida en pareja con Verlaine:

> Soy viuda… –era viuda…– pero sí, antes era muy seria, ¡y no nací para convertirme en esqueleto!... Él era casi un niño… Sus misteriosas delicadezas me sedujeron. Olvidé todo deber humano por seguirlo. ¡Qué vida! La verdadera vida está ausente. No estamos en el mundo. Yo voy a donde él va, es necesario. Y él se encoleriza a menudo contra mí, contra mí, la pobre alma. ¡El Demonio –es un Demonio, ya lo sabéis, no es un hombre.[102]

Arthur viajó de nuevo a Bélgica y allí encargó a un editor de la obra que había acabado de concluir. Casi no tenía recursos para pagar la impresión, pero logró enviar siete ejemplares del libro a reconocidos autores parisinos con la ilusión de recibir una respuesta, y el editor archivó el resto de su trabajo. Pero la condena social por los escándalos vividos le negó todo reconocimiento. Los medios literarios de París le dieron la espalda. Lo consideraban el responsable de la desgracia de Verlaine, pues

---

[101] Citado por Jean-Jacques Lefrère en *Arthur Rimbaud.*
[102] *Ibíd.*

por él el prestigioso poeta de vanguardia había ido a parar a la cárcel, destrozado su respetable familia y abandonado a su pequeño hijo.

El dice: "No amo a las mujeres. Hay que reinventar el amor, ya se sabe. Ellas solo pueden ambicionar una posición segura. Obtenida, corazón y belleza se dejan a un lado: solo queda frío desdén, único alimento del matrimonio de hoy. O bien encuentro mujeres con los signos de la felicidad, a quienes yo hubiera podido transformar en buenas camaradas mías, devoradas desde el comienzo por brutos sensibles como hogueras…".[103]

Arthur regresó a Londres con el poeta Germain Nouveau, en 1874. Allí escribió sus controversiales poemas en prosa, *Iluminaciones*. Pero, según algunos, devastado por el fracaso de su única publicación, de la cual, según Lefrère, Rimbaud sentía que dependía su carrera literaria, Arthur renunció para siempre a la poesía. Para otros, la poesía y la pasión iban de la mano. Al dejar de lado el frenesí por Verlaine, quedaron también atrás la magia y el ardor.

Aunque muchos biógrafos aseguran que Rimbaud quemó sus manuscritos, según la investigación de Lefrère estos en realidad fueron abandonados y descubiertos por casualidad en una imprenta de Bélgica en 1902.

Rimbaud y Verlaine se volvieron a ver por última vez en Alemania en 1875, tras la salida de Paul de la cárcel. El poeta ex presidiario aseguraba ahora ser abstemio y haber vuelto con fervor a los mansos rediles del catolicismo, por lo que con sarcasmo Arthur se refirió a él como "el Loyola". Durante el encuentro volvieron a embriagarse hasta el delirio. La borrachera culminó con Verlaine apaleado y con heridas en la cara, tendido e inconsciente a orillas del río Necktar.

Después de su memorable último encuentro con Rimbaud, Paul logró mantenerse algunos años alejado del alcohol, pero hacia 1782 cayó de nuevo en su adicción, se contagió de sífilis y se arruinó completamente. Cuando su madre, que siempre trató de protegerlo, murió, Verlaine

---

[103] *Ibíd.*

entró en su recta final. Pasó sus últimos años frecuentando hospitales de caridad para ser atendido de todas sus dolencias. Murió en 1896 a los 52 años, completamente abandonado por todos.

Por su parte, Rimbaud se convirtió en un aventurero. Viajó por el mundo ejerciendo diversos trabajos manuales. En Estocolmo trabajó en la boletería de un circo, pero pronto decidió buscar nuevos horizontes y para 1878 se encontraba en Alejandría y luego en Chipre, donde se convirtió en capataz de obra en unas canteras. Luego, volvió a la granja materna. Para sus antiguos amigos y conocidos fue evidente que su personalidad había cambiado, puesto que irradiaba una extraña calma y ya no se ocupaba de la literatura. Con el alma siempre en fuga, el otrora poeta buscó nuevos rumbos hasta llegar, en agosto de 1880, a Steamer Point, nombre inglés del puerto de Adén (actual Yemen), un lugar extremadamente cálido al que algunos europeos de la época definieron como uno de los fosos del infierno. Arthur describió el lugar a su madre: "Adén es un cráter de volcán extinguido y cuyo fondo ha sido llenado con arena. Solo se puede tocar la lava y la arena que no pueden producir ni el más ínfimo vegetal. Los alrededores son un desierto absolutamente árido. Aquí, las paredes del cráter impiden al aire circular, y nos rostizamos en el fondo de este agujero como en un horno de cal".

Esa era otra temporada en el infierno, pero ahora se encontraba allí en busca de dinero. Durante esta época trabajó en una factoría francesa que comerciaba con café, algodón y pieles. Once años duró su estancia en Oriente, en los que únicamente escribió escuetas cartas a su madre en las que le narró algunas de sus peripecias, entre ellas, su travesía hasta Shoa (Abisinia). Durante dos años marchó por lugares que ningún europeo había recorrido. Por estas difíciles zonas Arthur traficó armas, fue estafado, se contagió de sífilis y paludismo y su caravana fue atacada tanto por caníbales como por animales salvajes. También enfrentó hambrunas. Luego se instaló en Harrar, aunque este era un lugar vedado a los no musulmanes. Si bien abandonó la literatura, él mismo parecía haberse convertido en un héroe de aventuras. Pero ya no pensaba en acercarse a la divinidad ni en reinventar el amor. Atrás habían quedado la magia, la poesía y el amor condensados en su *Una temporada en el*

Infierno junto a Verlaine. "–Y pensemos en mí. Esto apenas me hace extrañar el mundo. Tengo suerte de no sufrir más. Mi vida solo fue dulces locuras, es lamentable".[104]

El 20 de febrero de 1891, estando en la mitad de África, Rimbaud anunció a su madre que sufría un dolor intenso en su rodilla derecha. Fue el primer síntoma de un corrosivo cáncer de huesos que lo obligó a retornar a Francia. Tras atravesar el desierto de Harrar en camilla y con la ayuda de 16 negros, Arthur logró tomar un barco y llegar el 20 de mayo a Marsella, donde fue hospitalizado. Días después la pierna fue amputada. Pasó un mes de convalecencia en la granja de su madre en Roche, pero, como siempre, anhelaba partir, quería conseguir una pierna artificial para emprender de nuevo un viaje. Pero el cáncer siguió avanzando. Finalmente, en medio de delirios de opio y dolor, Rimbaud murió el 10 de noviembre de 1891, a los 37 años. Su antiguo amante, que para entonces vivía su propia decadencia, no fue a su entierro. "¡Perpetua farsa! Mi inocencia podría hacerme llorar. La vida es la farsa en que participamos todos".[105]

---

[104] *Ibíd.*
[105] *Ibíd.*

Modigliani, el amante maldito

"Pintar a una mujer es poseerla" expresó alguna vez Amedeo Modigliani, artista polémico, apasionado y violento que vivió el amor, el arte y la vida como una sola experiencia intensa y única. Desde temprana edad fue amado por la enfermedad y las mujeres. La muerte, como si fuese su sombra, se mantuvo siempre a su lado, agazapada, al acecho, buscando arrastrarlo consigo. Invariablemente, Modigliani miró de frente a las mujeres y a la muerte, con fascinación, pero también con desdén, mientras él caminaba con elegancia, gallardía y cinismo al borde del abismo, por su propia voluntad. No cuidó de su salud, y a pesar de las dolencias que padecía, el pintor envolvió su propia existencia con los voluptuosos efluvios del alcohol y las drogas, entre los que vivió tórridos romances y desató su talento genial, apaciguando así las terribles penurias y la pobreza que padeció desde su niñez. Su arte y su espíritu triunfaron sobre sus detractores e incluso sobre la muerte, ya que sobrevivió en el reconocimiento a la calidad de sus obras.

Además de pintor, escultor y dibujante, Modigliani fue un amante consumado. Disfrutó a muchas mujeres con tal pasión y frenesí que en los retratos que hizo de ellas parecen reflejarse la languidez propia de los cuerpos femeninos agotados de placer, los destellos de sus miradas, la cadencia sensual de los cuellos largos y de los brazos, como si sus manos de artista hubieran quedado impregnadas con vestigios del alma, de la piel, de la agonía y del éxtasis de las mujeres que acarició. Como retribución, a cada una de ellas el controversial pintor les legó un recuerdo imborrable del paso por sus vidas. A muchas las pintó o dibujó, con otras tantas compartió intensos momentos en los que confluyeron la pasión, la violencia y el maltrato en proporciones casi equivalentes. Ninguna de sus amantes lo olvidó, y con dificultad sobrevivieron a su ausencia aquellas a las que abandonó.

Amedeo nació en Livorno, Italia, en 1884. A pesar de crecer en una familia de escasos recursos, fue siempre refinado, consentido, intenso e impetuoso. Su madre, Eugenia Garsin, una intelectual francesa de gusto exquisito y librepensadora, se encargó de desarrollar en su hijo la pasión por el arte y de apoyarlo incondicionalmente durante toda su vida. Eugenia, además, ante la terrible bancarrota de Flaminio, su marido y padre de sus cuatro hijos, decidió abrir un colegio para poder mantener a su familia. Particular influencia tuvo también en el joven pintor su tía Laura, quien sentía afinidad por las ideas anarquistas, leía a Kropotkin y acercó a Amedeo a su herencia judía.

Para finales del siglo XIX, la familia Modigliani vivió un periodo muy difícil. Amedeo comenzó a padecer fiebres tifoideas y su hermano mayor, Emanuelle, fue encarcelado seis meses por su militancia en el movimiento anarquista. Dos años después, Amedeo ya sufría de tuberculosis crónica y pleuresía. A pesar de las dificultades, el joven artista estudió en distintas ciudades italianas y visitó las bienales de 1903 y 1905 en Venecia. Tras contemplar la pintura de los impresionistas y las esculturas de Auguste Rodin, decidió viajar a Francia. Con mucho esfuerzo el joven pintor de incuestionable talento llegó a París en 1906 a sus 22 años, con el fin de dedicarse a desarrollar su pasión, consciente de su don y ambicioso de triunfo. Un particular efecto tuvieron en él, tanto el trabajo de Cézanne, pintor al que admiraba mucho, como el arte africano, que podía apreciarse en París en ciertas colecciones y galerías y cuya influencia es evidente en sus esculturas. Desde los inicios de su carrera, Modigliani estuvo profundamente interesado en ser escultor, pero el polvo de la piedra le producía terribles crisis asmáticas que agravaban su tuberculosis. Decidió entonces dedicarse con frenesí a la pintura.

Al año siguiente, en 1907, presentado por el pintor Henri Doucet, Modi, como lo llamaban sus camaradas, formó parte de los "amigos del Delta". El Delta era un edificio de amplios espacios alquilado por el médico y coleccionista Paul Alexandre y su hermano Jean, que sirvió de taller y alojamiento para los artistas que admiraban. Fue un gran apoyo para aquellos que casi no contaban con recursos para su mantenimiento.

Desde de su llegada al Delta, Paul Alexandre y Modigliani se hicieron muy amigos. El artista recibió no solo apoyo; Alexandre tuvo además influencia en él. Para el médico francés la obra del maestro debía ser protegida a toda costa, particularmente del propio autor, quien en sus momentos de ira era capaz a destruirlo todo. La Primera Guerra Mundial separó a los dos amigos, que no volvieron a verse después de que Alexandre fuera llamado a unirse al ejército en 1914. Finalmente Modi tuvo que mudarse de la *rue* Delta, acusado de vándalo, camorrista y escandaloso. Por sus terribles borracheras, que lo impulsaban a tener un comportamiento salvaje, Modi tuvo que salir con frecuencia de diversos lugares. Por lo general vivió en buhardillas, estudios y hoteles con habitaciones miserables, bajo condiciones muy difíciles.

Elegante a pesar de su pobreza, lo cual era un considerable mérito, dadas sus circunstancias, Modigliani hizo de su forma de vestir un estilo memorable con sus impecables trajes de terciopelo, bufanda y su sombrero de ala ancha o en ocasiones su boina. A pesar de medir tan solo 1,65 de estatura, fue considerado un hombre muy atractivo; irradiaba un encanto particular, aristocrático, que atraía profundamente a muchas mujeres con las que compartió intensas noches de bohemia, hachís, licor y sexo desenfrenado. Modi encarnó la quintaesencia del artista bohemio alcohólico, drogadicto y tuberculoso de vida desenfrenada en el París de principios del siglo XX. Buscó vivir al máximo para develar las pulsiones de la vida. Bajo efectos del alcohol su carácter tímido se desinhibía y podía transformarse en un ser violento o melancólico que solía deambular entre las mesas de los bares buscando beberse la copa de alguien mientras recitaba versos de la *Divina comedia*.

No solo la turbulenta vida de este personaje fue cuestionada; también su obra fue polémica. Su trabajo artístico y su personalidad se debatieron siempre entre lo tradicional y lo moderno, adobadas con visos exóticos que marcaron su particular estilo. Si bien su talento fue siempre incuestionable, su estilo individualista, anárquico, independiente, al margen de los movimientos vanguardistas que se desarrollaban en ese momento, dificultó su reconocimiento.

Amedeo decía buscar en su arte lo inconsciente, el misterio de lo instintivo en la condición humana; por eso no quiso pertenecer a ninguna escuela ni movimiento, en el momento de auge del cubismo y el surgimiento de otras vanguardias. No tuvo un grupo que lo apoyara. Posiblemente por ese motivo sus largos cuellos inclinados no resultaron atractivos y sus desnudos fueron considerados definitivamente obscenos a sus contemporáneos.

Su primera y única exposición como artista individual, llevada a cabo en 1917, a tan solo tres años de su muerte, fue cerrada pocas horas después de su inauguración por ser considerada indecente.

Esas mujeres plasmadas en lienzos que escandalizaron por su abierta desnudez habían sido amantes suyas; las pintó en medio de la fiebre y el frenesí. Dibujó centenares de cuadros en diez años. Retratos y dibujos de cuerpos desnudos palpitantes que reflejaban su pasión por la piel viva...

Si bien Modi retrató a sus amigos, como a Chiam Soutine y a Maurice Utrillo, las mujeres fueron siempre su tema predilecto. Cuando tenía 21 años tuvo la oportunidad de pintar a Eleonora Duse, una reconocida actriz de 47 años amada por el escritor Gabriele D'Annunzio. A aquellas que acarició con sus talentosas manos, Modigliani las impregnó con su halo maldito, las envolvió con su angustia eterna.

La historia de los amantes guardada en el dibujo evoca las palabras que Modigliani le dedicó a Ajmátova: "Usted se quedó en mí como una obsesión".

En 1910, cuando el pintor tenía veintiséis años, sedujo a la poetisa rusa Anna Ajmátova, de 21. Se conocieron en París mientras ella disfrutaba de su luna de miel con su esposo, el poeta Nicolai Gumilev. Un año después, en el verano de 1911, vivieron un tórrido y efímero romance que influyó en la obra de ambos. Aunque a Anna no la pintó, la dibujó muchas veces. Por su parte, ella se inspiró en su vivencia con Modigliani para escribir varios poemas de su libro *Atardecer*:

En la negruzca neblina de París, seguro que de nuevo Modigliani furtivamente caminará tras de mí. [...] para —mí su mujer egipcia—

él es… lo que en el organillo toca el viejo, y bajo él todo el rumor de París es como el rumor de un mar enterrado.

Anna Ajmátova, "Poema sin héroe" (1940-1965)

Según dijo Anna sobre la serie de desnudos que el artista hizo de ella: "En esos días Modigliani soñaba con Egipto. […] Dibujaba mi cabeza con la decoración de las zarinas egipcias y las bailarinas […]".[106] La nostalgia de la poetisa tras su separación del artista se hizo evidente:

Hace poco él estaba conmigo
tan enamorado, amoroso y mío:
fue durante el invierno límpido
y ahora la primavera está repleta de tristeza…
Hace poco él estaba conmigo…

Tras su separación no volvieron a verse. La vida de Anna fue muy triste. En 1921 su marido fue fusilado, acusado de llevar a cabo acciones contrarrevolucionarias. Algunos amigos suyos fueron hechos prisioneros y su único hijo, Lev, estuvo mucho tiempo en prisión hasta la muerte de Stalin en 1953. Cuando Anna salió de la vida de Modi, aparecieron en la vida de él múltiples amantes de una noche y algunas otras de duración un poco más larga.

Luego apareció en su vida Beatrice Hastings, una periodista y escritora inglesa, nacida en Sudáfrica, de ideas feministas y tendencias sexuales liberadas. Llegó a París en 1914 y poco después conoció al pintor. En una oportunidad se refirió a él diciendo: "Era un cerdo y una perla, hachís y brandy, ferocidad y avidez". Vivieron juntos dos años, una relación difícil, tormentosa. No obstante, Amedeo hizo varios retratos y dibujos suyos entre, ellos su "Madame Pompadour". Fue un romance violento ahogado en alcohol. Se dice que en una ocasión Amedeo, borracho, la arrojó por una ventana. Con el espíritu atormentado, sola y

---

[106] Citado por Eva María Ayala Canesco en *Ajmátova: la reina Egipcia de Modigliani*.

en la pobreza absoluta, años después de haber terminado su relación con Modigliani, Beatrice Hastings se suicidó metiendo la cabeza en un horno de gas.

También una agraciada canadiense rubia, de modales refinados y porte altivo, Simone Thiroux, se sintió arrastrada por el magnetismo de Modi. Compartieron intensas veladas, hasta una noche en que en medio del ímpetu salvaje que le producía el alcohol, el artista le cortó la cara con un vaso roto. Ella estaba esperando un hijo suyo; no obstante, Modiglinai rechazó su paternidad, acusándola de dormir con otros, y la abandonó. Cuando el niño nació, su madre lo dio en adopción. Sin embargo, le suplicó a Amedeo que volviese con ella; le aseguró que no podía vivir sin él y que necesitaba que la amara un poco para poder subsistir. Modigliani no escuchó su suplica y poco después, antes de cumplir los 30 años, ella murió, al parecer, de tuberculosis.

Fueron varias las mujeres que pasaron por el lecho y el lienzo del pintor, entre otras, Nina Hamnet, Lunia Czechowska, María Vassilieff y Burty Haviland. Lo amaron, lo mimaron y le revelaron sus cuerpos hechizadas por la pasión que destilaba.

Pero entre todas ellas, un particular impacto causo Jeanne Hébu-terne, de 19 años, a quien conoció en 1917, cuando Amedeo tenía casi 33 y estaba intoxicado de amargura y alcohol. Ella era una muchachita silenciosa, dulce y melancólica que estudiaba pintura en la academia Colarossi, ubicada al taller de Modigliani en Montparnasse.

Jeanne se enterneció con la tristeza que parecía destilar el alma de Modi; él se detuvo en su rostro delicado y sus ojos azules. Cuando la joven muchacha, contra la voluntad de sus padres, se fue a vivir con el pintor que vivía casi en la miseria, era judío y trece años mayor que ella, no sabía que amar a ese hombre traía consigo un sino maldito, que en sus besos y en sus manos prodigiosas había un veneno letal capaz de corroerlo todo.

Jeanne fue siempre una mujer callada y de modales tímidos. Su curiosa forma de ver el mundo se reflejaba en su forma de vestir, que contrastaba con su expresión melancólica: se dice que nadie nunca la vio reírse. Modi la pintó no menos de 27 veces, pero jamás desnuda: ella siempre aparece en sus cuadros cubierta, sin la explosiva sensualidad de sus otras modelos.

Ese mismo año de 1917, el 3 de diciembre, fue la memorable exposición de Modigliani llevada a cabo por la galerista Berthe Weill en su espacio artístico de la *rue* Taitbout. En el escaparate de *Chez Berthe* se exhibió un desnudo, que hizo inolvidable aquella única y efímera exposición individual de Modigliani. El cuadro fue considerado un ultraje al pudor, y algún protector de la moral buscó a la Policía para que impusiera orden e hiciera respetar la moral y las buenas costumbres. Un comisario instó a Berthe Weill a retirar inmediatamente el desnudo de erotismo incendiario de la vista pública y archivar el resto de obras similares que se encontraban en el interior de la galería; el motivo del escándalo entre los paseantes de la *rue* Taitbout fue, al parecer, el vello púbico que exhibía sin pudor la mujer del polémico cuadro. Una sombra oscura sobre una piel rojiza que ponía en evidencia la vibrante sexualidad femenina.

Quien había impulsado a Modi en su frustrada exposición fue el marchante y poeta Léopold Zborowski, amigo incondicional que le consiguió la oportunidad de exhibir en esa galería en la que ya habían expuesto talentos como Matisse y Picasso. Finalmente, Weill, conmovida por el entusiasta marchante y el empobrecido artista, compró por muy pocos francos a Zborowski cinco de aquellos desnudos que habían sido condenados y los conservó para su colección particular. El precio de dichas obras hoy en día es casi incalculable: uno de esos cuadros comprados por Weill se vendió en el 2003 por más de 27 millones de dólares. Zborowski percibió la fuerza de la sensualidad palpitante de esos cuerpos desnudos, de la carne que parecía latir de pasión en esos cuadros de pieles femeninas de colores inusuales, vestigios de las numerosas mujeres que amaron al pintor anarquista, solitario, desmesurado, genial y atormentado.

Gracias a Zborowski, Jeanne y Modigliani pudieron vivir en un estudio de la *rue* Grande-Chaumière. Allí padecieron una relación oscura y solitaria. El pintor del escándalo, que curiosamente no deseaba exponer la desnudez de Jeanne en un lienzo, vivió con ella un amor gris bañado en lágrimas, sudor y delirios. La joven no salía casi del estudio en que habitaban, aunque Modi pasaba mucho tiempo fuera bebiendo e incluso pintando. Tras el fracaso de su exposición, el temperamento de Modi se agrió aún más y se tornó más violento; algunos dicen que en una de sus borracheras llegó a arrastrar del pelo a Jeanne por los jardines del Luxemburgo. Durante un tiempo, la joven se sintió enferma, buscó a su madre para recuperarse y con ella viajó a Bretaña. Estando allí, Jeanne se dio cuenta de que estaba embarazada. Los padres de la joven, aunque despreciaban a Modigliani, decidieron conversar con él para que formalizara un matrimonio.

Pero Modi estaba viviendo su propio drama. Aunque convencido de su talento, estaba destrozado por el fracaso ante el público; sentía como nunca la muerte al acecho, se volvió más frenético, bebía sin parar y consumía todas las drogas posibles. La idea del matrimonio confundía a Modi, quien se excusó argumentando su falta de dinero. Explicó que la guerra hacía muy difíciles los envíos de dinero que su madre continuaba procurando enviar. Zborowski sugirió entonces que se fueran todos a Niza. Quizás allí Modi pintaría con más tranquilidad, su tuberculosis se apaciguaría un poco y la situación mejoraría.

Fue un viaje curioso que emprendieron además con otros artistas, entre ellos Foujita y Soutine; pero además de Modi y Jeanne viajó en el grupo la madre de ésta. Las discusiones entre Amedeo y su suegra fueron terribles e interminables, mientras la joven embarazada permanecía en silencio sintiendo crecer su vientre. Madre e hija se instalaron en una casa en la Costa Azul, mientras Modi prefirió habitar prostíbulos y hoteles miserables de los que terminaban echándolo por su conducta violenta.

El 29 de noviembre de 1918 Jeanne dio a luz una niña, Giovanna, que nació en medio de la sanguinolenta tos de su padre y las lágrimas silenciosas de su madre. A pesar de sentirse conmovido por su hijita, la relación de Modi con Jeanne no era fácil. Ella se entregaba a él con devoción, y él sentía un extraño amor envuelto en culpa y ternura por ella, la mujer que había dejado todo por él siendo casi una niña.

Pero estos difíciles sentimientos contenían una furia y unas ganas de escapar que pronto se hicieron realidad. No vivían juntos. Jeanne lloraba porque no tenía dinero para alimentar a la niña y Modi se fumaba o se bebía lo que les daba Zborowski.

El 31 de mayo de 1919 Modigliani huyó a Paris y se fue a vivir con una hermosa mujer polaca llamada Lunia. Con ella sus borracheras fueron menos frecuentes y se veía y sentía mejor. Pero entonces de nuevo apareció Jeanne ante la puerta del estudio de Modigliani con una noticia conmovedora: estaba de nuevo embarazada. "No tenemos suerte", exclamó Modigliani. Jeanne y Modi vivieron de nuevo juntos, pero fue una temporada terrible y desoladora. Jeanne todo el tiempo estaba deprimida, la niña no paraba de llorar y Amedeo escupía sangre continuamente. El pintor jamás dejó de beber ni de enfrentarse en peleas callejeras; incluso perdió todos sus dientes. Los pasos de la pareja iban en dirección a la fatalidad y la desesperanza. Cada uno vivía su propio destino triste y desgraciado. Se encerraron en sí mismos: Jeanne, en el silencio y las lágrimas; Modi, en la agresividad, hasta tal punto que rompió con todos sus amigos.

Una noche invernal de enero de 1920 Jeanne tuvo que recibir a Modigliani ardiendo en fiebre y delirando. Ella se dispuso a cuidarlo a pesar de no tener carbón ni agua disponible, ya que era necesario salir a recogerla. Por la falta de dinero tenían muy pocos alimentos; la pareja entonces se encerró a beber alcohol y ayunar. Mientras Amedeo agonizaba, Jeanne se dibujaba a sí misma suicidándose. Al séptimo día de ese encierro el pintor Ortiz de Zárate los encontró. Horrorizado, llevó a Jeanne a casa de sus padres, y a Modigliani, en estado inconsciente, a una clínica de caridad. La pequeña Giovanna pasó por un hospicio y luego fue a vivir con una tía.

Modigliani murió el 24 de enero de 1920 de meningitis tuberculosa en el Hospital de la Caridad de París.

Desde que lo conoció, Jeanne se había sentido unida a él por las más profundas fibras del amor, unos hilos oscuros que atraviesan el límite entre la vida y la muerte. Ella, que siempre fue la triste enamorada, la modelo silenciosa que no dudó en esperarlo el tiempo que fuera necesario mientras Modi se ahogaba en alcohol en los bares y recitaba por las calles versos de Rimbaud y de D'Annunzio, sintió que con la partida de Modi se desvanecía la razón de su existencia.

Ella, la pintora de ojos azules y melancólicos, tuvo la certeza de no poder vivir sin ese hombre por el que tantas lágrimas había derramado. Al día siguiente de la muerte de su amado y arrastrada por el impulso de un dolor superior a sus fuerzas, la mujer embarazada de ocho meses se dejó caer desde el balcón de un quinto piso. Murió al instante. Poco después un obrero recogió su cuerpo en una carretilla, pero nadie quería recibirlo ni hacerse cargo.

Mientras el sepelio de Modigliani fue un gran acontecimiento público, el cadáver de Jeanne no tuvo casi compañía. Nueve años después un hermano del pintor consiguió que fueran enterrados juntos. Permanecen en la misma tumba en el cementerio de Père.

La pasión de un vampiro

Los vampiros han existido en la imaginación humana desde tiempos muy antiguos. Con diferentes características en cada cultura y cada época, los orígenes de estas criaturas se remontan a Lilith, aquella semidiosa alada de roja cabellera, primera esposa de Adán, irresistible y sensual, que tras el divorcio de su marido fue representada a veces con cola de serpiente y en ocasiones mimetizada como la culebra del jardín del Edén. Diosa, humana y bestia, lasciva y libidinosa, muerde a los hombres a quienes seduce, vive sedienta de su semen y de su sangre. En adelante, su descendencia –empusas y strix–, habitantes de un mundo espectral, continuaron la saga de seres seductores y ansiosos de sangre humana.

Otra de las características del vampiro, además de ejercer hábilmente la seducción y alimentarse de sangre, es la de pertenecer al mundo de los muertos. En el mundo clásico, *larvas* y *lémures* son los nombres con los que se conocen estos seres que tras una aparente muerte, retornan al mundo de los vivos. La creencia en estos seres continuó en el folclore popular durante la Edad Media y el Renacimiento; incluso algunos pensadores ilustrados debatieron sobre su existencia. Pero la época de su esplendor fue el siglo XIX, cuando su presencia tomó gran fuerza en la literatura.

Los vampiros de la tradición oral pueden ser considerados los abuelos de Drácula; tienen en común su rostro extremadamente pálido, con una blancura mortecina, su cuerpo esbelto y frío, sus ojos brillantes en los que reluce el fuego de la perdición eterna, y labios gruesos, en los que se pueden entrever unos colmillos afilados que clavan profundamente en el cuello de sus víctimas para succionar sangre y reanimar su propio cuerpo. Bram Stoker, el autor de la popular novela *Drácula,* continuó las sagas tanto literarias como del folclore. El suyo es un conde refinado, un muy factible legado de Lord Ruthven, el vampiro de John William

Polidori, y en su historia están presentes las tradiciones de los Cárpatos, con sus ruinas medievales y relatos de estirpes malditas.

El poderoso atractivo que ejerce Drácula ha permanecido a través de las épocas, e incluso se ha incrementado con el paso de tiempo. Su fascinación permanece inalterable. De todas las versiones, una en particular tiene como eje el amor maldito, trágico, intenso, apasionado, capaz de atravesar todas las barreras, incluso las de la vida y el tiempo. Esta es la reconstrucción de la leyenda que se hace en la película de 1992 *Bram Stoker's Dracula*, dirigida por Francis Ford Coppola. Una adaptación innovadora y ambiciosa dotada de un particular encanto visual. Cabe anotar que la película, a pesar de su título, no pretendió ceñirse estrictamente a la novela de Stoker, sino que, basándose en la idea general de la novela, les da un nuevo tinte a la historia y al personaje, al unir la figura histórica y la legendaria en lo que podría llamarse el prólogo del film.

En dicha introducción se hace referencia a Vlad Tepes, conocido como "Dracul" o Vlad el Empalador, héroe que inspiró a Stoker para dar nombre al protagonista de su novela, si bien el autor se limitó a utilizar el sugestivo apellido Dracul y omitió referencias históricas al conde en su novela. Por su parte, en la película, Coppola escudriñó en el pasado de Vlad, el Drácula "histórico", el salvaje y sangriento príncipe guerrero rumano, un voivoda[107], que vivió en el territorio rumano de Valaquia del siglo XV, apodado "el Empalador" por su costumbre de atravesar lentamente con una afilada estaca a sus enemigos, generalmente prisioneros de guerra turcos que habían invadido su país. Además de que disfrutaba viéndolos ensartados en las estacas mientras él cenaba, solía acompañar sus comidas bebiendo la sangre de sus víctimas.

Se dice, además, que el nombre *Drácula*, que significa "diablo" o "dragón", proviene de su padre, conocido como Vlad Dracul, quien perteneció a la Orden del Dragón, un grupo de guerreros cuyo deber era defender el cristianismo contra los turcos musulmanes que tras la caída de Constantinopla en sus manos, en 1453, se levantaron como una amenaza para toda Europa. El temible reinado de Vlad Dracul terminó

---

[107] Palabra eslava que designa tanto al comandante de una fuerza militar como al gobernante de una provincia.

en 1462, cuando la presión de los turcos lo forzó a refugiarse en Transilvania. Fue en medio de estos conflictos con los otomanos, y por causa de éstos, cuando se produjo el suicidio de su primera esposa. Desde las almenas de su castillo de Poenari, del que aun existen sus ruinas, la hermosa se arrojó al río Arges, conocido en adelante como "el río de la Princesa".

Es este incidente en la vida del Vlad Dracul el que se recrea en el preludio de la película de Coppola, teniendo como marco el año de 1462, cuando los infieles turcos se alzaban como una temida amenaza invasora particularmente para la región oriental de Europa. Drácula, caballero de la Orden del Dragón, partió presto a la guerra en defensa de la fe cristiana. Se despidió con tristeza de su amada Elisabetta, quien sintió cernirse una particular sombra en el futuro de su amor. Por devoción a su fe Vlad empalaba a los infieles. Sus batallas representaban su fervor piadoso y las ofrecía como homenaje a Dios. Tras la cruzada, a pesar de su victoria, un extraño presentimiento lo trajo de regreso a su castillo. Mientras Vlad estuvo ausente, su amada recibió una falsa misiva en la que le informaban que Vlad había muerto. Desesperada y sin encontrar razón alguna para vivir sin la compañía del hombre que adoraba, la desgraciada mujer se arrojó desde lo alto del castillo a las turbulentas aguas del río.

Al llegar, exhausto, el guerrero cristiano a su castillo encontró a su adorada Elisabetta sin vida sobre el altar de una iglesia. Entre las hermosas manos permanecía una nota que explicaba del motivo de su triste decisión: "Sin él todo está perdido". Su profunda pena de amor al creer que su amado Vlad había muerto la llevó a prescindir de su propia existencia.

Los sacerdotes advirtieron al príncipe Dracul que el alma de la mujer no tenía salvación, pues su suicidio la había convertido en un ser maldito. Es la ley de Dios. Indignado en lo más profundo de su ser, Vlad se preguntó si esa era una justa retribución por haber batallado contra los turcos defendiendo la santa iglesia. Ante los aterrados sacerdotes consternados por el terrible sacrilegio que presenciaban, Vlad renunció al Altísimo, convirtiéndose en una criatura maldita e igualándose así a su amada. No deseaba la vida que le ofrecía un Dios incapaz de proteger a su mujer, y que le negaba la salvación eterna mientras él luchaba por salvar la cristiandad. No le parecía justo. Por eso, con el corazón destrozado de dolor, Vlad juró levantarse de su propia muerte para reencontrar a su amada con la ayuda de los poderes de la oscuridad. Con la fiereza propia de su temperamento, aseguró que obtendría por su cuenta la fuerza necesaria para mantenerse con vida, sin necesidad de la gracia divina, única capaz de conceder vida a los hombres. Por este motivo, el elixir vital y sagrado, la sangre, sería en adelante su preciado botín.

Drácula y Elisabetta, incapaces de aceptar con resignación cristiana la pérdida de su ser amado, se convirtieron por amor en seres malditos.

Vlad es un fanático religioso caído en la apostasía, un renegado de Dios, que ha perdido la luz y la gracia del cielo. Condenado a deambular por siglos, entre orgías de sangre que no borraron el recuerdo de su amada, como vampiro, el resto de su atormentada existencia a la espera de reencontrar a Elizabetta. A pesar de su dolor, Drácula mantiene su férreo carácter, impulsado ahora por el amor.

Al transformarse en vampiro, Vlad se convirtió en un monstruo, un ser sobrenatural capaz de desafiar la fe, la naturaleza y la razón. Vive como un enigma, sumergido en lo más profundo de la noche y las tinieblas, de donde surge para despertar los miedos más profundos que encarnan la pasión y la muerte, entes capaces de arrastrar a los humanos a la locura, al caos, al más allá.

Al sangriento empalador, el amor lo humanizó, pero también lo condujo a la desgracia eterna. Sin embargo, incluso en su oscura inmortalidad su amor no se extinguió: *"love never dies"*.[108]

Según el film, 400 años después volvió encontrar en Inglaterra la reencarnación de Elisabetta con el nombre de Mina. Trataron de vivir una imposible historia de amor que se levantó entre el horror y el dolor. En esta versión, por primera vez Drácula llora con un sentimiento verdadero y profundo. Sus lágrimas brotan por amor y expresa, en un alucinado ambiente envuelto por la ensoñación y los efectos narcóticos. una ternura sin límites que expresa la idea de su amor trágico e imposible:

---

[108] "El amor nunca muere", subtítulo de la película *Bram Stoker's Dracula*.

Drácula: Absenta es el afrodisíaco del alma. El hada verde que vive en la absenta quiere tu alma, pero tú estás a salvo conmigo.

Mina: Háblame, príncipe, háblame de tu hogar.

Drácula: El lugar más hermoso de toda la creación.

Mina: Sí, tiene que serlo. Una tierra más allá de un bosque grande y vasto, rodeado de montañas majestuosas, fértiles viñedos, flores frágiles y hermosas como no se encuentran en ningún sitio.

Drácula: Has descrito mi lugar como si lo conocieras perfectamente.

Mina: Es tu voz, tal vez. Es tan familiar. Es... como una voz en un sueño que no puedo situar, y me conforta.

Ambos: Cuando estoy a solas.

Mina: ¿Y qué me cuentas de la princesa?

Drácula: ¿Princesa?"

Mina: Siempre hay una princesa con deslizantes vestidos bancos y su rostro... su rostro es un río. La princesa es un río lleno de lágrimas de tristeza y congoja.

Drácula: Hubo una princesa, Elisabetta. Era la mujer más radiante de todos los imperios del mundo. El engaño humano se la arrebató a su antiguo príncipe, saltó hacia su muerte en el río del que has hablado. En mi lengua materna se le llama Arges, río Princesa.

Epílogo

Esa extraña enajenación que produce la pasión amorosa ha inquietado al ser humano desde sus primeras manifestaciones culturales. Buscar desesperadamente el amor es pretender lo inalcanzable; de ahí su capacidad de gestar ruinas, locura y muerte. Como motor de las emociones humanas, y en ocasiones de su ingenio, las pasiones han tenido a lo largo de la historia algo en común: son el producto de la imaginación humana, una fantasía. De ahí que el amor fuera considerado un veneno, una peligrosa ilusión en la que los humanos han llegado a sentirse incluso superiores a los dioses y, erróneamente, camino a la felicidad.

Se presentaron en el comienzo de este texto relatos mitológicos, legendarios, históricos, de seres casi perdidos en el tiempo. Cronológicamente nos fuimos acercando a eso que llamamos "nuestra realidad", "el mundo contemporáneo" o "la sociedad en que vivimos" para constatar que ese estado de enajenamiento, más o menos temporal, forma parte de la condición humana. De ahí que las historias de los trágicos protagonistas, sin importar la época, resulten hoy en día por lo menos inquietantes, cuando no, muy cercanas.

Si bien las expresiones de amor, sus límites sociales y tabúes han presentado variaciones a lo largo de tiempo, el frenesí amoroso, el anhelo de amar y ser amado corriendo el riesgo de padecer un terrible castigo y perderlo todo, incluso la cordura y la vida, ha sido una constante en todas las épocas. Esta tortuosa manifestación del alma ha sido desde siempre muy distinta, por cierto, al ideal de matrimonio en el que se añora una apacible vida conyugal, que algunos con resignación, abnegación, sacrificio y esfuerzo, superando el tedio y la rutina, pretenden conseguir.

En la Antigüedad y la Edad Media era común culpar a agentes externos como dioses, demonios o magia de producir de filtros o pociones de amor para justificar ese lamentable estado del enamorado, que incapaz de controlar su deseo llegaba, para su desgracia, a desafiar las normas del cielo, del destino, de la sociedad y del honor.

Posteriormente, con el auge del individualismo, el humanismo, el paulatino arrinconamiento de los dioses y el surgimiento del culto a la razón, el enamorarse desenfrenadamente comenzó a tener visos de enfermedad. Las pasiones trágicas parecieron adquirir un sesgo más egoísta, son historias más lúgubres y descarnadas. Su proximidad en el tiempo nos permite ver su aspecto oscuro y corroído. Los amores malditos de nuestros contemporáneos tienden a reflejar los lóbregos rincones de sus espíritus atormentados y ahogados en soledad que quisieron encontrar en su ser amado, o en su sueño de amor, una justificación para permanecer atados, o no, a su efímera existencia.

A pesar de la confianza que muchos seres humanos depositan en lo racional, lo científico y lo técnico, ese impulso místico, ese sentimiento casi religioso que al menos por un instante nos impele a fundirnos con el otro, no ha cambiado. Parece que los humanos necesitamos creer que la felicidad está en el amor, y que al diluirnos en el otro encontraremos la razón que justifica nuestra vacua existencia. Pero si seguimos ciertos relatos de la historia, podríamos concluir que pretender la plenitud del amor es buscar lo inalcanzable, porque somos humanos, cobardes, egoístas, mezquinos y precarios. Las pasiones intensas siempre tendrán un tinte maldito. Amamos drogarnos con la idea de adorar a alguien y creer que nos adora, aunque sea por un instante...

Anhelamos el infierno del amor, deseamos padecer la singular tortura de una pasión sin límites, aunque sea el triste éxtasis de un espejismo.

Bibliografía

A lo largo del libro he procurado citar a los autores en los que se han sustentado estas historias. No obstante, esta es una bibliografía general de la investigación.

Abelardo, Pedro. *Historia Calamitatum,* Pentalfa. Oviedo: Clásicos El Basilisco, 1996.

Abelardo y Eloísa, *Carta.* Madrid: Alianza, 2002.

Anónimo, *Historia de la célebre reina de España Doña Juana, llamada vulgarmente la loca.* Madrid: Imprenta de D. José María Marés, 1848.

Area, Leila. "Entre la familia y la barbarie: el caso Camila O´Gorman", en *Lieux et figures de la barbarie*, CECILLE-EA 4074, Université Lille 3, 2006-2008.

Bachelard, Gaston. *El derecho de soñar.* México: Fondo de Cultura Económica, 1985.

Bajtín, Mijail. *La cultura popular en la Edad Media y el Renacimiento.* Barcelona: Seix Barral, 1971.

Bataille, G. *El erotismo,* Barcelona: Tusquets, 1979.

Baring, Anne y Jules Cashford. *El mito de la diosa.* México: Siruela, 2005.

Beauvoir, Simone de. *El segundo sexo.* Buenos Aires: Siglo XX, 1984

Béroul. *Tristán e Iseo,* Madrid: Cátedra, 1985.

Campbell, Joseph. *Los mitos: su impacto en el mundo actual.* Barcelona: Seix Barral, 1991.

Campbell, J. *El poder del mito.* Barcelona: Emecé, 1988.

Biblia de Jerusalén. Bilbao: Desclee de Brouwer, 1976.

Carre, Jean Marie. *A Season in Hell: The Life of Arthur Rimbaud*. Nueva York: AMS Press, 1979.

Casona, Alejandro. *Corona de amor y muerte*. Buenos Aires: Losada, 2008.

Castellanos De Zubiría, Susana. *Mitos y leyendas*. Bogotá: Intermedio, 2007.

——. *Mujeres perversas de la historia*. Bogotá: Editorial Norma, 2008.

Cawthorne, Nigel. *Sex Lives of the Roman Emperors*: Nueva York: Prion, 2006.

Chaplin, Patrice. *Jeanne Hébuterne y Amedeo Modigliani: un amor trágico*. Barcelona: Salvat, 1995.

Chevalier, Jean (dir.). *Diccionario de los símbolos*. Barcelona: Herder, 1988.

Dante. *Divina comedia*. México: Porrúa, 1988.

Delgado, Camilo. *Historia, leyendas y tradiciones de Cartagena*. Cartagena: Mogollón, 1911.

Delumeau, Jean. *El miedo en Occidente*. Madrid: Taurus, 1989.

Dijkstra, Bram. *Ídolos de perversidad: la imagen de la mujer en la cultura de fin de siglo*. Madrid: Círculo de Lectores, 1994.

Dottini-Orsini, Mirielle. *La mujer fatal*. Buenos Aires: Flor, 1996.

Duby, Georges. *El amor en la Edad Media y otros ensayos*. Buenos Aires: Alianza, 1991.

—— y Michelle Perrot. *Historia de las mujeres*: Madrid, Taurus, 2003.

Dumas, Alejandro. *La Dama de las Camelias*. Buenos Aires: Hyspamérica, 1983.

Eco, Umberto. *El nombre de la rosa*. Barcelona: Lumen, 1963.

El Libro de Enoc. Madrid: Hojas de Luz, 2007.

Eliade, Mircea. *Mitos, sueños y misterios,* Buenos Aires: Compañía General Fabril Editora, 1961.

——. *El mito del eterno retorno*. Barcelona: Lumen, 1963.

——. *Tratado de historia de las religiones. Morfología y dialéctica de lo sagrado*. Madrid: Cristiandad, 1981.

Fisas, Carlos. *Historias de las historias de amor*. Bogotá: Círculo de Lectores, 1991.

Flamarion, Edith. *Cleopatra, el mito y la realidad*. Barcelona: Ediciones B, 1998.

Flaubert, Gustavo. *Madame Bovary*. Medellín: Bedout, 1978.

Fontodrona, Mariano. *Los celtas y sus mitos*. Barcelona: Bruguera, 1976.

Freud, Sigmund. *Obras completas*. Buenos Aires: Amorrortu, 1981.

Green, Miranda Jane. *Mitos celtas*. Madrid: Akal, 1995.

Harris, Geraldine. *Dioses y faraones de la mitología egipcia*. Madrid: Anaya, 1986.

Isaacs, Ronald H. *Divination, Magic, and Healing*. North Vale: Aronson, 1998.

Jubainville, H. D'Arbois de. *El ciclo mitológico irlandés y la mitología céltica*, Barcelona: Edicomunicación, 1986.

Jung, Carl G. *El hombre y sus símbolos*. Barcelona: Luis de Caralt Editor, 1984.

Lambert, Royston. *Beloved and God: The Story of Hadrian and Antinous*. Londres: Weidenfeld and Nicolson, 1984.

Lefrère, Jean-Jacques. *Arthur Rimbaud*. París: Fayard, 2001.

Levillain, Henriette. *Comentaires aux Memoires d'Hadrian*. París: Foliothèque, 1981.

Maza, F. de la. *Antínoo, el último dios del mundo clásico*. Madrid: Alianza Historia, 1990.

Le Goff, Jacques. *Tiempo, trabajo y cultura en el occidente medieval*. Madrid: Taurus, 1983.

Lottman, Herbert. *Amadeo Modigliani: príncipe de Montparnasse*. Barcelona: Editorial Galería Miguel Alzueta, 2008.

Luciano de Samosata. *Obras. Obra completa*, Madrid: Gredos, 1988-1997.

Mac Manus, Seumas. *The Story of the Irish Race*. Nueva York: The Irish Publishing, 1995.

Markale, Jean. *Pequeño diccionario de mitología céltica*. Barcelona: Entente, 1993.

Martin, Ralf Peter. *Los "Dracula". Vlad Tepes empalador y sus antepasados*. Barcelona: Tusquets, 1980.

Martínez Laínez, Fernando. *Tras los pasos de Drácula,* Barcelona: Ediciones B, 2001.

Marx, Jean. *Las literaturas célticas.* Buenos Aires: Eudeba, 1964.

Merkin, Marta. *Camila O'Gorman.* Buenos Aires: Suramericana, 2004.

Montero, Rosa. *Pasiones, amores y desamores que han cambiado la historia.* Madrid: Aguilar, 1999.

Paglia, Camille. *Sexual Personae.* Nueva York: Vintage, 1991.

Plutarco, *Vidas paralelas.* Buenos Aires: Joaquín Gil Editor, 1944.

Rasaspini Reynolds, Roberto. *Los celtas: magia, mitos, tradición,* Buenos Aires: Continente, 1998.

Rimbaud, Arthur. *Una temporada en el infierno.* Madrid: Alianza, 2001.

Robles, Martha. *Mujeres, mitos y diosas.* México: Fondo de Cultura Económica, 1996.

Roig, Adrien. *Inesiana, ou, Bibliografia geral sobre Inés de Castro,* Coimbra: Biblioteca Geral da Universidade Coimbra, 1986.

Rollestone, T. W. *Los celtas: mitos y leyendas,* Madrid: M.E. Editores, 1995.

Saes Buenaventura, Carmen. *Mujer, locura y feminismo.* Madrid: Dédalo, 1979.

Saklica, Aysegul. "Los amantes de Teruel: de la leyenda al teatro español de los siglos XVIII y XIX", trabajo de investigación e la Universitat Autònoma de Barcelona, 2008.

Schwartz, Marco. *El sexo en la biblia.* Barcelona: Belacqva, 2008.

Shakespeare, William. *Antonio y Cleopatra.* Madrid: Espasa Calpe, 1968
——. *Romeo y Julieta.* Madrid: Espasa Calpe, 1993.

Siebers, Tobin. *Lo fantástico romántico.* México: Fondo de Cultura Económica, 1989.

Siruela, Jacob (ed). *Vampiros.* Madrid: Siruela, 1992.

Souli, Sofía A. *La vida erótica de los griegos antiguos.* Atenas: Toubis, 1997.

Sotoca García, José Luis. "Los amantes de Teruel en la música". En *Revista Monsalvat*, No. 14, 1975.

——. "Referencias históricas a *Los amantes de Teruel* durante el siglo XVI". En: *Revista Teruel*, Nº 55-56, 1976.

————. *Los amantes de Teruel: la tradición y la historia*. Zaragoza: Librería General, 1987.

———— y Carlos Luis De la Vega. *Análisis crítico-filológico de los protocolos notariales sobre 'Los amantes de Teruel' (un documento del siglo XIV)*. Teurel: Instituto de Estudios Turolenses, 1976.

Starkie Walter. *La España de Cisneros*, Barcelona: Juventud, 1943.

Stefano, Mario. *Cortesanas célebres*. Barcelona: Ediciones Zeus, 1961.

Suetonio. *Historia y vida de los Césares*. Barcelona: Edicomunicación, 1999.

Vélez de Guevara, Luis. *Reinar después de morir*. Madrid: Espasa Calpe, 1948.

Von Strassburg, Gottfried. *Tristán e Isolda*. Madrid: Siruela, 1987.

Wallace, Irving. *Las ninfómanas y otras maníacas*. México: Grijalbo, 1971.

Wertheimer, Oscar von. *Cleopatra*. Barcelona: Juventud, 1972.

Yourcenar, Marguerite. *Memorias de Adriano*. Bogotá: Círculo de Lectores, 1977.